문혜영 감성에세이

그리움을 아는 자만이 고통을 알리

지성문화사

그리움의 본질은……

강물은 왜 저렇게 끊임없이 흐르는 걸까. 밤낮으로 흐르고 흘러 바다로 가는 강물—. 저렇게 흘러 바다로 가서는 어쩌자는 걸까. 정말 그래서 뭘 어쩌자는 걸까.

공연한 생각을 하고 있었다. 한강다리를 건너면서……, 슬픔인지 아픔인지 종잡을 수 없는 감성에 젖어 묵묵히 강물을 바라보고 있었는데 곁에서 운전을 하던 친구가 들려주고 싶은 노래가 있다고 했다. 성악을 하는 친구다. 만나면 눈빛과 미소와 몇 마디의 감탄사만으로 충분히 가슴의 언어가 전해지는 친구다.

강물을 바라보는 내 모습을 보면서 웬지 이 순간 나에게 꼭 들려주고 싶다며 그녀가 부른 노래가 바로 차이코프스키의 곡 〈그리움을 아는 자만이 고통을 알리〉였다. 괴테의 시(詩) 미뇽의 한 부분이다.

그 노래를 듣는 순간, 나는 오래도록 풀지 못했던 내 가슴속 수수께끼의 답을 알아차리게 되었다. 왜 내가 글을 쓰고 싶어 하는지, 내 가슴속엔 왜 그렇게 많은 슬픔과 아픔들이 비안개처럼 서리는 것인지…….

86년 봄, 나의 첫 수필집 《언덕 위에 바람이》를 읽고 어느 독자가 나에게 질문을 했었다. 행복한 사람인데 왜 그토록 아파해야 합니까? 그 말을 듣고서 명쾌하게 답변 한 마디 못한 채 지금껏 속앓이를 해온 셈이다. 나 자신이 말더듬이처럼 느껴졌었다. 가슴속에 가득한 것들을 꺼내놓고 싶었는데, 나의 언어들은 제대로 조립이 안 되는 것 같아 안타까웠다.

　—그리움을 아는 자만이 고통을 알리—

　이 말 한 마디에 가슴 답답함이 조금은 덜해지는 기분이다.

　어린 시절부터 나를 사로잡았던 그리움의 정체는 무엇이었을까. 막연한 듯 하면서도 어떤 감성보다 절실하게 나를 지배해온 그리움의 감성……．

　6.25전란 중에 실종되신 아버지. 기억조차 못하지만 부성(父性)에 대한 그리움으로 일찍부터 작은 가슴에 커다란 그늘이 드리워졌었는지도 모른다. 아버지의 실종, 그 부재가 단순한 공백이 아니었다는 생각이 든다. 내가 찾아 헤매는 것, 그리워하는 것들이 아버지의 절대 사랑과 결코 무관하지 않았던 것 같다.

어떤 대상, 어떤 빛깔로 표현되더라도 그리움의 본질은 하나의 맥락으로 이어진다. 절대 사랑, 그리고 가장 순수하고 아름다운 세계에 대한 희구, 바로 그런 것이 아닐까. 첫 수필집이 나왔을 때, 서평을 써주신 분의 표현대로 시원(始源)으로 회귀하려는 에덴에의 향수인지도 모른다.

모든 것은 저 강물처럼 흘러가 버린다. 흐르다가 사라져버리는 유한성 때문에 그리움이 더욱 고통이 될 수도 있으리라.

붙들 수 없는 꿈, 사랑……. 허망한 줄 알면서도 꿈꾸며 그리워하는 일을 멈추지 못하는 아픈 가슴들. 그런 분들과 마음이 닿았으면 좋겠다.

1993년 이른 가을 文 惠 英

차례

제2장

허망한 것이 목숨인데, 우리는 얼마나 처절하게 우리의 삶에 집착하며 살아가는가

차례

제3장

나는 때때로 꽃향기에 취하듯
사람의 향기에 취하곤 한다

진정 듣고 싶어하는 사람에게만
들려주는 소라의 노래

차례

제5장

눈빛만으로도 마음이 통하는
사람들과의 이야기

제1장

사람도 꽃처럼
저마다 고운 빛깔과 모양으로
열정을 표출했으면……

1001
버리는 연습

예전엔 글 한 편 속에
너무 많은 것을 담으려고 애썼다. 그러나 지금은
하나만을 취하고 나머지는 다 버리려고 애쓴다. 살면서
이것저것 버리기 어려웠던 것들을 과감히
버리는 연습을 나는 수필 속에서
하고 있는 중이다.

　　언젠가 나는 나와 수필과의 관계를 묻는 한 독자에게 '늘 함
께 사는데, 정이 들면 들수록 더 생소해져 나를 항상 긴장시키
고 헤매이게 만드는 존재'라고 수필을 말한 적이 있다.

　　깊이 생각해서 한 말이 아니고, 즉흥적으로 떠올라 대답한
말이지만, 그런대로 수필의 어려움을 표현하지 않았나 하는 생
각이 든다.

　　수필은 정말, 사랑하면서도 자신의 전부를 좀처럼 내어주지
않는 연인과 같다 하리라. 거부도 수용도 내색하지 않는 너그
러움으로, 마음만 먹으면 어느 누구라도 달려들 수 있게 하는
친근한 존재. 그러나 가까이 하면 할수록 더욱 더 어려움이 느
껴지고 막막해지는 존재가 아` 던가. 그래서 수필에 매달리게
되는지도 모를 일이다.

수필에 매료되어 수필과 함께 살아온 나날들―자나깨나 그 숨결을 의식하면서 그를 찾아 헤매였고, 잡히지 않는 그와 하나 되기를 바랐었다.

한 편의 수필을 쓰려고 몇 시간 동안 책상 앞에 앉아 있어도 원고지 한 장도 채우지 못하는 경우가 나에겐 허다하다. 제목은 멋지게 써 놓았는데 그럴 듯한 서두가 떠오르지 않아 애태울 때도 있고, 제목도 서두도 막연하여 애꿎게 내 이름 석자만 달랑 써 놓을 때도 있다.

나는 일상의 생활에서 보고 느끼고 생각하는 그 모든 것을 순간순간 메모 하거나 그 당장에 수필로 형상화하려 하지 않는다. 일단은 내 마음에 심어두고 묵히면서 적당히 발효되기를 기다린다. 시간이라는 효소가 내 감성의 떫은 맛을 우러내 주기를 원하기 때문이다.

원고 청탁을 받고 원고지를 대하면 우선, 무엇을 어떻게 다룰까 생각하느라고 쉽게 펜을 들지 못한다.

나는 마치 수맥을 찾는 지관처럼 내 안에 묻혀 있는 글의 소재들을 조심스럽게 더듬어 간다. 더러는 풍부한 감성의 샘을 의외로 쉽게 찾아내어, 별로 힘들이지 않고 글을 써 내려갈 때도 있긴 하지만 대체로 쓰고 싶은 주제와 걸맞는 소재 찾기에 고심하면서 몇 날 며칠을 안타까워하기 일쑤이다.

그런 과정을 거쳐 무엇을 써야겠다는 마음이 굳어지면, 그 다음엔 제재와 주제를 어떻게 배치해 나갈까를 궁리한다. 머리 속에 대충 글의 틀이 잡혀지면 다음은 어떤 목소리로 이끌어가야 좋을는지 생각해 본다. 같은 제재와 주제를 다룰지라도 어떤 목소리를 내느냐에 따라서 전혀 다른 이미지와 분위기를 갖게 되므로, 주제를 가장 효과적으로 살릴 수 있는 목소리를 얻기 위해 나는 같은 내용을 여러 목소리로 써 보기도 한다.

그런데 글을 한참 써 내려가다보면 처음에 구상했던 글이 되지 않고 전혀 엉뚱한 길로 가고 있음을 느낄 때가 있다. 단어 하나에 의해서 그 분위기가 바뀌고, 또 동사의 어미 변화에 따라서도 그 흐름이 달라지니, 글을 쓰면서 그 글이 산만해지지 않고 일관성 있는 흐름이 되도록 계속 점검하면서 쓸 수밖에 없다.

그것은 마치 물길을 다스리는 일과도 같다. 어느 한 부분을 방심해 버리면 그 쪽으로 둑이 터져 물길이 쏠리듯이 붓가는 대로 무심히 쓰다보면 어느새 흐름이 본류를 한참 벗어나 있음을 알게 되어 난감할 때가 많다.

그렇게 빗나간 경우가 오히려 더 좋아 보여 전체의 흐름을 아예 바꾸어 버릴 때도 가끔 있으나, 처음 의도한 것을 살리기 위해 밤늦도록 쓴 글들을 모두 버려야 할 때가 대부분이다.

수필은 물이 흐르듯 그렇게 자연스러워야 하고, 물소리처럼 청아해야 하며, 물맛처럼 담백해야 한다. 그리고 또 물비늘과 같은 빛남이 숨어 있어야 한다고 생각한다. 또한 그 순리의 흐름을 거슬러 폭포 위로 솟구치는 송어의 몸짓이 한두 군데 번뜩여야 글이 산다.

그것을 수필의 파격이라 해도 좋으리라. 난초잎 한두 잎의 파격, 그것이 떠오르지 않으면 나는 쓰기를 중지한다. 그럴 때 나는 우리의 춤을 연상한다. 흰 장삼자락을 사뿐히 들어 올리다가 한 순간에 하늘을 향해 탁, 차올리는 바로 그 몸짓이 우리 춤의 생명이라면, 그 흥겨운 몸짓이 내게 찾아와 주기를 바라는 마음은, 굿을 벌이기 위해 신이 내리기를 기다리는 무녀의 마음과 다를 바 없으리라.

나는 글을 주로 밤에 쓴다. 낮에는 왜 그런지 산만한 느낌이 들어 마음이 잡히지 않기 때문이다. 밤중에 홀로 스탠드 불을

켜 놓고 글을 쓰고 있노라면 우주의 어떤 정기와 만나고 있는 듯한 기분을 느낄 때가 있다. 분명히 나의 이야기, 나의 생각들을 써 내려가고 있는데, 알 수 없는 어떤 힘에 이끌려 내 글이 쓰여지고 있는 듯한 느낌이 드는 것이다.

그렇게 글이 쓰여진 날은 밤을 꼬박 새웠어도 별로 피곤한 줄을 모르니 신기한 일이다.

글은 마음으로부터 우러나는 어떤 리듬에 의해서 쓰여지는 것 같다. 아무리 그럴 듯한 소재를 갖고 있다 하더라도 원고지를 대할 때에 아무런 흥을 느끼지 못하면 글이 잘 써지질 않는다. 억지로 몇 줄 끄적여 본들 그런 글은 마음애 들지 않으니 파지만 쌓일 뿐이다.

내가 수필을 쉽게 다루지 못함은 첫째로 역량의 부족함을 그 이유로 내세울 수 있으며, 둘째로는 수필을 너무 높이 생각하여 욕심을 부리는 탓이 아닐까 한다.

나는 스스로가 표현의 한계를 너무나 절실히 느낀다. 언제나 마음은 저만치에서 손짓하는데, 나의 무딘 글솜씨가 그에 따라 주지를 못하니, 글에 대한 미흡함을 떨치기 어렵다.

게다가 수필은 처음 만날 때부터 나에게 엄격했으며 주문이 많았다. 적당히 써내는 것을 용납치 않아 단어 하나에도 까다로움을 부리며 시를 다듬듯 다듬어야 했다. 수필이 내게 요구한 것 중에 가장 힘들고 부담스러운 것은 역시 영혼의 목소리를 담아야 한다는 것이었다.

영혼이 뭘까. 지극히 순수하고 아름답고 고귀한 그 어느 지점에 도달하고 싶어하는 울림, 그런 것이 영혼일까.

형체도 빛깔도 없는 영혼을 찾아 시공을 넘나들면서 나는 조금씩 철들어 가는 것 같아 즐겁다.

예전이나 지금이나 수필 쓰기가 어렵기는 마찬가지이지만,

한 가지 달라진 것이 있다면, 예전엔 글 한 편 속에 너무 많은 것을 담으려 애썼으나, 지금은 하나만을 취하고 나머지는 다 버리려고 애쓴다는 점이다.

살면서 이것저것 버리기 어려웠던 것들을 과감히 버리는 연습을 나는 수필 속에서 하고 있는 중이다. 이렇게 버리는 일에 숙달되면서 언젠가는 수필마저 버릴 수 있어진다면, 그 때 나는 비로소 제대로 된 수필 한 편을 남길 수 있으리라.

(1989. 3.)

슬픈 계절
1002

장미가
아름다운 향기로 피어나면서
자신을 보호할 가시 하나 지니고 있듯이
우리도 이 시대에 아름다운 꽃으로 피어나면서
인간으로서의 자존심을 지켜갈 가시 하나만
지니면 안 되겠는지요.

우리 집엔 환자가 있습니다. 6월의 햇살이 눈부시게 찬란한
데 시름시름 앓고 있으니 더욱 더 가슴이 아픕니다. 창 밖으로
보이는 온갖 나무들은 날로 푸르름이 더해가고, 뜨락의 장미는
제 빛깔에 취해 꿈을 꾸는데, 우리 집 환자는 소생의 빛을 보이
지 않아 내 마음에 그늘을 드리웁니다.

이름하여 페닉스(phoenix). 어찌하여 불사조라는 이름이 붙
었는지 모르지만 열대, 아열대 지방에 서식하는 야자과에 딸린
이 식물의 시원스럽게 퍼진 잎새를 보노라면 오아시스가 연상
되고, 멋스러운 이국의 성취를 느낄 수 있어 볼수록 좋아시는
나무였습니다.

그런데 봄에 분갈이를 해준 후, 자꾸만 누렇게 말라가니 이
러다간 또 속절없이 잃는 것이 아닌가 하고 애를 태웁니다.

지난봄 한 철, 아파트 구내 한켠을 빌어 분갈이를 전문으로 해주고 떠난 젊은 부부의 모습이 떠오릅니다. 아파트 구내에서 아무나 장사를 할 수 없게 되어 있으니, 주민회에서 믿을 만한 사람에게 허가해 주었으려니 생각하면서 주저하지 않고 그들에게 분갈이를 맡겼습니다.

그 젊은 남자는 무거운 화분들을 빈 항아리 들어 올리듯 아주 가볍게 들어 올렸습니다. 먼젓번에 꽃집 할아버지가 화분을 다루실 땐 힘겨워하는 모습이 너무나 역력하여 죄송스러워 쩔쩔맸던 생각이 났습니다. 나는 그 젊은이의 일하는 모습을 아무런 부담도 느끼지 않고 지켜볼 수 있어서 즐거워지기까지 했습니다.

우리 집 페닉스는 원래 두 그루가 한 화분에 심어져 있었습니다. 다정한 자매처럼, 아니면 잉꼬 부부처럼, 뿌리를 한 곳에 모으고 싱그럽게 자랐습니다. 그런 페닉스를 두 개의 화분으로 갈라놓은 것이 잘못인지도 모릅니다.

이제는 너무나 자랐기에 갈라 심는 것이 서로의 성장에 도움이 되리라 생각했는데 막상 흙을 털어내고 뿌리를 가르려하니 어찌나 복잡하게 엉켜 있는지 한참 망설이지 않을 수 없었습니다.

처음부터 그들은 일심동체였는지도 모릅니다. 두 나무의 뿌리가 하나로 단단히 엉키어 있는 모습은 마치 핵의 덩어리처럼 두려움마저 느끼게 했습니다. 그러나 이왕 마음먹은 일이니 그대로 밀고 나가기로 했습니다.

꼭 붙어 떨어질 줄 모르는 뿌리를 살살 헤쳐가다가 젊은이는 짜증스러운지 우지끈 잡아당겼습니다. 마침내 페닉스는 두 개의 몸으로 나뉘어진 것입니다. 그 남자가 그 뿌리들을 힘주어 떼내는 순간, 가슴에 섬광같은 통증이 스치고 지났습니다.

천지개벽이다!

그렇게 외치는 것 같았습니다. 그 외침을 외면하고 싶어서라
도 그 젊은이가 빨리빨리 일을 끝내주기를 바랐습니다. 화사한
봄볕에 고스란히 드러나버린 페닉스의 뿌리들을 어서 속히 부
드럽고 비옥한 흙 속에 잠재워 주기를 바랐습니다.

"괜찮을까요'?"

속죄하듯 묻는 내 말에 그 젊은이는 아무렇지도 않은 일이라
는 듯 가벼운 목소리로 "그럼요." 하고 말했습니다.

그것이 불과 두어 달 전의 일입니다. 그런 뒤 한 달도 채 못
되어 하나의 페닉스가 시름시름 하다가 완전히 시들어 버리더
니 이제 남은 하나마저 그뒤를 따르기라도 하려는 듯 생사의
기로에 있습니다.

그 젊은이의 손길이 닿았던 것중에 또 두어 개의 화분 상태
가 좋지 않습니다. 남은 화분의 것들은 분갈이 후에 더 싱싱하
게 자라고 있지만, 주위 사람들은 아무래도 분갈이가 잘못된
탓이라고 말들을 합니다. 그러면서 왜 공연히 잘 자라는 것들
을 쑤석거려서 죽게 했느냐고 내 가슴에 못질을 탕탕 합니다.

잘못된 일에는 물론 잘못의 원인이 있을 것입니다. 잘못의
원인을 따지는 일은 제2의 잘못을 반복하지 않게 하기 위함입
니다. 설령 어느 누구의 말처럼, 전문가도 아니면서 분갈이를
엉터리로 하여 아까운 생명을 잃게 했다면 그들에게 그 잘못을
일러줘야겠지요. 만약 그들이 선량한 마음씨를 지닌 이들이라
면 무척 미안해 하면서 죽은 페닉스를 대신하여 조그만 꽃분
하나라도 주고 싶어할는지도 모르겠습니다. 그러면 나는 그들
의 보상심리를 못 이기는 체 하고 받아들일지도 모릅니다. 그
리하면 우리 집은 잃은 만큼은 못 되지만, 푸르름의 공간을 조
금은 채워 받게 되겠지요.

그런데 이상한 것은 그렇게 한다고 한들 내 마음이 조금도 편안해지지 않으리란 예감입니다. 만약 잃은 것이 생명을 지닌 것이 아니었다고 하면 설령 옷이나 가구나 그릇이나 뭐 하여튼 그런 것들이었다고 한다면 잘못을 확인하고 배상받는 일에 주저하지 않는지도 모릅니다.

그러나 생명을 지닌 것을 잃게 되면 다른 무엇으로든 그 상실의 아픔을 대신할 수가 없음을 느낍니다. 비록 말 못하는 식물이기는 하지만 매일매일 그 성장을 지켜보며 정을 주었는데, 그 생명의 숨결을 잃게 했다는 죄책감을 무엇으로 지울 수 있을는지요. 그렇지만 이런 때일수록 슬기로워야겠습니다. 하나의 상실이 또 하나의 상실을 가져오지 않도록 마음밭을 잘 다스려야겠습니다. 우리는 대부분 어떤 상실로 아픔에 젖어 있으면, 더 큰 것을 잃어버려도 모르고 지나기 때문입니다.

세상이 아무리 혼란스러워져도 흙을 만지는 마음은 정직하고 아름답다고 믿으며 살고 싶습니다. 어쩌다 그 결과가 좋지 않을지라도 그것은 누군가를 속이려한 마음이 있었기 때문이 아니라 무지의 소치 때문이라 생각하고 싶습니다.

누군가를 의심하거나 탓하거나 하면 마음이 오그라들고 세상이 슬퍼집니다. 그것은 너무나 어지러운 일입니다. 누구를 미워하거나 원망하는 일은 자신의 가슴속에 어둠의 골을 파는 일과 같습니다.

자신의 가슴에 상처를 내면서 어둠의 골을 파는 일은 상당한 에너지를 필요로 합니다. 살아가면서 이따금씩 미움의 싹이 솟아나더라도 에너지가 달려서인지 그 미움의 싹을 계속 키워나가기가 어렵습니다. 어떤 이는 미워하기 보다 사랑하기가 훨씬 더 힘들다고 말했지만, 나는 미워하기가 훨씬 더 힘들게 느껴집니다. 미움이라고 하는 그 독소를 도무지 가슴에 품고 버틸

재간이 없습니다. 그래서 언제나 미움의 싹이 돋지 않게 하려고 마음의 물구비를 돌려 놓곤 합니다. 그러한 내가 답답하기라도 했는지 누군가가 나에게 소리쳤습니다.

"지성을 갖춘 사람이면 분노할 줄도 알아야 합니다. 불의를 보면 분노하고 비판할 줄도 알아야 합니다."

미움이나 원망의 마음을 담지 않으려고 애쓰는 내 모습이 행여나 불의 앞에 순응하는 갈대로 보인 것은 아니었는지? 순간 눈앞이 아찔했습니다. 분노할 일에 분노하고, 비판할 일엔 비판하되 그것을 안으로 다스리며, 조용히 응시하는 눈빛으로 지켜보는 자세―. 그것 또한 저 노도 같은 함성만큼 무서운 질책이라 생각했었습니다. 아무튼 천지사방에서 분노와 비판이 폭죽처럼 터져 흐르는 이 계절이, 우리에게 진정 축복이든 시련이든간에 나는 벌써부터 힘겨워 지쳐 있는 것이 사실입니다.

6월은 장미의 계절인가 봅니다. 지나는 길목 곳곳에서 장미꽃이 마음을 붙듭니다. 다가가 향기를 맡아보고 꽃잎을 만져봅니다. 볼수록 오묘하고 아름다운 꽃입니다. 사람도 장미처럼 저렇게 고운 빛, 고운 모양으로 열정을 나타낼 수 있으면 좋겠습니다.

하나의 꽃이 꽃으로 피어나는 것은 여인의 해산처럼 엄청난 고통이 따르는 것이라고 생각합니다. 그냥 보기엔 한 송이 꽃일 뿐이지만, 꽃은 최선을 다해 자신의 열정을 표출하고 있는 것입니다. 생명이 지향하는 그 숭고한 열정으로 사력을 다해 꽃을 피웁니다.

우리가 지닌 열정이 꽃들의 그것처럼 순수하지 못해서 그럴까요. 우리가 피워내는 열정의 형상은 웬일인지 꽃들처럼 아름답지가 못합니다. 꽃들은 제각기의 개성대로 꽃을 피우지만 모두가 곱고, 또 무리지어 있어도 그 가치를 잃지 않는데, 우리는 순수하지 않아서인지 자신의 열정만이 최상의 가치라고 주장하면서 서로 아프게 엉키어 있습니다.

장미가 아름다운 향기로 피어나면서 자신을 보호할 가시 하나 지니고 있듯이 우리도 이 시대에 아름다운 꽃으로 피어나면서 인간으로서의 자존심을 지켜갈 가시 하나만 지니면 안 되겠는지요.

어디를 보아도 보이는 것은 창 같은 가시들과 그것에 찔리어 신음하는 모습만이 눈에 들어올 뿐입니다. 저 함성들, 그리고 저 상처받은 심장들. 인류의 역사는 이처럼 낭자히 피흘리며 격랑의 세월을 더듬어가야만 하는 것인지요.

날이 갈수록 열정을 토해내는 목소리들이 커집니다. 목소리 작은 이는 이런 때일수록 소리가 더 기어들어 갑니다. 하고픈 말이 없어서가 아니라 높은 목소리에 눌려 소리가 삼켜지기 때문입니다. 언제쯤이면 조용한 목소리로 얘기해도 다 알아듣는 시절이 올까요. 눈짓만으로도 상대방의 마음을 알아채고 이해하는 시절은 언제나 올는지요. 높은 목소리로 피를 토하듯 절규해도 모자라 목숨마저 불꽃에 살라버려야 직성이 풀리는 이 계절은 언제쯤이면 지나가 버릴는지요.

이 어지러운 혼돈의 계절을 사람들은 크고 아름다운 꽃을 피우기 위한 진통의 계절이라 합니다. 크고 아름다운 꽃을 피우기 위해 혼돈과 혼돈을 거듭하다가 꽃도 피우지 못한 채 시들어 버리는 것은 아닐까 하고 두려운 마음으로 지켜봅니다. 마치 우리집 페닉스처럼 말입니다. 아름다운 성장을 위해 분갈이를 한 것이, 어이없게 시들어 버리는 결과를 가져온 것처럼, 이 계절의 혼돈이 잘못 다스려져 절망을 가져오게 될까봐 마음이 답답해집니다.

그러고 보면 아름다운 이 계절, 하나 남은 페닉스와 함께 우리들 모두가 앓고 있는 환자가 아니겠습니까.

태양이 찬란하면 찬란한 만큼, 장미가 그 향기로움에 빛나면 빛나는 만큼 더 아득해지고 슬퍼지는 까닭은 무엇일까요. 그것은 아마, 신은 살아계시되 역사는 꼭 그렇게 신의 편으로만 흘러가는 것이 아님을 알고 있기 때문이 아닐는지요.

아름다움과 추함이 공존하는 세상, 추함이 있기에 아름다움이란 가치가 존재하듯이 악함이 있기에 선함이 대비되는 이 세상의 아이러니마저 어쩌면 신의 연출인지도 모른다는 생각이 오늘따라 왜 문득 스치고 지나는지 알 수 없습니다.

시련마저 연단(鍊鍛)의 선물로 삼으라시던 말씀이 장미꽃이 되어 웃고 있는 유월의 뜰. 나는 어지러움에 눈을 감습니다.

(1988. 6)

1003
카운트다운

시간은 모든 것을 삼킨다.
불꽃보다 더 이글거리던 걱정, 환희, 분노들,
그리고 바위보다 더 무겁게 짓누르던 절망, 고통, 슬픔들…….
모두를 시간은 삼킨다. 우리들 삶의 흔적이란,
시간의 벌판에 잠시 어른거렸다 사라지는
신기루 같은 게 아닐까.

나는 수에 대해서 퍽 아둔한 편이다. 복잡하게 배열되어 있
거나, 단위가 높은 수를 보면 머릿속이 멍— 해진다.

나는 그저 열 손가락으로 헤아릴 수 있을 정도의 수들이
좋다. 그런 수들은 나를 멍하게 만들지는 않는다. 그런 수들인
경우엔, 그들이 지닌 부피, 질량, 길이 등이 쉽게 머릿속에 잡
혀진다.

나는 복잡한 수보다는 단순한 수, 그리고 많은 수보다는 적
은 수에 친밀감을 느낀다. 내가 절실해지는 것은 결코 큰 수가
아닌 작은 수 앞에서이다. 그리고 그 절실함은 수를 더해 갈 때
보다는 감해 내려갈 때 더욱 심각해진다.

수가 있는 이상 모든 것은 유한하다. 그러니까 숫자에서 탈
출하는 자만이 꿈꾸는 영원을 얻게 될 것이다. 타의든 자의든,

나는 제로를 향해 나아간다.

유한한 목숨을 지녔기에 어쩌면 그건 필연일지도 모른다. 어찌 되었건 완벽한 제로 상태에 이르게 되면 숫자에서 탈출한 것 같은 해방감을 느낄 수 있다. 그러나 그런 상태는 실로 한순간에 있을까 말까. 어느새 나는 또 숫자에 골똘히 빠져 있는 것이다.

어린 시절, 어머니는 먹을 것이 있으면 동생과 나에게 똑같이 나누어 주셨다. 그때 제일 맛있었던 것은 역시 알사탕이 아니었나 싶다. 사탕 한 봉지를 받아 가지는 날은 부자가 된 기분이었다. 먹지 않고 그냥 갖고만 있어도 달콤하고 든든한 느낌이었다.

그러나 우리는 얼마 못 가서 이내 카운트다운을 시작하는 것이었다. 봉지 속에서 하나씩 꺼내어 먹을 때마다 먹어 버린 사탕의 숫자를 헤아리는 것이 아니고, 봉지 속에 남아 있는 사탕의 숫자를 헤아렸던 것이다.

언니야, 이제 아홉 개 남았다. 또 하나 꺼내어 먹고는 이제 여덟 개지? 한쪽으로 물면 볼탱이가 볼록해지는 사탕을 우리는 되도록 천천히 녹여 먹으려고 했다. 그래서 이리저리 굴리지도 않고 가만히 물고만 있는데도, 사탕은 참으로 달고 달아 어느 결에 입 속에서 녹아 버리는 것이었다.

행복은 왜 그렇게 금방 녹아 버릴까. 야금야금 없어져 가는 사탕을 아쉬워하면서, 아껴 두었던 마지막 하나마저 입 속에 밀어 넣던 어린 날―.

요즈음, 나는 어린 시절의 사탕봉지 생각을 자꾸만 하게 된다. 아름다움, 젊음, 기쁨, 행복, 사랑…… 말만 꺼내어도 단맛이 우러나는 그런 것들은 손에 쥐어졌다고 생각하는 그 순간에 사실상 카운트다운에 들어간 것이나 같기 때문이다.

　어차피 소멸해 버리는 것, 우리 가슴속에 무지개 같은 환상으로나 남아지는 그런 것들─. 처음부터 갖지 않으면 상실의 아픔도 없으련만, 그걸 예상하면서도 단맛은 누구나 좋아하여, 그 맛을 추구해 가며 사니 그것이 문제다.

　어렸을 때부터 나는 차멀미가 심한 편이었다. 어머니를 따라 동해안으로 가는 길이었다고 생각된다. 속이 울렁거리고 머리가 흔들려서 견디기가 어려웠다. 어머니는 당신의 무릎에 내 머리를 눕히고는 한잠 자라고 하셨다. 그렇게 누우니 메스꺼움이 조금 덜해지는 느낌이기도 했다.

　겨우 잠이 들었나 싶었다. 그러나 차의 흔들림과 소음 때문에 금방 깨어나 버렸다. 메스꺼움을 견디는 것이 얼마나 힘들었던지, 죽는 게 나을거라는 생각도 했었다. 어머니는 창백한 내 얼굴을 내려다보시면서 안쓰러워하셨다.

　참 용하구나. 이제 얼마 안 남았으니 조금만 더 참으면 된단다. 내 머리를 가만히 쓸어 주시면서, 얼마 안 남았다 하시는 바람에 나는 겨우 지탱이 됐던 것 같다.

　나는 속으로 계속 남은 거리를 어림하면서 카운트다운을 했었다. 어머니, 아직도 1시간 남았지요? 아니, 55분이란다. 한참 있다가 내가 또 어머니, 아직도 30분 남았지요? 했더니 어머니는 그래, 이젠 다 온 거나 같다 하시었다. 30분이나 남았는데─.

　고통을 느끼는 순간엔 시간이 너무나 더디었다. 그건 지금도 마찬가지다. 마음이 괴로우면 시간은 마냥 거북이 걸음이다. 괴로움에 뒤채며 지새우게 되는 불면의 밤은 얼마나 길던가.

　나는 요즈음, 시간의 흐름에 감사하는 마음이다. 더디게 느껴지는 그 시간이 고통의 무게를 카운트다운하기 때문이다. 잘

다스려지지도 않고, 꼼짝하지도 않는 아픔들을 다독거리면서
그 무게를 조금씩 가볍게 해주는 세월, 그 손길에서 이제 얼마
안 남았다 하시던 어머니의 음성을 듣는 것이다.

　시간은 모든 것을 삼킨다. 불꽃보다 더 이글거리던 격정, 환
희, 분노들, 그리고 바위보다 더 무겁게 짓누르던 절망, 고통,
슬픔들…… 모두를 시간은 삼킨다. 우리들 삶의 흔적이란, 시
간의 벌판에 잠시 어른거렸다 사라지는 신기루 같은 게 아닐
까.

　유한한 목숨들이 영원의 문으로 들어설 때, 가장 가벼운 몸
짓으로 날아들 수 있도록, 시간은 친절하게도 카운트다운을 하
는가 보다. 우리를 텅 비우게 하려고.

(1990. 9.)

1004

빨리 가는 시계

20분쯤 앞질러 산다는 것은
참 괜찮은 일인 듯했다. 마음이 조급할 때에도
커피 한 잔을 끓여 마실 여유를 부릴 수 있으며,
좋은 일로 외출할 때에는 넉넉한 기분으로
몸단장을 할 수 있었다.

우리 집 거실 한 구석에는 낡은 괘종시계가 걸려 있다. 나이를 따지자면, 스무 살 넘은 듯하니 시계로서는 고령인 셈이다.

사람은 나이를 먹으면 맥박이 느려진다고 하는데, 이 시계는 어쩐 일인지 맥박이 더 빨라져 매일 몇 초씩 앞질러 간다. 한순간도 쉬지 않고 똑딱 똑딱 뛰고 있는 그의 맥박을 몇 날 며칠 내버려 두면, 홀로 마냥 앞질러 가려 하니 탈이다.

손목시계와 탁상시계, 그리고 아이가 과학실습시간에 만든 전자시계, 또 전자렌지에 부착된 시계까지, 시계라는 시계들이 일제히 똑같은 시간대를 가리키면서 발맞춰 달리는데 잘나지도 못한 저 괘종시계는 늘 선두 주자로 달리니 저 혼자서 잘난 셈이다. 나는 처음에 독주하려 하는 이 시계를 용납하지 않았다. 매일 눈에 보일 듯 말듯 앞지르는 그의 속셈을 며칠은 눈치채지 못하고 지내지만, 어느 날 몇 분씩 앞질러 가고 있음을 발견하게 되면 어김없이 큰 바늘을 제 위치에 갖다 놓았다. 항상 성질 급한 큰 바늘이 속도 위반을 한다.

그런데 이런 실랑이를 하는 동안에 언제부터인지는 모르지만 나는 이 시계와 정이 든 것 같았다. 정확하지 못하다고 못마땅하게 여겨 왔으면서도 어느새 얼마큼씩 앞지르는 그 여분의 시간에 익숙해져 버린 모양이었다.

괘종시계는 자신의 방식대로 나를 길들인 셈이었다. 나는 큰 바늘의 앞지르기를 허용했다. 그러나 앞지르기에도 나름대로 한정선이 있었다. 20분 이상을 초과하지 않을 것! 다른 시계들보다 그 이상 앞지르기를 한다면, 시계로 인정해 줄 수가 없기 때문이다.

20분쯤 앞질러 산다는 것은 참 괜찮은 일인 듯했다. 마음이 조급할 때에도 커피 한 잔을 끓여 마실 여유를 부릴 수 있으며, 좋은 일로 외출할 때에는 넉넉한 기분으로 몸단장을 할 수 있었다. 20분이라는 시간을 늘 보너스로 얻은 듯 착각이 들었다.

아이들도 나처럼 20분이란 여유를 은연중에 누리고 있었던가 보다. 어느 날, 시계를 정확한 시간으로 맞춰 놓은 사실을 깜빡 잊고 말하지 않았다가 아이들에게 항의를 들었다. 다른 때처럼 느긋하게 20분의 여유를 즐기려다가 그것이 아님을 알자 아이들은 허둥지둥 하면서 일종의 배신감 같은 것을 느꼈던 모양이다. 늘상 20분 빠른 상태로 내버려 두라는 것이었다.

그런데 오늘, 나는 괘종시계로 인해 무안함을 느낀 일이 있었다. 어떤 분과 정중하게 통화를 하고 있는데, 괘종시계가 종을 쳐댔기 때문이다. 20분이나 앞서 가고 있으면서 아무런 주저함도 없이 댕댕댕댕 열한 점이나 치는 바람에 나를 당황하게 만들었다.

괘종시계가 소리를 멈출 때까지 전화선에는 침묵이 흘렀다. 나는 소리의 정체를 말하면서 웃음으로 무안함을 얼버무렸고, 그분은 종소리가 맑고 시원하다면서 그 무안함을 감싸주려고 했다.

이와 비슷한 일이 있었던 것은 오늘뿐이 아니었다. 저 괘종시계는 도대체 눈치볼 줄을 전혀 모르니…… 참 이상스럽다. 통화를 하는 중에 괘종시계가 종을 쳐대면, 속옷이라도 내보인 것처럼 부끄러워진다.

나는 다시 한 번 괘종시계를 본다. 20분이란 보너스를 계속 누릴까 말까. 새삼스럽게 마음에 갈등이 생긴다.

(1990. 5.)

1005
·
순행
順行

떨어진 성적이 무슨 문제겠는가.
그로 인해 자만심의 결과가 어떻다는 것을
스스로 깨달았으면 잃은 것보다 얻은 것이 많지 않을까.
나는 그 점을 일깨워준다.
잃었을 때, 무너졌을 때, 실패했을 때,
깨달음이 따른다면 그것은 실패한 것이 아니라
잃은 것 이상으로 얻은 것이라고.

시간이 너무 빨리 흐르는 것 같다. 요즈음은 특히 어물어물
하는 사이에 하루가 지나가 버린다. 봄이 되면, 성배를 품에서
떼어놓아야 하기 때문에 이번 겨울을 유난히 짧게 느끼는지도
모른다.

3월이 오면 입학식과 동시에 성배는 학교 기숙사로 들어
간다. 올해 과학고등학교에 입학하게 되는 둘째 아이 이야기
이다.

키가 아빠만큼 커져서 나를 어깨 아래로 내려다보고, 가끔씩
아빠의 전기면도기로 한두 올 있을까 말까한 수염을 깎는다고
말랑말랑한 제 턱을 밀곤 하지만, 여전히 어린 티가 배어 있는
녀석이다.

나는 지금도 아이에게서 모락모락 아기 냄새를 느낀다. 그애

가 아기였을 적에 따뜻한 물에 목욕을 시키고 나서 품에 안을 때마다 나를 취하게 하던 부드럽고 향긋한 아기 냄새―. 엄마들은 늘 그 냄새를 잊지 못하고 그리워한다.

아이는 어렸을 때부터 과학자가 되는 것이 꿈이었다. 처음엔 그저 막연한 듯 보였는데, 날이 갈수록 그 꿈은 구체성을 띠게 되었다.

중학교 1학년 때였던가. 아이는 나에게 이런 말을 하였다. 이 세상에 태어나 밥만 먹고 살다가 갈 수는 없다. 세상을 위해 뭔가 빛이 되는 일을 하고 싶은데, 곰곰이 생각해 보니까 과학자가 되는 것이 좋을 것 같다. 과학자는 이 세상 빛을 위해 연구하는 사람들이니까.

아이가 아주 진지한 얼굴로 말했기 때문에 나도 그 말을 진지하게 들었다. 아무도 아이에게 빛이 되라고 말한 일 없었다. 그런데 왜 그런 생각을 하고 있는지, 그 순간 나는 좀 염려스러웠다. 그냥 아이답게 즐겁고 편한 인생을 꿈꾸었으면 좋겠다고 생각했다. 빛이 되는 인생은 얼마나 고행인가를 상상하면서 아이의 여린 어깨를 감싸안았던 기억이 난다.

아이가 과학고등학교 입학시험을 치르던 날, 나는 집에서 편히 있을 수가 없었다. 학부모 대기실에서 뜨거운 생강차로 한기를 달래면서 시험이 끝나는 시간을 기다렸다. 마음속에서 자꾸 슬픔 같은 감정이 고여 출렁거렸다. 시험이니 경쟁이니 하는 것들은 인간을 슬프게 만든다. 승자와 패자가 있기 때문이다.

아이가 안쓰러웠다. 남들처럼 과외 한번 시켜주지 못했다. 그랬으니 어려운 시험을 치르면서 얼마나 애를 태울까. 추운 날씨에 손발이랑 가슴은 얼마나 시릴까.

시험이 끝났을 때, 아이는 얼굴이 반쪽이 되어 나왔다. 생전

보지도 못했던 문제들이 출제되었다면서 풀죽어 있었다. 시험을 치르고 나면 언제나 틀린 갯수를 정확히 알아, 자기 성적이 어떻다는 것을 먼저 아는 아이였다. 그런데 저토록 낙심하고 있으니 합격 못할지도 모른다는 생각이 들었다.

처음부터 나는 합격 여부에는 초연하자고 아이와 다짐했다. 인생의 길은 꼭 하나가 아니라는 것에 우리는 동의했고, 목표만 뚜렷하다면 어떤 길로 가든 목표지점에 닿을 수 있다는 것까지도 이야기가 통했다.

물론 아이가 가고자 하는 길은 지름길이다. 목표지점을 가장 빠르고 명확하게 갈 수 있는 길—. 그러나 생을 살아가는 데 있어 지름길만이 길은 아니다. 또 그것만을 최상의 길이라고 단정하지도 못한다. 생을 긴 안목으로 내다볼 때 곱절의 힘을 들이며 우회했기에 더 값진 무엇인가를 얻을 수도 있는 것이다.

입학원서를 내기 훨씬 전부터 그런 문제에 대해서 우리는 충분한 이야기를 주고받았다. 아이는 내가 무엇을 말하고 싶어 하는지를 잘 알아들었다.

생의 여러 갈래 길을 설명하는 나에게 아이는, 인간에겐 자기 앞에 주어진 기회를 붙들고 싶어하는 욕구가 있다고 답변했다. 그 기회를 포착하기 위해 최선을 다하는 것이 아름답다는 말도 했다. 그리고 우물 안 개구리식의 테두리를 벗어나, 비슷한 아이들과 실력을 겨루어 보는 일이 해볼 만한 일이 아니냐고 묻기도 했다.

솔직히 말하자면, 나는 그 아이가 과학고등학교에 들어가는 것을 별로 내켜하지 않는 편이었다. 수재들만 모인다는 그 속에서 뒤쳐지지 않고 견디는 일이 쉽지 않을 것 같기 때문이었다. 또 섬세하고 여린 심성을 지닌 아이이기에 정서적인 면으로도 마음이 놓이지 않았다.

기숙사에 들어가면, 마음 다쳐 아파할 때마다 마음을 다독거리려 줄 엄마도 곁에 없으니 이제부터는 제 스스로 모든 걸 알아서 다스려야 한다. 처음 얼마 동안은 모든 것이 서툴고 잘 안될지도 모른다. 그러나 떨어져 있으므로 해서 자립심이 강해져 더 빨리 성숙해질지도 모른다는 생각이 들기도 했다.

그런데 무엇보다도 나는 아이와 떨어져 있어야 한다는 것이 마음에 안들었다. 자식은 성장하면 으레 부모 곁을 떠나 자신의 둥지를 만들게 되어 있다. 그래서 언젠가는 떠나 보내야 한다고 생각하고 있지만, 그 시기가 너무 빠른 것 같아 싫다.

바라만 보아도 기분이 좋아지는 아이다. 함께 이야기하고 장난도 치고 실랑이를 하면서 매일 아이로 인해 행복감을 느끼곤 하였는데, 저 아이가 없으면 집안은 얼마나 적막해질까. 합격자 발표가 난 날, 나는 기쁨보다는 헤어져야 한다는 생각에 잠을 이루지 못했다. 아이를 집에서 떠나 보내고 나면 허전함 때문에 나는 아마 무척 힘들어 할 것 같다.

아이는 떨어져 있게 된다는 사실에는 대범한 듯했다. 3월부터 시작될 기숙사 생활에 대해 약간의 기대감을 가진 듯 보여지기도 한다. 떠나 보내기 싫어하는 나에게 주말마다 집으로 오니까 너무 섭섭해 하지 말라고 위로도 한다.

요즈음 아이의 움직임 하나하나에 나의 신경은 촉각을 세우고 따라다닌다. 늘 함께 있지 못하는 시간이 오고 있으니까, 나는 그 때를 대비해 뭔가를 해야 한다. 그러나 나는 실제로 아무 것도 하고 있지 못하다. 아이의 건강이나 공부에 대해서도 여전히 아이에게 맡겨두고만 있다. 몸이 허약한 편이어서 기숙사 들어가기 전에 보약이나 좀 먹이라고 주위에서 권하지만 아직 약 한 첩도 먹이지 못했다.

또 입학 전에 고2 과정 수학을 다 마쳐야 된다면서 함께 합격

한 아이 친구 어머니로부터 그룹과외를 시키자는 제의도 받았다. 미리 조금만 뒷바라지 해주면 들어가서 쉽게 따라갈 거라는 얘기다. 물론 일리가 있는 말이지만 형편상 사양을 하였다.

아이도 저 혼자 공부하는 데 익숙해 있어서인지 과외라는 말만 들어도 심적, 경제적 부담을 느끼는 모양이다. 하고 싶다는 말을 안 하였다. 자기는 고1 과정도 제대로 끝마치지 못했다고 했다. 무슨 수로 고2 과정을 배우느냐고 한 마디로 잘라 말했다.

마음이 왜들 그렇게 바쁜지 모르겠다. 왜 모두들 그렇게 앞질러 가려고만 하는지 정신을 차릴 수가 없다. 내가 지금까지 아이에게 해준 것이라곤 마음 다독거리는 것뿐이었다. 내 능력으로는 세상 돌아가는 속도에 발맞출 수가 없었다. 자기 궤도를 달리면서 아이가 주저앉거나 빗나가지 않게 마음을 쓰는 일이 내 능력의 전부였다.

가끔 주변의 다른 학부모들로부터 어떻게 공부시켰느냐고 질문을 받는다. 그럴 때마다 나는 말문이 막힌다. 공부는 그저 저혼자 해왔으니 들려줄 말이 없다.

시험공부하는 아이를 불러내 바둑 한 판 두자던 엄마였다. 그런 엄마가 밉지 않은지 빙긋 웃으면서 바둑판을 가져오던 아이였다. 그리고 TV에서 멋진 다큐멘터리나 명화를 상영할 때면 그걸 놓칠까봐 공부 놔두고 함께 보자고 하던 엄마였다. 거실로 불려 나와서 함께 TV를 보다가도 슬그머니 시선이 책에 가 있던 아이였다. 그런 아이를 지켜보면서 나는 공부도 팔자라는 생각을 했다.

하라고 아무리 다그친들 마음이 없으면 책이 머리에 들어올리 없다. 다른 곳에 마음이 가 있는데 우격다짐으로 책상 앞에

앉혀놓은들 공부가 될 리 없다. 지난날 내 스스로 겪어서 아는
바가 아닌가. 그래서 내버려 둔다. 놀다가 지치면 공부하겠지.
때로는 노는 일에 지칠 기미가 보이지 않고 계속 빠져들 때도
있다. 무관심으로 위장하는 일은 참 어렵다. 잔소리 하고 싶은
마음이 목구멍까지 차오른다. 그러나 꾹 참고 침묵으로 지켜
본다. 그럴 때 시험을 보면 좋지 않은 성적이 나온다. 아이는
성적표를 내밀며 미안해 한다. "내가 너무 놀았죠?", "좀 그렇
게 보이더라."

떨어진 성적이 무슨 문제겠는가. 그로 인해 자만심의 결과가
어떻다는 것을 스스로 깨달았으면 잃은 것보다 얻은 것이 많지
않을까. 나는 그 점을 일깨워준다. 잃었을 때, 무너졌을 때, 실
패했을 때, 깨달음이 따른다면 그것은 실패한 것이 아니라 잃
은 것 이상으로 얻은 것이라고.

쓰러지는 힘의 반동작용으로 더 분명하게 제자리에 설 수 있
는 인간이어야 훌륭한 인간이라고 은연중에 강조해 왔다. 그것
은 나 자신에게 늘 타이르는 말이기도 하다. 인간이기에 완전
하지 못하다. 누구나 완벽할 수 없으니 언제 어느 때라도 실수
할 수 있는 것이 인간이다. 이런 상식적인 얘기를 우리는 머리
로는 다 이해한다. 그러나 막상 가슴으로는 받아들이지 않는
경우가 허다하다.

아이에게서 부족한 점이 보이면 그것을 인정하고 미소롭게
받아들이는 일 또한 쉬운 일은 아니다. 부모란 본래 자기 자신
은 허물투성이이면서 자식의 허물이나 실수를 용납하지 않으려
하기 때문이다.

아이가 뭔가를 잘못했을 때 나는 되도록 따뜻한 가슴으로 품
으려 애써왔다. 그래서인지 아이는 모든 걸 숨김없이 들려주는
편이다. 좋은 일보다도 좋지 않은 일이 있을 때 엄마란 존재를

더 필요로 한다. 엄마에게 이야기하므로써 마음의 짐을 더는 모양이다.

그런 날 학교에서 돌아왔을 때 내가 출타중이면 조급하게 애태우며 나를 기다리곤 했다.

이제 기숙사로 들어가면 그런 모든 것이 달라진다. 내 손길에서 멀어져서도 온전하게 잘해 나갈지 걱정스럽지만 더 이상 아이를 품고만 있을 수 없는 시기가 되었다.

아이는 의외로 차분하다. 엄마와 떨어져 생활하는 것에 대해서 별 걱정을 하지 않는다. 자식이란 다 그런가. 부모 곁을 이렇게 차분하고 담담하게 떠날 수 있단 말인가. 이만큼 커버린 아이가 대견하기도 하고, 한편으로는 좀 섭섭하기도 하다.

인류는 이렇게 흐르는가 보다. 부모는 끝없이 아쉬운 정을 지니고, 자식은 홀로서기에 마음 바쁘고—.

아이를 떼어 보내고 나서 순행(順行)의 도를 새롭게 닦아갈 일이 까마득하다.

(1992. 2.)

1006

마음의 행로

홀러간 시간 속에서
그래도 가장 아름답게 빛을 발하는 것은
사랑하고 사랑받았던 그 순간들이다.
그것이 현실과 연결된 것이 아니라 할지라도,
그리하여 지울 수 없는 상처를 남긴 것이라 할지라도
사랑을 나눈 한 순간의 순수와 진실은 놓치고 싶지 않은
생의 한 대목이 아닐 수 없다.

온종일 질척거리며 비가 내리고 있다. 이런 날은 어쩐지 마음이 안정되지가 않는다. 공연히 창 밖을 내다보는 횟수가 잦아지고, 전화기에도 손이 자주 간다. 한동안 소식 뜸했던 얼굴이 불현듯 떠오르기도 하여 다이알을 돌리며 텔레파시(telepathy)를 보내노라고 너스레를 떠는 날도 대체로 이런 날이다.

비의 탓이다. 비 안개 저편이 왜 이리 아득할까. 마음과 마음 사이엔 강물이 흐르는 것 같고, 그래서 홀로 섬이 되어 빗속을 떠돈다.

비가 이렇게 내리는 날은 시간이 앞으로 흘렀다, 뒤로 흘렀다 한다. 창 밖엔 비에 젖어 파르르 떠는 잎새들이 있는데, 난 턱을 고이고 그들을 하염없이 바라보며 타임머신 놀이를

한다. 내가 살아보지 못한 수백, 수천 년 전으로 돌아가 보기도 하고 또 앞으로 내 후손의 후손들이 살아가게 될 먼 미래 속으로 떠나보기도 한다.

그러나 스스로 직접 체험해 보지 못한 세계 속에선 아무래도 오래 머물게 되지를 않는다. 가슴의 진동이 적은 탓이다. 그래서 이리저리 시간의 채널을 돌리다보면 덜커덩 멈추고 싶은 시점이 포착된다. 그 시점은 늘 그래왔듯이 내 생의 포물선이 그려진 바로 그 영역 안이다.

참으로 이상하다. 화려하지도 않고 행복했다고 말할 수도 없는 지난날들이 왜 이렇게 마음을 붙잡는지는ㅡ. 진저리나게 외롭고 힘들었던 순간들까지 무슨 명작동화 이야기처럼 곱게 채색되어 살아나는지ㅡ. 그건 참 모를 일이다.

이래서 추억을 지닌 자는 행복하다고 말하는지도 모른다. 지워버리고 싶었던 순간까지도 어느 만큼 시간이 흐르고 나면 마치 공소시효가 지나버린 사건인 양 아픈 얼룩들도 분단장할 차비를 하고 있으니 말이다.

하물며 아끼고 간직하고 싶었던 순간이었다면 말해 무엇할까. 보물은 닦고 닦을수록 투명하게 빛나는 것, 가슴속에 간직한 아름다운 추억들은 결코 무엇과도 견줄 수 없는 소중한 보물들이 아닌가. 그것은 누가 앗아갈 수도 없고 범접할 수도 없는, 오로지 그 추억을 지닌 자만의 것이다. 이 세상에서 눈을 감는 순간까지 이렇게 완벽하게 자기의 것으로 소유하는 것이 추억말고 무엇이 또 있겠는가.

그래서 사람들은 아름다운 추억을 지니고 싶어 들로 산으로 헤매고, 비밀스런 추억 하나쯤 영원히 가져가고 싶어 사랑을 찾는 것인지도 모른다.

흘러간 시간 속에서 그래도 가장 아름답게 빛을 발하는 것은 사랑하고 사랑받았던 그 순간들이다. 그것이 현실과 연결된 것이 아니라 할지라도, 그리하여 지울 수 없는 상처를 남긴 것이라 할지라도 사랑을 나눈 한 순간의 순수와 진실은 놓치고 싶지 않은 생의 한 대목이 아닐 수 없다.

오래전에 보았던 외국영화 〈마음의 행로〉가 생각난다. 그것은 나의 어머니의 세대로부터 명화라고 손꼽혔던 오래된 흑백영화다. 나는 그 영화 줄거리를 소녀 시절에 어머니에게서 들었는데 중학교 1학년 때엔 담임이셨던 강 선생님에게서도 들었다.

강 선생님은 식곤증이 몰려오는 어느 날 오후, 이야기를 해달라고 조르는 아이들에게 교과서를 덮으라고 하시고는 〈마음의 행로〉 이야기를 들려주셨다. 선생님은 마치 자신의 이야기라도 되는 것처럼 그 영화에 도취해 계셨다. 선생님의 격정어린 이야기에 우리도 함께 도취되어 아름다운 영상을 가슴속에 그리고 있었다.

그렇게 이야기로 들은 뒤 세월이 퍽 흐르고 나서 TV를 통해 그 영화를 감상하게 되었을 때엔 마음이 몹시 설레였다. 영화가 끝나는 순간까지 TV수상기 앞에서 숨도 크게 못 쉬고 영화에 몰입해 있었는데, 세월이 또 이만큼 흐르고 나니 전체적인 줄거리도 아른거리고, 주인공이 어떤 배우였는지, 또 누가 제작한 어느 나라 영화였는지조차 잊어버렸다.

다만 기억상실증에 걸린 남자 주인공이 옛집을 찾아가는, 영화의 클라이맥스에 해당하는 마지막 장면은 환상적인 영상으로 떠오른다. 무언가 떠오를 듯 말듯한 상태에서 옛집을 찾아와서 하얀 대문의 고리를 벗기고 정원으로 들어서다가 그는 흐드러지게 피어 있는 꽃나무를 만나게 된다.

머리를 숙여야지만 지나갈 수 있을 정도로 낮게 늘어져 있는

가지 하나를 치켜 올리는 순간, 그는 너무나 익숙하다는 느낌
을 받는다. 옛날에 그가 정원을 지나면서 해오던 습관이었기
때문이다. 휘어진 꽃가지가 아름다워 그대로 놔두기로 했던 기
억이 번개처럼 그의 뇌리를 스쳤다.

그는 지녀왔던 키를 현관문에 꽂는다. 부드럽게 열리는 문,
그렇게 열린 문 안엔 자신의 과거가 옛날 그대로 숨을 쉬고 있
었다. 그리하여 그는 마침내 잃어버렸던 자신을 온전히 되찾게
되어 영화는 해피 엔딩이다.

기억상실증이라고 하는 아득한 암흑 속에서 그를 끌어낸 사
람은 다름아닌 그의 부인이었다.

잃어버린 과거에는 너무 행복했던 그들 부부, 그러나 어느
날 갑자기 돌아오지 않는 남편, 그를 찾았으나 그는 이미 사고
로 기억상실증에 걸려 완전히 타인이 되어 있었다. 부인에게
있어 그것은 형벌과도 같은 아픔이었다.

그 두 사람은 새로운 사랑을 시작한다. 여인에겐 그가 새로
운 남자일 수가 없지만, 남자에겐 그녀가 새로운 여인일 수밖
에 없는 묘한 관계다. 여인은 예전처럼 그에게 사랑을 받게 되
지만, 예전의 그가 아니기 때문에 그와 함께 아름다웠던 옛 시
간을, 그 추억을 나누어 가지지 못하는 슬픔으로 가슴이 막
힌다.

〈마음의 행로〉에서도 보여주듯이 사랑의 추억은 함께 나누어
가지는 것이라는 생각이 절실해진다. 두 사람이 함께 소중히
간직할 수 있는 추억일 때, 그것은 더 빛나고 아름다울 수가 있
으리라. 한편에서 그 추억을 상실해 버리면 상대편 가슴에 지
닌 추억도 온전한 아름다움으로 남아지기 어려울 것 같다.

요즈음은 기억상실증 환자가 의외로 많은 것 같다. 추억만들
기 경연이나 하듯이 겁도 없이 사랑을 저질러 놓고, 어느 사이

에 기억상실증 환자가 되어 그 사랑을 훌쩍 떠나버린다.

인간에겐 망각의 기능도 축복임에 틀림없는 것 같다. 망각의 기능이 없다면 인간은 훨씬 불행할지도 모르니까. 그러나 한편 인간만이 추억할 수 있는 존재가 아닐까 생각해 본다. 인간들만이 추억을 통해 시간을 넘나드는 게 아닌가. 시간을 되돌리기도 하고 머물게도 하면서ㅡ.

이렇게 덧없이 옛날을 꿈꾸는 사이, 밖에서는 계속 비가 내렸다. 저 비 안개 속 어딘가에서는 슬프고도 달콤한 비밀 이야기가 새겨질 것만 같은 오후ㅡ. 나는 추억의 날개를 털고 제자리를 찾는다.

(1989. 8.)

¹⁰⁰⁷
깊고 푸른 잠

우리는 두 세계 속에서 진실을 만난다.
꿈꾸는 세계 속에서 그리워하며 추구해 가는 진실과
현실 속에서 만나게 되는 진실. 그런데 이 두 진실의 얼굴은
이상과 현실 사이의 괴리만큼이나 서로 다른 얼굴을
하고 있는 것이다.

인생은 사인곡선이라는 생각을 했었다. 오르면 내려오고, 내려오면 다시 오르는 곡선. 인생 뿐만 아니라 우주의 모든 섭리가 채웠다가 비우는 리듬으로 순환한다고 생각했다.

바다가 밀물과 썰물로 숨을 쉬듯이 인체도 바이오리듬이 있어서 오르고 내림의 순리를 따른다는 것도 알았다. 모든 이치가 그러하니, 즐겁고 행복한 날들이 있으면 슬프고 아픈 날들도 리듬을 타고 오리라 생각했었다.

그래서 기쁘고 즐거울 때에도 마음 한편으로는 언제 찾아올지 모르는 슬픔이나 괴로움을 생각하게 되어 예비하는 자세로 자숙하곤 했었다. 나에게 어떠한 시련이 닥쳐 올 때에도 겸허하게 그 시련을 견디려고 애썼다.

그렇게 살아왔다고 생각했는데, 지난 몇 달 동안 나는 그만

중용의 미덕을 잃고 끝없는 허무와 절망 속에서 헤매었다. 잠을 이루지 못하는 밤들이 연일 계속되었다. 밤마다 자리에 누우면서 편안하게 잠들게 해 달라고 기원하지만, 내 머릿속은 시간이 흐를수록 더 명료해져서 나중엔 내 몸 속에서 뛰는 맥박의 소리마저 들리는 듯했다.

무엇을 괴로워하는가. 도대체 무엇 때문에 슬퍼하며 절망하고 있는가. 수렁과도 같은 번민의 늪에서 빠져나오지 못하는 나 자신이 미워 스스로 냉정하게 자신에게 힐문하며 심판을 가했다. 이슬처럼 사라지려무나. 아무런 흔적을 남기지 말고 한 줌의 바람이 되어 사라지려무나.

그런데 그렇게 할 수가 없었다. 이슬처럼 사라지려고 생각만 해도 눈물이 솟았다. 세상에 내가 남긴 흔적이 너무 많다는 것을 나는 그제서야 알게 되었다. 남편과 아이들을 비롯하여 너무 많은 사람에게 정을 쏟으며 살아왔다. 정을 쏟은 순간순간들이 모두 하나하나의 열매를 달고 꽃나무로 서 있는 듯했다. 그 나무들을 마음속으로 베어 버려야겠다고 생각하니 슬프고 허망해서 견딜 수가 없었다. 특히, 아이들이라는 꽃나무 때문에 나는 그 어떤 모진 마음도 지닐 수가 없는 사람임을 새삼 깨닫게 되었다.

어느 사이엔가 나는 너무 높은 곳을 바라보고 있었던 모양이었다. 꿈과 현실 사이에서 중용의 덕을 취해야 하는데, 현실의 줄을 잡은 채 너무 높이 날기를 원했던 것이 아니었던가.

이러지도 저러지도 못하는 절망의 끝에서 내가 온 길을 되돌아보며 나는 다시 내 발자국을 따라 본래의 그자리로 되돌아가기로 하였다.

실상 내가 잃었다고 슬퍼했던 것은 진실도 순수도 아니며 아름다움도 아니다. 내가 잃은 줄 알았던 그런 것들은 어쩌면 처음부터 존재하지 않았었는지도 모른다는 생각이 들었다. 존재하지도 않는 것을 꿈꾸며 추구해 왔던 것 같다.

적당히 차면 또 적당히 비워내며 살아야 하는 우주섭리를 망각한 채, 삶의 방향조차 가름하지 못하고 고민했던 그 불면의 나날들이 실상은 내 생애에 있어서 혼미한 잠의 시간이었음을 나는 뒤늦게 깨닫기 시작하였다.

나는 그 혼미한 잠에서 가까스로 눈뜨는 수련을 하고 있었던 것 같다. 지금까지 내가 찾으려 애썼던 것, 잃을까봐 두려워했던 것, 그리고 잃었다고 슬퍼했던 것이 무엇이었나를 나는 서서히 보기 시작하였다.

우리는 두 세계 속에서 진실을 만난다. 꿈꾸는 세계 속에서 그리워하며 추구해 가는 진실과 현실 속에서 만나게 되는 진실. 그런데 이 두 진실의 얼굴은 이상과 현실 사이의 괴리만큼이나 서로 다른 얼굴을 하고 있는 것이다.

나는 언제나 꿈속에서 진실의 얼굴들을 찾으려 애썼다. 현실에서 발견하게 될 진실, 그 참모습은 어쩐지 두려워서 그편은 늘 외면하고 살아온 셈이다.

지금 나는 그 두려움을 조금씩 거두워내고 현실이 내미는 진실의 카드를 보고 있다.

아주 슬픈 꿈을 꾸고 난 것처럼 가슴에 흐느낌의 여운이 멎지 않는다. 그렇지만 이제 나는 어떠한 진실 앞에서도 도망치지 않을 것이다.

마치 깊은 잠에서 깨어난 느낌이 든다. 그러나 깨어났다고 생각하는 이 순간 역시 잠의 연장인지도 모른다는 생각이 스치고 지난다. 인생은 깊고도 푸른 잠이 아닐는지…….

(1987. 1)

장 마
₁₀₀₈

언제나 새삼스러운 것은
우리들의 만남이나 헤어짐에 관계없이,
태양은 여전히 빛나고, 새들은 노래하고,
꽃들은 피어난다는 사실이다.
그걸 깨달을 때면 알 수 없는 감회가
가슴을 치받는다.

장마가 계속되고 있다. 하염없이 내리는 빗줄기에 천지가 온통 음습하기만 하다. 그 눅눅함이 온몸으로 스며들어, 심장의 열기를 앗아가는지 자꾸만 한기가 느껴진다.

따스함이 그립다. 햇살이 그립다. 커피 한 모금의 온기로는 더워지지 않는 내밀한 마음의 방, 그곳을 밝히려는 듯 촛불하나 밝혀 놓고 감미로운 음악을 들어본다.

창으로는 빗물이 흘러내리고, 실내엔 저음의 샹송이 흐른다. 탁자엔 커피 대신 나폴레옹 꼬냑 한 잔을 따라 놓았다.

이럴 때는 따뜻한 사람과 함께 있고 싶다. 눈빛만으로도 마음이 통할 수 있는 사람, 함께 있다는 것만으로도 세상의 걱정거리가 다 사라지게 되는 그런 시선과 마주하고 싶다.

비는 대체 언제까지 오시려나. 우기가 길어지면 길어질수록 내 마음도 따라서 유랑하는데⋯⋯. 빗물처럼, 강물처럼, 어디론가 낮게 낮게 흘러가고만 싶다.

유랑자의 넋은 어떤 형상일까. 바람일까, 물일까, 빛일까 어둠일까, 바람과 바람이 만나듯, 물과 물이 만나듯, 떠도는 넋으로 만났다 헤어지는 우리들⋯⋯.

언제나 새삼스러운 것은 우리들의 만남이나 헤어짐에 관계없이, 태양은 여전히 빛나고, 새들은 노래하고, 꽃들은 피어난다는 사실이다. 그걸 깨달을 때면 알 수 없는 감회가 가슴을 치받는다.

부서지고 깨어지는 아픔을 몹시 두려워하면서도 또다시 떠나고 싶어하는 마음―. 만나고 헤어지고, 일어서고 무너지고, 그러면서도 다시 바다의 품을 그리워하며, 태양을 흠모하며 유랑의 길을 떠나려하는 마음―. 고여 있는 것이 썩는 것이라 생각하는 한 이대로 머물 수만은 없는 것이리라.

인간은 참으로 모순덩어리이다. 정착에의 꿈을 꾸면서도 끝없이 유랑의 꿈을 꾸고, 상처받기 두려워하면서도, 가슴속엔 자폭하기에 충분한 뇌관 하나씩 숨겨 가지고 살아가고들 있으니⋯⋯.

장마 때문에, 저 끝없이 흘러내리는 빗물 때문에 나는 유랑자의 넋이 되어 자꾸만 어디론가 흘러간다. 슬픔만이 남아지는 여로를 따라⋯⋯.

(1990. 6)

1009

선 · 택

중요한 것은
선택이 잘못되었을 때 어떤 방식, 어떤 태도로
자신의 선택에 책임을 지는가
하는 것이다.

이제 그만 일어날까. 아니면 조금 더 누워 있을까. 오늘은 무슨 옷을 입을까. 누구에게 전화를 하며, 누구랑 함께 점심을 먹을 것인가…… 등등 우리는 눈뜨면서부터 잠드는 순간까지 크고 작은 선택을 하며 살고 있는 것이다. 인간은 의식 속에서든 무의식 속에서든 하루에 이천 번 가량의 선택을 한다고 하니 산다는 것은 정말 '선택'을 의미하는 것인지도 모른다.

나는 선택하는 일에 서툰 사람이다. 물건을 고르는 일에서부터 사람을 선택하는 일에 이르기까지 결코 야무지고 똑똑한 편이 못되는 것 같다. 스카프 하나를 사려 해도 선뜻 고르지 못하고 매장을 몇 바퀴씩 돈다.

사람을 선택하는 것만 해도 그렇다. 너무 완벽하게 갖춘 것 같은 사람은 왜 그런지 불편스럽게 느껴져 멀리하게 된다. 그리고는 어딘지 모르게 비어 있는 것 같은 사람에게 편안함을 느껴 가까이 가게 된다. 그런 선택은 세상살이의 실속과는 거리가 먼 것이기 쉽다.

어떤 한 순간의 선택이 인생을 좌지우지 한다는 것을 생각하면 선택만큼 무거운 보상이 따르는 것이 어디있나 싶을 정도이다. 신은 인간에게 선택이라고 하는 자유를 준 대신에 책임이라고 하는 사슬을 달아 준 셈이다.

선택에 대하여 아무런 책임도 느끼지 못했던 어린 시절엔 좀처럼 선택의 기회가 없었다. 전란의 후유증으로 모두가 시달리던 그 시절엔 생존 그 자체가 유일한 선택이었다.

한동안, 하루도 거르지 않고 먹어야 했던 수제비국에 난 무척 질려 있었다. 그렇지만 질린 수제비국으로 허기진 속을 채우느냐 마느냐엔 선택의 여지가 없었다.

그리고 매일 아침 잠자리에서 일어나면 지난밤 벗어 놓았던 옷을 다시 입어야 했다.

한 가지 옷이나 양말, 신을 해어져 닳아질 때까지 입던 시절이었던 것이다. 어린 시절이 그랬었기 때문에, 선택을 아예 배우지 못하고 커버렸는지 모른다. 그러다가 어느만큼 성장한 뒤, 내 앞에 선택의 기회가 주어지기 시작했을 때에 나는 당황하지 않을 수 없었다. 선택이란 것을 별로 배운 바 없기에 수없이 시행착오를 거듭했다. 시장에서 작은 물건을 하나 사고 나서도 잘못 고른 선택임을 느낀 때가 많았다. 그보다 중요한 선택, 인연 맺는 일이라든가, 생의 진로를 결정해야 하는 일에서의 선택은 더욱 자신이 없었다. 선택의 폭이 좁기도 했으려니와, 현실이 내 환상과는 거리가 멀게 삭막하고 꿈이 없어 보였던 때문이기도 하다.

진실로 마음에 그리는 것들은 왜 그렇게 멀리 있는가. 아니,

인간은 파랑새를 쫓는 치르치르와 미치르남매처럼 언제나 먼 곳에서만 행복을 찾으려 하는 것은 아닐까.

그러다보니 언제부터인지, 나의 선택은 취하고 싶은 것을 고르는 작업이 아니고, 취하고 싶지 않은 것을 골라 버리는 쪽으로 흐르고 있었다. 결코 가까이 할 수 없는 것, 그리고 나에게 합당치 않은 것들을 골라내고 나면, 남아지는 것이 있었다. 그것이 내 몫이 되는 셈이었다.

한창 젊었던 시절에도 이렇게 소극적이었다. 그때 만약 내가 보다 적극적으로 용기있게 내 소망이나 의지를 밀고 나갔더라면 어떠했을까. 이따금씩 나는 회한에 젖는다. 내 젊음이 너무 소극적이고 안일에 빠져 있었음을 생각하면서—. 어떠한 선택이든 책임을 느끼며, 결코 후회 같은 것은 안 하리라 다짐하며 살아왔지만, 후회 않는 인간이 어디에 있겠는가. 후회하면서 수정하고, 그러면서 또다시 후회할 선택을 하고 마는 것이 인간의 속성이 아닐까. 신이 아니기 때문에 끝없이 시행착오적 삶을 사는 것이다.

신이 아니기 때문에 얼마든지 잘못된 선택을 해도 좋다는 얘기는 아니다. 중요한 것은 선택이 잘못되었을 때 어떤 방식, 어떤 태도로 자신의 선택에 책임을 지는가 하는 것이다.

불혹의 나이에 들어섰으면서도 아직도 환상을 가지고 세상을 보려하기 때문에 나는 선택에 미숙하다. 환상 속에서 완전히 깨어나지 않는 한, 나의 아픔은 계속 반복되어질지도 모른다.

에이브라함 링컨은, 불행한 인간의 특징은 그것이 불행한 것인 줄 알면서도 그쪽으로 가는 점에 있다고 했다. 환상을 지닌다는 것이 불행을 자초하는 일임을 알면서도 그것을 버리지 못한다면 나는 불행한 인간의 특징을 지닌 것이 되리라.

선택—. 그것을 생각하느라고 오늘은 내내 머리가 무거웠다.

(1990. 1)

떠도는 마음
₁₀₁₀

마음이 한번 머물렀던 대상에서
나를 떼어내는 작업은 때때로 나를 곤혹스럽게 한다.
그것은 나를 거두어 들이는 일이 아니고
나의 살점을 떼어내는 일인 양 아픔이
따르기 때문이다.

마음이 가 닿는 곳이라면 거기에 내가 있다. 그것이 내겐 가
장 큰 문제다. 분명히 나는 아닌데 내 마음이 가 닿으면 풀이든
돌이든 내가 되어 버린다. 아니, 풀이나 돌이 내가 되는 것이
아니라 내가 그들이 된다 해야 맞는 말이 될 것이다.

아침에 일어나 식사준비를 하려고 싱크대 앞에 섰다가 열심
히 지저귀는 새소리를 들었다. 거실 창가에 놓여 있는 좁은 새
장 속에서 날개를 푸드득거리며 지저귀고 있는 잉꼬들. 아침
체조를 하는지 부산을 떨며 지저귀는 잉꼬의 울음을 듣는 순
간, 나도 모르게 잉꼬가 되어 그 울음을 흉내내었던 것이다.

"새장 속에 들어가 있으면 누가 잉꼬인지 모르겠는데?"

잉꼬 울음을 흉내내고 있는 내 모습을 뒤에서 한참이나 바라
보고 있었는지, 그는 가늘게 눈웃음치며 나를 놀렸다. 그의 말

한 마디로 나는 금방 잉꼬가 아닌 나 자신으로 돌아왔지만, 아침 한순간 잉꼬가 됐던 일이 싫지가 않다. 비록 갇혀 있는 새이긴 하지만.

참 이상스럽다. 마음이나 영혼 같은 것이 없을 듯한 미물에서 조차 나를 발견하는 것이……

뙤약볕 아래 열심히 기어가는 개미를 보면서 참 힘들겠구나, 한숨 지으며 말하는 그 순간 나는 영락없이 개미가 된다.

보도 블럭 틈새에 피어 있는 한 송이 민들레꽃을 보면서 마음이 조마조마한 것은 행인들의 무심한 발길에 꽃이 밟힐 것 같아서 이다. 꽃을 본 다음 얼마 동안은 짓밟히는 꽃의 영상이 나의 무의식 속에 잠재되어, 나도 모르는 사이에 깜짝 놀라는 마음이 되곤 한다. 나는 그런 불안한 정서에서 빨리 헤어나고 싶어서 민들레꽃에 가 있는 내 마음을 거두어 들이려고 애쓴다. 그것은 한낱 꽃일 뿐이니까, 밟히든 말든 상관하지 말아야지.

마음이 한번 머물렀던 대상에서 나를 떼어내는 작업은 때때로 나를 곤혹스럽게 한다. 그것은 나를 거두어 들이는 일이 아니고 나의 살점을 떼어내는 일인 양 아픔이 따르기 때문이다. 그것은 특히 마음이 머물던 대상이 미물과 같은 존재가 아니고 인간일 경우 더욱 어려워진다.

이상스럽게도 나는 다른 사람에게서 슬픔이나 외로움, 아픔 같은 감정을 느끼게 될 때 동일시하기를 잘한다.

어떤 눈빛이 떠오른다. 웃고 있는 맑은 눈빛에서 나는 알 수 없는 슬픔을 보았다. 무엇으로도 채울 수 없는 듯한 깊은 그늘이 그 눈망울 속에서 흔들렸다.

어디에서 보았을까, 저 눈빛을. 너무나 자연스럽고 익숙하게 느껴져 전생에 만난 듯한 그 눈빛……. 웬일일까, 무엇 때문일까. 처음엔 왜 그런지 몰랐다. 그런데 어느 순간 나는 그 눈빛에서 내 마음을 본 것이다. 분명히 내가 아닌데, 나 아닌 다른 사람의 눈빛 속에 내가 있다니…….

나는 이런 착각이 제일 다스리기 힘들다. 내가 아닌 누군가를 자꾸 나인 듯 착각하는 마음, 그 눈빛과 마주하면 거기에 내가 있는데, 돌아서면 그는 그일 뿐이다. 무엇이 사실이고 무엇이 착각인지 갈피를 잡지 못해 나는 항상 어지럽고 힘들다.

마음이라는 것이 무얼까. 형체가 없이 떠돌아다니는 마음의 실체는 어떤 것일까. 내 몸 어딘가에 그 뿌리를 두고 있으면서 수시로 나를 넘나들며 유랑하는 마음, 그 마음을 어찌 내 것이라 할 수 있을까. 내 마음조차 내 것인지 아닌지 헤매고 있으니 하루하루를 온통 착각 속에 살 수밖에 없으리라.

아무리 착각하여도 그저 좋기만 한 눈빛이 나를 보고 있다. TV에서 어린이 프로 만화인 〈프란다스의 개〉를 보면서, 어느새 만화 속 주인공이 되어 눈물을 흘리는 나에게 휴지 한 장을 뽑아주며 고개를 끄덕이는 아들아이.

"엄마가 글을 왜 잘 쓰는가 했더니, 이제 알겠네요. 엄마 마음이 이렇게 순수하니까. 잘 쓸 수밖에 없지요."

아이의 말대로 어느 한순간에는 정말 그렇게 순수한 마음이 되기도 한다. 진실로 순수한 그 무엇과 하나가 될 때…….

(1988. 11.)

이별 연습

숨질 땐,
꽃잎처럼 가벼이 지고 싶다.
그러기 위해선, 모든 것에서 떠나는 이별 연습을
조금씩 해두는 것도 나쁘진
않을 것 같다.

유월의 햇살 아래 줄장미 꽃무더기가 사방에 피어 있어 마치 줄장미의 축제를 보는 것 같다. 엊그제는 철쭉이 피었는가 했더니, 어느새 철쭉은 사라지고 지금은 줄장미의 계절이다. 철쭉 이전엔 또 개나리가 한창이던 아파트 뜨락—. 피었다가는 지고, 다시 피었다가는 지면서, 자연의 순리를 일깨워주는 꽃무리들, 우리도 꽃처럼 피고 지는 삶임을 새삼스럽게 일깨워주고 있다.

지난 연초에 동창생 중의 한 사람이 세상을 떠났다. 평소에 자주 연락하며 지낸 사이가 아니어서 뒤늦게 그의 입원소식을 전해 들었다. 소식을 듣고 며칠이 지난 뒤, 친구 두 사람과 병문안을 갔던 길이었다. 그 친구를 그날 그렇게 보낼 줄은 정말 꿈에도 생각 못하고서—.

병실 문을 열고 들어가니 그녀의 침대가 비어 있었다. 잠시 화장실에라도 갔으려니 하는 마음이었다. 그런데 같은 병실의 환자들이 그녀가 지금 막 숨을 거두었다는 것이었다. 그들의 말이 무엇을 의미하는지 금방은 머리에 들어오지 않았다.

그녀를 옮겨갔다는 옆 방으로 달려가 보았다. 방금까지도 무슨 조처를 취하고 있었던 모양이었다. 우리가 그 방에 들어서는 순간 무슨 기구를 거둬내는 듯하더니 시트를 머리끝까지 덮어 씌우는 게 아닌가. 그러자 곁에 서 있던 그의 남편이 울음을 터뜨렸다. 우리에게 등을 보이고, 어린애처럼 울고 있는 그 남편이 가여워 나는 더 많이 울었다.

어렸을 때 부모를 여의고 외롭게 자란 친구, 그 생이 가엾고, 남겨진 그 남편과 어린 두 딸이 불쌍하여 나는 자꾸 울기만 했다.

그런데 함께 간 한 친구는 차분한 얼굴로 뒷수습을 하는 것이었다. 그녀가 다니던 성당에 임종소식을 알려서 영구차를 보내 오도록 하는 한편, 병원에서 쓰던 유품들은 나에게 맡기는 것이었다.

유품들을 미처 다 챙겨 내오기도 전에 그녀의 침대는 새로 들어올 환자를 위해 정리되고 있었다. 너무나 빠른 순환 작업이었다.

무슨 정신으로 차를 몰았는지 모른다. 병원에서 친구의 집까지 오는 도중 두세 번은 신호 위반을 했던 것 같은데, 다행히 아무런 사고도 없었다.

3개월 가까이 입원해 있던 그녀의 보따리들을 집으로 날라다 놓고, 그 아빠처럼 소리내어 울지도 못하고 골방에서 훌쩍이고 있는 어린 두 딸을 그들의 엄마 곁으로 데려다 주려고 차에 태웠다. 뒷좌석에서 훌쩍이는 그 아이들의 심정이 너무나 춥게 느껴져 나는 히터를 높였다.

병 문안을 갔다가 졸지에 임종을 겪었던 그날의 일이 지금도 생생하기만 하다. 그렇게 그녀를 떠나 보내고 나서 나는 몸살을 앓았다. 누워 있는 내 눈앞에 그녀의 얼굴이 자꾸만 나타났다. 입관 때에도 눈을 감지 못했던 그녀, 앓는 동안 앙상하게 뼈만 남았던 그녀의 창백한 발이 자꾸만 떠올랐다.

몇 날 며칠을 그 친구 생각에만 빠져 있었다. 그렇게 하는 것이 도리인 것 같아 얼마 동안은 그녀의 얼굴이 보이는 대로 내버려 두었다. 그러다가 어느 날인가, 나는 친구에게 이제 그만 가라고 조용히 일렀다.

최후의 순간까지도 생에 집착을 보였다는 그녀, 그토록 미련을 떨치지 못했던 것은 아이들 때문이었을까, 남편 때문이었을까. 생전에 차지했던 그녀의 자리가 어떠했는지는 모르지만, 비워진 자리는 어떤 무엇으로든 이내 메워짐을 그녀는 알았을까 몰랐을까.

개나리가 어우러져 피어났던 뜨락에 철쭉꽃이 어우러져 피어나고, 철쭉꽃이 지고 난 뒤엔 줄장미가 어우러져 있는 정경을 그녀에게 다시 한 번 보여주고 싶다. 무슨 꽃이 어떻게 피어나고, 어떻게 지든, 태양은 묵묵히 떠올랐다가 묵묵히 지는 게 아니던가.

숨질 땐, 꽃잎처럼 가벼이 지고 싶다. 그러기 위해선, 모든 것에서 떠나는 이별 연습을 조금씩 해두는 것도 나쁘진 않을 것 같다.

(1990. 6.)

1012
새장 속의 자유

사람들이 보든 말든
사랑 행위를 치르는 짐승들에게서
수치심을 느끼고 도망치는 우리의 마음을 생각해 본다.
수치심을 느끼는 건 인간뿐이라고 했다. 그것은,
죄를 짓는 존재는 인간뿐이라는
말과도 통한다.

어머니는 기르시던 잉꼬 두 마리를 내게 맡기셨다. 이번에 건너가시면 아무래도 그곳, 워싱턴에서 오래 머물게 될 것을 아셨기 때문이다.

노란 깃털을 지닌 작고 예쁜 잉꼬였다. 두 마리 중 암컷으로 보이는 한 마리는 유난히 몸집이 작았다. 그런데 이 둘은 별로 다정한 것 같지가 않았다. 너무 어려서 그러는지, 성깔이 원래 그러한지, 아니면 마음에 들지 않아서 그러는지 몸집 큰 녀석이 다가오면 작은 것이 앙칼지게 쫓곤 했다.

한동안 끊어졌던 새소리가 울려나오니 약간의 생농감이 집안에 감도는 듯도 했다. 그러나 새들에게 쉽게 마음이 가지 않았다. 먼저 기르던 새들에게 너무 마음을 주었던 탓이다. 아무런 예고도 없이 어느 날 아침 싸늘한 주검으로 발견 되었을 때

느꼈던 황당함, 비애들이 아직 잊혀지지 않고 있는 탓이다.

생명을 지닌 것에겐 함부로 마음을 주지 않겠다는 오기가 생겼었다. 그러나 그 오기가 얼마나 오래 갈는지 알 수 없는 일이었다. 곁에 있어 자꾸만 보게 되면 어느새 정이 들 것만 같았다. 그런 예감 때문에 순진무구한 새들의 존재가 도무지 불편스러웠다.

정들기 전에 누군가에게 주고 싶었다. 가까운 친지 몇 사람에게 물어보았더니 모두들 생명을 거느리는 일이 번거롭다면서 원치 않았다.

겨울이 오고 있었다. 바람이 몹시 부는 밤, 아무도 원치 않아 베란다에 그냥 방치했던 새장을 거실로 옮겨 놓았다. 그대로 두고는 절대로 잠을 이룰 수 없는 추운 밤이었다. 새장을 들여 놓자 아이들이 나를 보고 환하게 웃었다. 저희들도 몹시 걱정을 했던 모양이었다.

그리고 며칠 뒤 식탁에서 차를 마시다가 나는 새 울음소리가 이상해서 새장을 바라보았다. 처음엔 어디가 아픈 줄 알았다. 가만히 보니 그것이 아니었다. 두 마리가 한데 어울려 사랑을 하고 있는 게 아닌가. 한 번도 본 적이 없는 진한 광경에 나는 얼굴이 붉어지고 가슴이 울렁거렸었다. 새장을 등지고 앉아 피자를 먹고 있던 아이들이 눈치챌까봐, 나는 남은 차를 허둥지둥 마셨다.

그런데 전전긍긍하는 내 마음과는 상관없이 며칠 못 가서 새들의 사랑 장면은 온 식구에게 공개되고 말았다.

처음엔 곁에 오기만 해도 앙칼지게 쪼아버리던 암컷이, 어느새 길이 들었는지 하루에도 몇 차례씩, 누가 보든 말든 신방을 허용하기 때문이다.

딱딱하게만 보이는 그 부리에도 무슨 감각이 흐르는지, 수없

이 뽀뽀하는 그들, 그리고 꽁지를 바싹 치켜올리는 암컷 위로
재빠르게 오르는 수컷. 두 깃을 활짝 펼쳐 암컷을 감싸안고는
리드미컬하게 움직이며 숨막힐 듯한 울음소리를 토해내는 수
컷. 그 짧은 순간에 나는 번번히 넋이 나가버린다.

언젠가, 용인 자연농원에 갔다가 기린 두 마리가 사랑을 시
작하려는 것 같아서 도망쳐 온 일이 있었다. 또 언젠가는 시골
길을 지나가다가 잡견 두 마리가 엉켜 있는 것을 보고 도망쳤
었다.

사람들이 보든 말든 사랑 행위를 치르는 짐승들에게서 수치
심을 느끼고 도망치는 우리의 마음을 생각해 본다. 수치심을
느끼는 건 인간뿐이라고 했다. 그것은, 죄를 짓는 존재는 인간
뿐이라는 말과도 통한다.

잉꼬들의 사랑놀이에 부끄러움을 느끼지 않기로 했다. 그것
을 지켜보는 아이의 눈빛이 너무나 순진무구하여 나도 아이를
닮기로 했던 것이다.

갇혀 있으면서, 사랑하는 자유 하나 누리고 있는 새들이 아
니던가. 발작적으로 날개를 터는 새들. 펼칠 수 없는 꿈의 날
개, 마음껏 날아오를 수 없는 억압된 심정을 오직 사랑 하나로
풀고 있는 새들―.

긴 겨울 동안, 잉꼬들은 열심히 사랑하다가 알을 품게 될지
도 모른다. 꿈을 품듯이. 새들은 오염되지 않은 신의 피조물
이다. 아름답고 순수한 생명들이다. 시기·질투·교만·위선 등
이 판치는 인간 세상. 오염된 인간들의 세상에 나는 요즈음 너
무 염증을 느끼고 있는 것 같다.

(1990. 12.)

1013

빛으로 바람으로

살아가다 보면 얼키고 설키는 인연 가운데
전생에서의 업보라는 생각이 들만큼 아픔을 느끼게 하는
만남이 있다. 진의가 전혀 통하지 않는 관계.
바로잡으려 하면 할수록 더욱 더
상처를 입게 되는 순수-. 그런 경우 나는
너무나 속수무책이다.

빛으로 바람으로 나를 흔들면서 3월이 오고 있다. 내가 춥고
고통스런 겨울 여정에 지쳐 암울의 바다 밑으로 깊이깊이 침잠
해 있을 때, 3월은 내게 빛과 소리를 보내온다.

다시 무에서부터 시작하라. 지우고 싶은 그림은 모두 지워버
리고 이제 하나의 점으로부터 시작하라. 그럴 수 있는 것이다.
그래도 되는 것이다. 생이란 늘 새롭게 시작할 수 있는 것이다.

3월의 속삭임에 이끌려 올려진 나는 마음속에 하나의 점을
찍는다. 하나의 점. 그것은 지난 시간들의 마침표인 동시에 새
로운 시간에의 열림표이다.

눈에 보일 듯 말듯한 점 하나가 갖는 힘을 나는 사랑한다. 그
점에 모아지는 힘의 축을 나는 사랑한다. 한동안 기도하는 마
음이 되어 점으로만 존재하고 싶다. 응축된 생명으로만 존재하

고 싶다. 그러다가 또다시 생을 노래하고 싶어지면 응축된 점을 풀어 두 개의 날개를 그리리라. 그리하여 하늘을 날으리라.

수를 처음 배우기 시작했을 때부터 나는 3이란 숫자가 좋았다. 공책에다가 1부터 10까지 반복해서 써 내려가다보면 3자가 모인 부분은 기러기가 줄지어 날아가는 것 같아 재미있었다. 3자를 그리는 내 마음에 푸른 바다가 펼쳐지고, 바다만큼 넓고 푸른 하늘이 펼쳐졌다. 그리고 그 사이를 훨훨 날아가는 기러기들이 보이는 것 같았다.

기러기 날개짓과 봄, 거기다가 또 내 생일이 3월에 들어 있어서인지, 3월은 자유나 탄생 등의 의미로 연상되곤 하였다.

어느 해 겨울, 인연의 덫에 찔리워 몹시 아팠던 적이 있었다. 어떤 만남이든 아름답고 순수하게 엮어지기를 소망하며 살아왔다. 이 세상에서 가장 귀한 보물은 인연이라는 생각을 하며 주어진 인연들을 소중히 했다.

그런데 어디서부터 무엇이 잘못된 것인지 모를 일이었다. 너무 아프니까 비명도 지를 수 없었다. 지나간 시간의 갈피갈피를 살피면서 잘못의 근원을 발견하려 했지만 나는 끝내 알 수가 없었다. 내 순수에의 고집이 나를 무지로 눈멀게 만든 모양이었다.

전생에 갚지 못한 업이구나 싶었다. 그렇게밖에는 달리 설명할 길이 없었다. 그래서 치루고 넘어가야 한다면 곱게 받으리라. 그런 생각을 했지만 나는 견딜 수가 없었다. 숨을 쉬고 있는 것, 눈을 뜨고 있는 것이 싫었다.

그런 상태로 석 달 동안 꼬박 지독한 감기를 앓았다. 아무리약을 먹고 누워 있어도 감기가 나를 떠나지 않았다. 고통스런 생각들과 함께 감기 바이러스가 나를 끈질기게 붙들고 늘어졌다.

나의 심폐 기능은 자꾸만 저하되어 갔다. 기관지 폐렴이라든지, 늑막염이라든지, 폐결핵 같은 병으로 전이되지 않는 것이 이상할 정도였다.

손바닥으로 한 움큼이나 되는 약을 열심히 입 안에 털어 넣으면서도 겨울 내내 몸을 추스리지 못하고 있는 꼴이 딱하였던지 어머니는 나를 한의원으로 데리고 갔다.

"기둥이 다 무너지고 있네요."

나를 진맥하던 의원이 고개를 저으며 그렇게 말했을 때, 나는 그 말 뜻을 이해할 것 같았다. 내 가슴에서 뭔가가 무너져 내리는 것을 수시로 느끼고 있었기 때문이다. 나는 그가 권하는 대로 수개월 동안 약을 먹기로 했다.

그러는 사이에 3월이 왔던 것이다. 만물을 소생시키는 기운을 거느리고, 빛으로 바람으로 다가왔다.

3월의 대지는 나날이 빛으로 충만되어 갔다. 동향으로 앉아 있는 우리 집 창에도 햇살이 찾아들기 시작했다. 앓고 있으면서 겨울 내내 눈을 반쯤만 뜨고 지내왔던 탓에 그 햇살들은 너무 눈부셨다. 나는 눈을 감았다가 천천이 떠보았다. 그 짓을 여러 번 반복했다. 처음으로 안대를 푸는 사람처럼.

그러는 나를 슬며시 일으켜 세우면서 햇살이 속살거렸다. 어둠 속에서 나오라고—.

바람은 아직 사자처럼 사납긴 했지만, 빛으로 바람으로 출렁이는 3월의 세상이, 아! 얼마나 신선했었는지, 나는 처음 세상 구경 나온 사람처럼 가슴 설레이며 서 있었다.

살아가다 보면 얼키고 설키는 인연 가운데 전생에서의 업보라는 생각이 들만큼 아픔을 느끼게 하는 만남이 있다. 진의가 전혀 통하지 않는 관계. 바로잡으려 하면 할수록 더욱 더 상처를 입게 되는 순수—.

그런 경우 나는 너무나 속수무책이다. 내가 몇 밤을 뒤척이면서 힘들여 생각해 내는 것이라곤 고작해야 침묵하는 것, 그리고 숨어버리는 것, 그 두 가지뿐이다. 그 방법만이 더 이상 누추해지지 않는 길이며, 나의 순수를 조금이라도 건지는 길인 것 같았다.

아픔을 겪게 되면, 그것을 자양분 삼아 오히려 크게, 높게 떠오르는 사람들이 있다. 살아 남는 방법을 터득한 아주 현명한 사람들이다. 그런 이들에 비하면 나는 얼마나 바보스러운가. 그런데 바보스럽다는 것을 알면서도 마음은 그런 쪽으로만 흐르니 어쩌겠는가 언제라도 인연에 부대껴 힘들어지면, 아무도 알지 못하는 섬, 세상에서 가장 작은 섬이 되어 숨는 생각에 빠져버리니……

인연을 통하여 겪게 되는 생의 4계절! 겨울이 없으면 봄 역시 있을 수 없으련만, 겨울 추위를 유난히 못 견디어 하는 나로서는 홀로 섬이 되어 계절없는 생을 살고 싶은 마음이 간절하기도 하다.

(1991. 3.)

1014

'수' 읽기

모든 수들을 다 이길 수 있는 최고의 수는
아무런 수도 갖고 있지 않는 것이라 생각한다.
진실, 순수 그 자체가 최고의 수가 아닌가.
내 착각일까?

바둑이나 장기를 두다 보면 고수에겐 하수의 수가 한눈에 보이지만, 하수에겐 고수의 수가 잘 보이지 않는다. 고수는 상대방이 나아갈 길을 앞질러 알고 있어서 미리 대응을 하고 있는데, 하수는 그런 상배방의 수는 헤아리지도 못하면서, 자기의 수만 계산하고 나아가기 때문에 결국 게임에 지게 된다.

요즈음 신문을 보고 있노라면 어지러운 장기판을 보는 것 같다. 엇갈린 주장과 상반된 견해가 장이요, 멍이요, 치고 받으면서 팽팽히 맞서 있다.

어느 목소리가 진실이고 어느 목소리가 거짓인가. 어느 하나가 진실이라면 그 다른 하나는 거짓일 텐데, 천성적으로 수를 읽는 데 약한 나는 이 혼란스런 장기판을 해독할 수가 없다. 그래서 진위가 가려지지 않은 채 연일 계속되고 있는 공방전이

나에겐 지루한 장마보다 더 진력나게 느껴진다.

둘 이상만 모이면 장기판을 벌려 놓듯 이기고 지는 게임이 시작되는 우리의 사회. 서로의 패를 잡아먹으면서 상대방의 영토를 장악하는 일, 동반자의 관계가 아니라 적대자의 관계가 되어 맞서는 일에 왜들 그렇게 몰두하는 것일까.

애초부터 어떤 꿍수를 지니고 있지 못해서인지 내 눈엔 도무지 남의 수들이 보이지 않는다. 그래서 대인관계에서 언제나 고수가 못 되고 하수가 된다. 그렇지만 하수로 살아가는 나의 삶에 대해서 별로 회의해 본 적이 없다. 더 솔직히 말하면 하수가 내 천성에 맞는 모양이다.

이런 나에게 얼마 전 뜻하지 않게 어떤 중책이 맡겨졌다. 정말로 내 생리에 맞지 않는 일이어서 한사코 사양했었는데 결국 모질지 못해 받아들인 꼴이었다. 경험도, 능력도 없는 사람이 어떤 일에 중심이 된다는 것이 얼마나 무모한 일인지 새삼 깨닫지 않을 수 없었다.

순리대로, 진심으로, 최선을 다하는 것, 그것만이 수이며 길인 줄 알고 있는 나에게 답답했던지 곁에서 자꾸 한 마디씩 하였다. 이런 수를 써야 해요. 상대방의 수를 읽어야 해요. 그렇게 말하는 사람들에겐 어떤 수들이 훤히 보이는 모양이었다.

어떤 이는 세상물정 모르는 하수의 뒤통수를 치기도 했다. 그렇지만 나는 뒤통수를 맞았다고 생각하지 않았다. 나를 친 고수의 수도 나는 나의 수로 해석해 버렸다. 모든 것이 선의야, 누가 고의로 남을 곤경에 빠뜨리려 한단 말인가. 내가 적대 감정을 품고 있지 않는 한, 적대 관계는 이루어지지 않으리라. 그것은 나의 신념이기도 하다.

대부분의 고수들은 사람을 만나면 우선 경계부터 하는 것 같다. 자기가 지닌 수가 많으니까, 으레 남들도 수를 많이 지녔다고 생각하는 것 같다.

하수들은 자기가 지닌 수로 상대방을 읽는다. 지극히 단순하고 순수하게.

어찌 보면 어리석고 미련한 듯하지만, 그래서 게임에선 번번히 지는 편이지만, 웬지 나는 그런 하수에게서 인간미를 느낀다.

내 친구들은 대부분 나에게 편안하다는 말을 즐겨 쓴다. 아무런 꿍수도 품고 있지 않다는 것을 잘 알고 있기 때문이리라. 평생 경계하지 않아도 좋을 사람으로 내내 남아 있어 주기를 바라는 마음에서인지, 때로는 나보고 진정한 고수라며 추켜 세우기도 한다.

그런 친구들 때문에 난 하수이면서도 고수라는 착각 속에 살고 있는지도 모른다. 모든 수들을 다 이길 수 있는 최고의 수는 아무런 수도 갖고 있지 않는 것이라 생각한다. 진실, 순수 그 자체가 최고의 수가 아닌가. 내 착각일까?

(1991. 4.)

제2장

허망한 것이 목숨인데, 우리는 얼마나 처절하게 우리의 삶에 집착하며 살아가는가

2001

안개 저편의 아버지

비어 있는 자리, 비어 있는 의자!
아버지, 존재의 상실이란 것은 어쩌면
단순히 비어 있는 의자를 의미할 뿐, 그 이상도 그 이하도
아닐지 모릅니다. 언젠가는 저의 존재도
하나의 빈 의자로 스케치 되는 날이
오게 되겠지요.

40년의 황아세월

아버지!

오늘 어머니를 모시고 임진각을 다녀왔습니다. 큰 언니는 지금 미국에서 공부하고 있는 준이를 만나러 가고 없기 때문에, 둘째 언니와 동생, 이렇게 우리 세 자매만 동행했습니다.

이번 나들이는 사실 둘째 언니의 제안이었습니다. 날씨도 따뜻해졌으니 어머니를 모시고 바람이나 쐬이고 오자는 것이었는데, 왜 임진각을 택했는지는 이심전심으로 알고 있었습니다. 언니는 임진각으로 가는 길이 드라이브 코스로도 썩 괜찮은 편이라고 하였습니다. 그리고 그곳에 가서 북녘땅을 바라보면서 기도라도 드리고 오면 답답한 심정이 좀 풀릴지도 모른다고 했습니다.

아버지, 벌써 사십 년의 세월이 흘렀습니다. 고향 땅 원산을

72

떠나온 것이 40년 전 일이며, 아버지와 헤어진 것이 40년 전 일입니다. 유복녀로 태어난 동생이 올해로 불혹의 나이에 접어들었으니, 동생의 나이 한 켜, 한 켜에 실향민인 어머니의 한이 실려 있고 아버지를 잃은 우리들의 한이 실려 있습니다.

옆 자리에 앉은 동생의 얼굴을 바라보니, 그 얼굴에 40년의 세월이 응집되어 있는 듯 마음이 아파오고, 연민의 정이 느껴졌습니다. 해마다 봄이 되면, 누가 흔들어 깨우지 않아도 식물들은 눈을 뜹니다. 겨우내 잠자던 생명들이 눈을 뜨고, 푸르게 대지를 덮는 것처럼, 분단된 이 땅에도 봄이 찾아와 주지 않으려나 바라는 가운데 한 해, 두 해 세월이 갔습니다.

아버지, 40년이란 세월이 얼마나 많은 날들인지 아시는지요. 아버지는 이 땅에서 40수도 채우지 못하시고 떠나 가시지 않으셨습니까. 40년을 채워야지만 비로소 불혹이 된다는 말이 있지요. 저는 가끔 엉뚱한 생각을 합니다. 그때 만약 아버지가 몇 수만 더 채우신 나이였더라도 황야 같은 이 세상에 아무 의지할 곳 없는 처자식을 남겨 두고, 혼자 그렇게 훌훌 떠나셨을까 하고 말입니다. 물론 아버지로서도 어쩔 수 없는 일이었음을 압니다. 인명은 재천이라고도 하고, 주어진 운명을 거역할 수 있는 힘이 인간에겐 없다는 것을 아니까 말입니다.

구약성서에 나오는 모세가 이스라엘 민족을 이끌고 약속의 땅으로 가다가 광야에서 헤맨 40년의 세월이 결코 남의 이야기가 아니라는 생각을 했습니다. 고향을 잃고 혈육을 잃은 채, 상처 입고 헐벗은 우리들이 보내야 했던 세월 역시 모세의 광야 세월과 다를 바 없다는 생각을 했습니다. 머리는 언제나 하늘을 향해 있었고, 가슴은 언제나 고향이 있는 북녘을 향해 있었습니다.

고향이 대체 무엇이기에, 북쪽으로 달리기만 하여도 심장을 뛰게 합니까. 임진각, 그곳이 어디이기에 이렇게 가슴을 울렁거리게 하는지 모르겠습니다. 가나안을 눈앞에 두고도 40년씩이나 광야에서 유랑의 세월을 보내야 했던 이스라엘 민족처럼, 이 땅의 실향민들은 고향을 지척에 두고도 그저 바라보기만 하면서 유랑의 세월을 보낸 셈이지요.

아버지, 고향 땅을 향해 달려가듯이, 당신을 만나러 달려가듯이, 오늘 우리는 임진각을 향해 달려갔습니다.

실향초

어머니는 올해로 77세가 되셨습니다. 두 분이 함께 해로하신다면 실향의 아픔이 조금쯤 덜 하셨을 텐데―. 고향 땅에 대한 여망이 날로 사무치시는 모양입니다.

지난 여름 둘째 언니 내외가 어머니를 모시고 발리 섬을 다녀왔는데, 발리 섬에 가서도 어머니는 고향 원산을 생각하셨다고 했습니다. 발리 섬 해변에 깔려 있는 부드럽고 하얀 모래들이 명사십리의 모래들을 연상시켰다고 하셨습니다. 그곳의 맑고 잔잔한 바다도 꼭 고향 바다 같아서 눈물이 났다고 하셨습니다. 머언 남의 나라 바닷가는 자유롭게 거닐 수 있는데, 지척에 둔 고향의 바닷가는 거닐어 볼 수 없으니 안타깝고 슬픈 일이라 하셨습니다.

지난 3월에도 어머니는 친구분들과 사이판에 다녀오셨습니다. 그곳 아름다운 휴양지 바닷가에서도 원산 생각이 나서 아주 혼났다고 하셨습니다. 통통배를 타고 바다 가운데로 나아가 거기서 낙조를 보았는데, 그 낙조가 고향 바다에서 보던 낙조와 너무나 닮아 있었다고 하셨습니다. 바다는 한 덩어리이니까 출렁이는 이 물이 원산 앞바다까지 이어져 있으려니 생각하니 물새들처럼 바다 위를 날아 고향에 가고 싶더라고 하셨습니다.

몇 해 전 일본을 방문하셨을 때에도 오사카 성(大阪城)의 울창한 숲에서 소나기 소리처럼 쏟아지는 매미소리를 들으면서 고향을 생각하셨다는 어머니십니다. 교향곡 같은 그 매미소리는 고향, 갈마반도의 울창한 숲에서 듣던 매미소리와 어쩌면 그렇게 똑같았는지……. 옛날, 갈마반도에서 울던 매미가 오사카까지 날아와 울리는 만무한데, 어머니는 그날 밤, 향수에 젖어 잠을 이룰 수가 없었다고 하셨습니다.

어머니는 아름답고 감동적인 느낌이 들 때면 고향이 생각나시는가 봅니다. 고향을 그리는 이 끈끈한 정이 있는 한 어디에서든 실향초일 뿐입니다.

실종

아버지, 돌아가시기 전에 고향 땅을 찾아가 성묘라도 하고 싶으신 어머니의 마음을 아시는지요. 배를 구하러 나가셨다가 행방불명이 된 채 만날 수 없게 된 아버지의 소식은, 고향을 찾아가면 알 수 있겠는지요. 풍문처럼 누군가에게 잡혀 바닷물에 수장되셨다면, 정말로 그리 되셨다면, 그 바다를 찾아가 아버지의 명복을 빌고 싶은 우리들의 마음을 아시는지요.

아버지!

인연의 맺고 끊음 가운데, 행방불명으로 끊어지는 혈육의 인연만큼 잔인한 것이 또 있을까 생각했습니다. 생사를 모르는 그 답답함, 그래서 더욱 체념도 못하는 마음ㅡ. 아버지, 가슴 밑바닥에 칡뿌리처럼 얽혀 있는 이 한을 어쩌란 말입니까.

2년 전 후배 한 사람이 동생을 잃은 일이 있었습니다. 이국

땅에서 실종되었는데, 몇 개월 후에 세느 강에서 시신을 건져 냈습니다. 후배는 제 목숨보다 더 사랑하던 동생의 죽음을, 그 황당하고 참혹한 일을 받아들이지 못해 한 달 열흘을 앓고, 그리고도 두 해를 앓더니 《나의 어린 왕자》라는 시집 한 권을 냈습니다. 구절구절마다 아픔이 절절한 그의 시를 읽으면서 나도 눈시울을 적셨습니다.

그런데 아버지, 제 마음이 어떠했는지 아시겠습니까. 동생에 대해서 그토록 열렬한 사랑과, 많은 추억들을 지닌 그가 웬지 부럽게 느껴졌던 것입니다. 혈육에 대한 절실한 사랑과 수없이 많은 추억들이 있기에, 더욱 더 아픔에서 놓여나지 못하는 그를 부러워하다니요. 저는 그에게 하마터면 그래도 시신을 거두었으니 감사해야 한다고 말할 뻔했습니다. 동생이 보고 싶으면 찾아갈 묘소라도 있으니 다행이지 않느냐고 말했다면, 그가 제 마음을 헤아릴 수 있었겠지요.

가슴에 담아 둘 한 움큼의 추억조차 남겨 두지 않고 떠나신 아버지, 시신은 고사하고 생사조차 알 길 없는 안개 저편의 아버지! 지금 당신은 어디에 계시는지요. 하늘 나라에 계십니까, 아니면 북녘 땅 어딘가에 살아 계십니까. 풍문대로 정말 누군가에게 붙들려 살아 계신 채로 바다에 수장되셨다면, 아버지의 영혼은 원한이 맺힌 그 바다 밑을 떠나지 못하실 테지요.

추모식

그런 생각을 하면 정말로 견딜 수가 없습니다. 아버지의 그 참혹한 죽음을 생각할 때마다, 아버지의 영혼을 위해 뭔가를 해야 한다는 절박한 심정이 되곤 합니다. 그러나 무엇을 어떻게 해야 할는지 너무나 막연합니다.

그래서 십 년 전부터였던가. 아버지가 실종되신 그 날을 기일로 삼고 제사를 드리기로 했습니다. 기독교 가정이니까 말하자면 추모식을 올리는 것이라 하겠습니다.

그 일을 주선해서 지금까지 계속해 온 사람은 아버지가 끔찍이 사랑하셨던 큰 언니입니다. 아버지는 그 일을 어찌하여 큰 언니가 맡아 하는지 아시고 계시겠지요. 외아들이었던 성모오빠는 9살 나던 해, 아버지가 계신 하늘 나라로 가지 않았습니까. 우리는 아버지가 외로우셔서 오빠를 데려가신 모양이라고 생각했습니다. 저 세상에서도 외로움을 느끼는 것인지 궁금합니다.

어린 나이에 풀꽃처럼 살다 간 오빠가 하늘 나라에서 아버지를 만나고 있을 것을 생각하면 조금은 안심하는 마음이 됩니다. 저는 세 살 나던 해 아버지를 잃었고, 다섯 살 나던 해 오빠를 잃었는데, 어느 쪽도 아무런 기억을 못하고 있습니다. 그래도 가끔은 꿈속에서 오빠를 만납니다. 분명히 꿈속에서 오빠랑 이야기를 나누었는데, 깨어난 뒤에는 안타깝게도 오빠의 얼굴이 잡히지 않습니다. 아버지는 왜 그런지 꿈속에도 잘 나타나지 않으십니다. 저는 아버지가 보고 싶고, 이야기도 나누고 싶은데, 아버지는 꿈속에도 찾아오지 못할 만큼, 멀리 멀리 계신 것인지요.

아버지의 추모식 날이면, 우리들은 눈이 붓도록 울곤 합니다. 처음 추모식을 올리던 날은 하루 종일 울고 또 울어서 눈이 퉁퉁 부었었습니다.

그동안 우리는 아버지의 죽음에 대해서 침묵하고 있었습니다. 만의 하나라도 생존해 계실 가망성이 있다면, 무슨 대가를 치루더라도 그 편에 기대를 걸고 싶었습니다. '통일이 되는 날까지 아버지의 생사를 속단해서는 안 된다.' 말은 안하고 있었지만, 우리의 가슴과 가슴에 그런 묵계가 새겨져 있었습니다.

아버지, 용서하십시오. 통일은 요원한 듯하였고, 우리는 기다림에 지쳐 있었는지 모릅니다. 아니, 그보다는 아버지가 이미 돌아가신 거라면, 하루 속히 아버지의 영혼을 위해 기도 드리는 것이 도리가 아닌가 생각되었던 것입니다. 우리들의 보상받지 못하는 기다림이 문제인 것은 아니었습니다. 아버지의 명복을 빌어 드리는 것이 도리일 거라는 생각이 들기 시작하자, 그동안 그렇게 해드리지 못한 것에 대한 자책과 함께 절박한 심정들이 되었더랬습니다. 그래서 아버지가 '모도'라는 섬에 우리를 남겨 놓고 떠난 바로 그 날을 정하여 기일로 삼고, 추모예배를 올렸던 것입니다. 그것이 우리들이 아버지를 위해 할 수 있는 일의 전부인 셈입니다. 우리들은 그 기도를 통해 아버지의 영혼을 위로해 드린다고 하지만 사실 우리들은 아버지에 대한 아픔에서 놓여 나고 싶었는지도 모릅니다.

아버지를 닮은 딸들

제삿상을 준비하는 큰 언니를 보고 있노라면 마치, 생존하신 아버지와 상봉하는 날인가 하는 착각이 들 때가 있습니다. 아버지가 평소에 좋아하셨다는 음식들을 하나도 빼놓지 않고 정성껏 마련하느라고 정신이 없습니다.

아버지도 그 날을 기억하고 계신다면, 그리하여 영혼이나마 저희들 곁으로 오신다면 큰 언니의 그런 모습에서 사랑스러움을 느끼실 것입니다. 큰 언니는 지천명을 넘긴 나이임에도 불구하고 어쩌면 그렇게 소녀 같은지 모르겠습니다. 어머니는 큰 언니가 아버지를 가장 많이 닮았다고 말씀하십니다. 뜨겁고,

인정이 많고, 통이 크고, 성급한 점들이 아버지 그대로라고 하십니다.

그 옛날, 출장을 다녀올 때면 생선을 몇 궤짝씩 가져와 이웃들과 나눠 먹으라고 하셨다는 아버지. 손질하기가 수월치 않을 뿐더러 골고루 분배하는 일도 무척 신경 쓰여, 조금씩만 사오라고 해도 들은 척도 않으셨다는 아버지가 아니었는지요.

그런가 하면, 한번은 어머니가 걸인에게 식사를 대접하는데 상에다 차리지 않고 차반에다 차려 내놓았다고 화가 나셔서 어머니와 며칠 동안 말을 안하셨다지요. 집을 찾는 걸인에게조차 깍듯이 손님 대접하기를 바라셨던 아버지. 지금 세상에도 아버지 같은 분이 계신지 궁금합니다.

아버지는 자식 사랑에도 무척 열정적이셨다고 들었습니다. 아버지는 아기 냄새가 좋으시다면서 출근하시기 전에 손수건을 아기의 품속에 재워 두었다가 가지고 나가셨다지요. 근무하시는 틈틈이 손수건을 꺼내 아기 냄새를 맡으시는 아버지의 모습을 상상해 봅니다.

그런 상상을 하면 어디선가 경쾌한 음악이 들려오는 것 같고, 맑은 샘물이 퐁퐁 솟아나는 소리가 들려오는 것처럼 느껴집니다. 체험해 보지는 못했지만, 아버지의 사랑이란 것은 그렇게 음악처럼, 샘물처럼 기쁨을 주는 것이라는 상상을 해봅니다.

아버지! 큰 언니는 아버지의 그런 열정적 기질을 고스란히 물려받았습니다. 모든 일에 열성적이면서 책임감이 무척 강합니다. 동생들이며, 자식 사랑하는 면에서도 남달리 뜨겁습니다. 통이 크고 남에게 베풀기를 좋아하는 것도 아버지를 꼭 닮았다고 합니다. 감정 표현이 직설적이며 성급한 것까지도 아버지를 닮은 때문이라 했습니다.

아버지는 의협심이 유난하셨다면서요. 둘째 언니에게서는 그런 걸 느낄 때가 많습니다.

아버지는 불의를 보면 그냥 지나치지 못하는 분이라고 어머니가 말하셨습니다. 길을 가다가도 약자가 강자에게 당하는 걸 보면, 모른 척 지나가지 못하고 약자 편을 드셨다지요. 그러다가 때로는 싸움도 잘 못하시는 당신이 당사자를 대신하여 싸우기도 하셔서 어머니로 하여금 마음조리게 했던 일들도 있으셨다고 들었습니다.

옳고 그름에 대한 자신의 소신을 분명히 밝히기를 주저하지 않으셨던 당신이었기에, 그로 인해 혹여 죽음으로까지 몰리셨던 것은 아닌지……

진실은 언젠가는 밝혀져야 한다고 흘러가는 시간들 앞에서 다짐하기도 하지만, 아버지의 죽음을 떠올리기만 하여도 가슴을 찢는 통증이 있어, 그대로 묻어 두고 싶은 마음도 듭니다. 언젠가 통일이 되면, 묻혀 있던 진실들이 낱낱이 모습을 드러내겠지요. 아버지, 그런 날을 위해 마음의 준비를 해두겠습니다.

아버지, 생각나시는지요. 둘째 언니가 네다섯 살 되던 어느 해, 큰 이모님을 따라 석왕사에 불공드리러 간 일이 있었다면서요. 언니는 큰 이모님이 하시는 대로 밤새도록 절을 따라 하여서 모두들 무슨 어린 애가 저러냐면서 놀랐었다고 했지요.

어렸을 때부터 고집이 세고, 자기 소신이 뚜렷하여, 야단을 맞으면서도 절대로 잘못을 빌지 않았다는 둘째 언니. 그래서 야단맞을 일이 있으면, 당차고 야무진 둘째 언니를 대신해서 인정 많은 큰 언니가 언제나 울면서 아버지께 빌었다고 들었습니다.

아버지!

둘째 언니는 지금도 여전히 당당합니다. 답답할 정도로 소극적인 저는 그런 언니가 자랑스럽기도 하고, 또 부럽기도 하답니다.

아버지와 나

아버지!

몇 년 전이었던 것 같습니다. 아버지의 추모식 날, 온 식구가 다 모였을 때, 아버지의 사진을 유심히 바라보던 둘째 형부가 새삼스런 발견이라도 한 양 크게 말했습니다.

"장인을 닮은 딸이 누군가 했는데, 바로 셋째 이모네."

그러자 모두들 어디가 그렇게 닮았느냐고 하면서 아버지 사진 앞으로 몰려들었습니다. 그리고 사진 속의 아버지와 저를 번갈아 보는 것이었습니다. 둘째 형부는 아버지와 저의 눈매가 아주 똑같다는 것이었습니다. 모두들 고개를 끄덕였습니다.

아버지!

저도 아버지의 눈매를 찬찬히 보았습니다. 새신랑처럼 파랗게 젊으신 아버지가 사진 속에서 제게 윙크를 보내시는 것 같았습니다. 아버지, 당신의 결단이 아니었다면 이렇게 여기에 있을 수 없는 제가 아닙니까. 원산에서 '모도'로 피난 나오던 날, 배웅나온 금례언니(일하는 언니) 등에 업힌 채 무섭다고 울면서 배를 타려하지 않는 저를, 어머니는 잠시 피난해 있다 돌아올꺼니까 할아버지가 남아 계신 집으로 돌려보내자고 하셨다지요. 그러자 아버지는 몹시 화를 내시면서, 우는 저를 받아 안으시고는 노를 저으셨다 했습니다. 그때 아버지는 "이 아이와 잠시도 떨어질 수 없소."라고 하셨다지요.

아버지!

제 평생에 이처럼 뜨겁고, 이처럼 아픈 말을 들어보지 못했습니다. 그 말씀이야말로 제 맘속에서 잠시도 떠나지를 않습니다. 아버지, 당신은 제 목숨을 그렇게 살려 놓으시더니 어디에 계신지요. 어쩌면 아버지와 저의 목숨이 뒤바뀌었는지도 모른다는 생각으로 가슴이 미어질 때도 있었습니다.

식구 중 어느 누구와도 잠시라도 헤어지는 걸 원치 않으셨던 아버지! 그러시면서 당신은 왜 그렇게 황망히 우리 곁을 떠나셨는지요. 다시는 돌아오지 못할 길을 왜 그렇게 총총히 가셨는지요.

절망 속의 기다림

아버지가 우리를 손바닥만한 섬 '모도'에 내려놓고 이남으로 타고 갈 수 있는 배를 구해 가지고 오겠다면서 떠나 가신 후, 어머니는 매일 수평선을 바라보는 일로 해를 넘겼다 했습니다. 삭풍이 몰아치는 바닷가에 서서 이제나 저제나 아버지가 타고 오실 배를 기다리며 수평선을 보고 있노라면 눈물이 자꾸 흘러 내렸다 하셨습니다. 홀몸이 아니어서 배는 점점 불러오는데, 올망졸망한 네 아이를 데리고 어찌해야 할는지 눈앞이 캄캄했다 하였습니다. 우리가 묵고 있었던 집 주인할머니는 어머니를 볼 때마다 혀를 끌끌 차셨다 했습니다.

다른 피난민들은 장정들이 있어서 바다에서 고기도 잡아 오고, 육지로 몰래 가서 식량도 구해 오고 하는데, 우리 식구들은 속수무책으로 굶고 있었다 했습니다.

누가 먼저 죽느냐, 그것은 시간 문제인 것 같았다 했습니다. 어머니는 이미 돌아가셨을지도 모르는 아버지를 오히려 부러워 하셨다 했습니다.

　원망과 절망의 시간들이 6개월이나 흘러갔지만 아버지는 끝내 돌아오지 못하셨습니다. 그후, 우리는 LST(미국군의 상륙 작전용 함정)에 실려 이 땅으로 온 것입니다. 끈질기게 살아 남은 목숨 하나만 가지고……

유복녀

　아버지, 생명은 끈질기면서도 신비스런 것인가 봅니다. 완전히 생을 자포자기한 상태에서도 새 생명이 태어났으니……. 바로 동생 화영이입니다. 아버지가 떠나가셨을 때, 어머니 뱃속에서 잠자던 생명입니다. 동생은 그 뱃속에서 꿈에도 몰랐을 것입니다. 자기가 유복녀의 운명으로 태어날 줄을……

　어머니는 아버지가 마지막으로 남기고 간 그 생명을, '모도'에서 태어났다는 의미로 모영이라 이름 지을까 하다가 화영이라고 지으셨답니다. 성모오빠 하나는 너무 외롭다면서, 동생은 아들이기를 간절히 바라셨다는 아버지. 그 하나였던 아들은 훌쩍 저 세상으로 데려가시고, 동생은 딸로 태어났으니 남은 우리 가족은 여자들뿐입니다. 남자가 없는 집에서 살다보니, 어쩌다 남자 손님이 오게 되면, 벗어 놓은 신발만 보아도 웃음이 나고, 이상스럽게 느껴지던 기억이 남아 있습니다.

　아버지! 당신의 유복녀, 화영이는 어렸을 때 가끔 심술이 나면, 자기는 아버지의 얼굴도 못본 아이라면서 투정을 부려 어머니 마음을 아프게 했습니다. 저도 너무 어린 나이에 아버지와 헤어졌기 때문에 아버지의 얼굴을 모르는 것은 마찬가지입니다. 동생은 기억하든 못하든, 언니는 그래도 아버지의 얼굴을 본 사람이니까 자기와는 다르다면서 저에게도 투정을 부렸습니다.

동생이 그런 투정을 부릴 때면, 어머니는 아무런 말씀도 안 하셨습니다. 그렇게 묵묵히 계시는 어머니를 보고 있으면, 마음이 슬퍼지고 화가 나기도 하여 저는 동생을 윽박지르곤 하였습니다.

얼굴을 보고 안 보고가 무슨 큰 차이가 있다고 그러냐면서 동생에게 소리지른 적도 있습니다. 그러다가 제풀에 서러워져 동생도 울고 저도 울었습니다. 말은 그렇게 했지만 마음속으로는 동생을 참 불쌍하게 여기고 있었으니까요.

아버지! 유복녀가 무엇입니까. 아버지가 없는 상황에서 새 생명이 태어난다면 평화시에도 우리는 축복보다 연민을 먼저 느끼게 됩니다.

어머니가 땅이라면 아버지는 하늘입니다. 어머니가 달이라면 아버지는 태양입니다. 가장 소중한 것의 절반을 태어나기 전에 이미 상실한 생명—이 세상에서 가장 뜨겁고 밝은 태양빛, 아버지라고 하는 태양빛을 상실한 채 태어나는 생명—이라면, 우리는 먼저 그 생명이 살아가면서 감내해야 할 외로움과 추위 같은 것을 염려하는 마음이 됩니다.

하물며 전쟁중에야 말해 무엇합니까. 식량이 없어 온 식구가 목숨을 그저 하늘에 맡기고 있는 형편인데, 또 한 목숨이 태어난다니 기가 막힐 노릇이었겠지요. 동생은 그렇게 태어난 것입니다. 아버지의 축복을 받으며 태어나야 할 생명이, 아버지가 계시지 않으므로 해서 모든 이의 축복도 받지 못한 채, 더해지는 또 하나의 짐이 되어, 고통이 되어 이 세상에 태어난 것입니다.

아버지의 웃음소리가 어떠했으며, 아버지의 체온이 어떠했는지 상상조차 하지 못하는 동생과 저, 아버지에게 안겨 웃어본 기억이 없는 우리들과는 달리, 그나마 언니들은, 아버지에 대

한 기억의 편린들을 조금이나마 간직하고 있으니 참으로 다행
스런 일입니다.

빈 의자

아버지!

이제 아버지께 올리는 이 글을 끝내야 할 차례입니다. 이 글
을 끝내고 나면 언제 또 아버지에 대한 그리움이나 아픔들을
쓰게 될는지 저도 모르겠습니다. 살아 있는 동안은 영원히 계
속될 회한들. 쓰고 또 쓰지만, 언제나 못다쓴 것 같은 기분을
버리지 못합니다. 이 글을 쓰는 동안, 저는 심적인 내출혈을 겪
어야 했습니다. 언제나처럼 이번에도 견디기 어려웠습니다.

아버지, 제 결혼식 때가 생각납니다. 아버지 대신 큰 형부가
손을 잡고 신부 입장을 했습니다. 아버지가 안 계신 것을 그때
처럼 절절히 느껴본 적이 없었습니다. 아, 이것이 바로 나의 현
실이었구나. 저는 마음속으로 비명을 질렀습니다.

아버지, 그날 신부측 부모 자리엔 어머니 홀로 앉아 계셨습
니다. 그렇게 늘상 비어 있던 아버지 자리는 무엇으로도 메꾸
어 지지 않는 공동(空洞)을 저희들 가슴에 만들어 놓았습니다.

아버지!

누군가가 우리들이 살아온 것을 한 장의 스냅 사진으로 표현
해 보라고 한다면 저는, 결혼식 날 비어 있었던 아버지의 자리
를 떠올리려 할지도 모르겠습니다.

비어 있는 자리, 비어 있는 의자! 아버지, 존재의 상실이란
것은 어쩌면 단순히 비어 있는 의자를 의미할 뿐, 그 이상도 그
이하도 아닐지 모릅니다. 언젠가는 저의 존재도 하나의 빈 의
자로 스케치 되는 날이 오게 되겠지요.

아버지 !

칡뿌리 같은 한(恨)일랑 접어 두고, 어느 한 순간만이라도 온 세상 가득 차게 웃고 싶어요. 온 세상 가득 차게.

(1990. 3.)

어머니의 세월

2002

웃으실 때마다
어머니가 한 살씩 젊어지실 수만 있다면,
몇 날 며칠 밤을 새워 공기돌 놀이를 하라고 한들
내 무엇을 주저하겠는가.

이번 여름에 동생과 나는 어머니를 모시고 동해바다에 다녀
왔다. 올해 일흔넷의 어머니는 지금도 소녀 같은 감성을 지니
고 계신 때문인지 다른 분들에 비해 젊게 보이시며 또 정정하
신 편이다.

바다에 도착한 그날부터 비가 내리고 파도가 일어 우리는 바
닷물에 뛰어들지도 못하고 날이 개이기만을 기다리고 있었다.

마침 우리가 민박하고 있는 집 처마 밑에 제비둥지가 있어서
새끼 네 마리가 나란히 앉아 어미가 물어다 주는 먹이를 받아
먹는 모습을 지켜보는 일로 무료함을 달랠 수가 있었다.

어미제비와 아비제비가 번갈아 가면서 먹이를 물어 오면 네
마리의 새끼는 일제히 입을 벌리고 찌익 찌익 소리친다. 그러
나 한 번에 한 마리씩밖에는 먹이지를 못했다. 그런데 어쩌면

그렇게 순서를 잘 지키는지 한나절을 지켜보아도 차례가 틀린 적이 한 번도 없었다.

먹을 때 뿐만 아니라 그들은 배설할 때에도 순서를 잘 지키는 것이었다. 비가 오는데 어디서 먹이를 구해 오는지 바쁘게 부모제비가 들고 날더니, 왼쪽에 앉은 새끼 제비부터 차례로 꽁지를 둥지 밖으로 쳐들고 배설물을 똑 떨구는데 그 모습이 너무나 귀엽고 재미있어서 우리는 그들과 한가족이나 된 듯 친밀감을 느끼며 웃었다.

모처럼 느끼는 질서와 화평함이었다.

우리 집안도 제비새끼모양 딸이 넷이었다. 피난을 나오면서 아버지를 잃고, 또 내 위로 하나뿐이었던 오빠를 잃고, 그리하여 올망졸망한 여자애들만 남은 우리 집. 그래서 짝 잃은 어미 제비처럼 홀로 먹이를 구해 나르며 힘겹게 딸 넷을 키워오신 나의 어머니.

홀어머니 밑에서 늘 아쉬움과 부족함을 느끼며 자란 때문인지 우리는 쉽사리 지난 세월을 외면할 수가 없다. 각자 결혼하여 아들딸 낳고 살면서도 우리는 어머니의 둥지 영역 안에서 살고 있다. 큰언니 댁에서 사시는 어머니가 호루라기라도 부시면 5분 안에 총집합할 수 있는 거리에 살며 정을 나눈다.

때때로 사위들이 모여 단합대회를 열면 문씨 자매 규탄대회를 갖기도 하지만, 그 애교있는 모임은 오히려 둥지 안의 결속을 다짐하는 촉매역할을 할 뿐이었다.

제비 둥지를 지켜보는 일로 한나절을 보냈지만 비는 여전히 그칠 생각을 않고 내리고 있었다. 어머니는 바닷가를 거닐다 오자고 하셨다. 이렇듯 감상적인 제의는 언제나 셋째 딸인 나에게 하시는 어머니였다.

우산을 받쳐 들고 바닷가로 나갔다. 이날 따라 더욱 거친 숨결로 호흡하고 있는 바다. 아무리 거친 몸짓으로 달려든다 해도 바다의 마음은 거부가 아닌 수용임을 나는 느낀다. 세속의 오욕으로 더럽혀진 영혼조차도 무한한 품으로 받아들이는 바다. 머언 수평선을 바라보며 나는 바다 같은 사랑을 꿈꾸었다.

파도가 할퀴고 가는 모래사장엔 예쁜 차돌멩이가 많이 깔려 있었다. 나는 어머니 곁에 신발을 벗어 두고 해안선을 따라 걸으며 파도에 씻겨 반들반들 해진 작고 예쁜 돌들을 주웠다. 얼마나 주워모았을까. 양쪽 주머니와 두 손 안에 가득 돌을 주워 돌아온 나에게 우산을 씌워 주시며 빙그레 웃으시는 나의 어머니. 나는 그 웃음에서 바다의 품을 느꼈다.

내가 돌을 줍는 일에 열중해 있는 동안에 어머니는 홀로 앉아 무엇을 생각하셨을까. 어머니의 고향인 원산 앞바다와 연결되어 있는 이 동해 바다. 어머니는 어쩌면 원산의 명사십리에 있었다는 어머니의 친정, 고향집을 생각하고 계셨을지도 모른다.

옛날 그 집에도 이맘때쯤 여름방학이면 서울에서 이모님(최직순)의 친구분들이 다녀가셔서 늘 조용하지만은 않았다고 했다. 모윤숙, 최이권, 최이순, 채선엽 선생 등이 즐겨 오시던 분들이며 특히 모윤숙 선생은 이모님과 절친한 사이였기 때문에 그 집에서 한여름을 보내곤 했는데, 그분의 첫 시집인 《영운시집》을 그곳에서 쓰셨다고 들었다.

바다를 보면 나를 포근히 안아들이는 것 같다는 어머니의 말씀에 동생은 어머니를 시인이라고 불렀다. 어머니는 바다에서 느끼시는 고향에의 향수를 그렇게 표현하셨으리라.

함경남도 원산 두남리에서 최효준 씨의 다섯째 딸로 태어나신 나의 어머니. 일찍이 개화하신 나의 외할아버지는 원산에

학교가 세워지기 전에 이미 두남리에 사립 취성학교를 세우시
고 인재를 기르셨던 분이셨다.

외할아버지는 이준 열사가 고종 황제 밀사로 헤이그 만국평
화회의에 갈 때 여비를 모아드린 후, 원산에서 배에 태워 보내
드렸다는 얘기를 이모님으로부터 들었었다. 그러한 외할아버지
슬하에서 자라셨기 때문에 여성교육에 완고하기만 했던 그 시
절에 이모님과 어머님이 루시여학교와 이화전문학교를 졸업하
실 수가 있었으리라. 후에 이모님은 이화여고에서 교편을 잡으
시다가 미국 유학을 다녀오셨지만, 어머니는 사회봉사활동을
하시다가 결혼하셨다.

어머니는 지나온 세월 동안 가장 행복했던 시절은 이화전문
학교에 다니던 4년이라고 하셨다. 어머니에게 있어서 이화시절
은 잊을 수 없는 꿈의 시절인 셈이다.

내가 춘천에 있던 성심여대를 다니던 무렵, 어머니는 기숙사
생활이며, 교복을 입은 모습이며, 단출한 인원으로 엄격한 수
녀님들 밑에서 과잉보호로 교육을 받는 우리들 모습에서 자꾸
만 어머니의 이화시절을 연상하게 된다고 하셨었다.

그런데 지난봄에 그 잊지 못할 이화시절에 가장 절친하셨던
어머니의 친구분이 미국에서 다니러 오셨었다. 우리들은 그분
을 순학아주머니라 부른다.

순학아주머니는 미국의 초대 한인회 회장을 역임했던 최제창
박사의 부인으로서, 그 내외분은 미국사회에서 한국인이 뿌리
를 내리는 데 큰 몫을 하신 것으로 알고 있다.

순학아주머니의 전화를 받으시고 기뻐하시던 어머니. 옛친구
를 만난다는 설레임에 이 딸 저딸네 집으로 전화를 하시며 좋
아하시니 우리도 덩달아 흥분하고 술렁거렸었다. 그리고 순학
아주머니가 딸이랑 사위들을 보고 싶어하신다는 바람에 우리는

신라호텔에서 조촐한 만찬을 갖기로 하였었다.

딸 넷과 사위들, 그리고 9명의 손주들을 모두 거느리고 어머니는 순학아주머니 내외를 맞이하셨다.

어머니 곁에 병풍처럼 둘러선 우리들을 함박 웃음으로 둘러보시고는 일일이 껴안아 주시던 순학아주머니는 몇 번이나 어머니께 "당신, 정말 수고했어. 훌륭해."하고 흡족해 하셨다.

6.25직후 어려운 피난살이 시절에 미국에서 순학아주머니가 보내주신 예쁜 털실로 어머니는 우리들 스웨터를 정성껏 뜨셔서 입혔는데 한 번 입히고 빨아 빨랫줄에 널어 놓았더니 하루 만에 도둑을 맞았다는 어머니의 얘기에 순학아주머니는 그것을 알았으면 또 보내줄 걸 하고 맞장구를 치시며 이야기는 50년 전으로 거슬러 올라가고 있었다.

이화에서 가정과 동문인 두 분은 기숙사에서나 어디서나 둘도 없는 단짝이셔서 어디든 함께 다니셨다고 했다. 신촌에 기숙사가 세워지기 전, 그러니까 정동 이화고보 자리에 기숙사가 있던 무렵, 하루는 신촌 연희전문 관사에 계시는 최이권 선생(연희전문 백낙준 교수 부인)댁에 놀러갔다가 녹두부침이랑 콩탕이랑 대접받고 날이 어두워 그 댁을 나섰다고 했다. 차비가 있느냐는 물음에 두 사람 다 차비가 없는데 부끄러워서 있다고 대답하고는 걸어서 아현고개를 넘어 정동으로 돌아온 얘기를 들려주는 두 분은 그때 송림으로 우거진 애기능을 지날 때의 그 무서움증이 마치 되살아나기라도 하는 듯 그 시절의 회상에 젖어 계셨다.

호랑이 담배 먹던 시절의 이야기라도 듣는 듯, 아이들도 모두 눈 반짝이며 외할머니의 그 꿈많던 청춘시절 이야기에 도취되어 있었다.

그런데 뭐니뭐니 해도 그날의 토픽은 순학아주머니의 신혼여행길에 어머니가 따라나섰던 일이었다. 그 당시 신혼 여행지로 결정한 금강산 온정리에는 마침 나의 큰이모님이 경영하는 여관이 있어서, 어머니는 결혼식에 참석하고는 한발 앞서서 금강산에 와서 신혼부부를 맞을 준비를 해놓으셨다고 했다.

그런 다음 신혼부부가 당도하자 어머니와 신부는 손을 꼭 잡고 떨어질 줄을 몰랐다고 했다. 이곳 저곳으로 관람을 다니면서도 두 사람은 손을 잡고 꼭 붙어다니는 바람에 신랑은 앞서거나 뒤서거나 홀로 있을 수밖에 없었다고 했다.

어느 계곡에 이르러 잠시 쉬기로 하고 두 여인이 발을 물에 담그고 즐겁게 얘기하는데 신랑이 자꾸만 돌멩이를 물에 던져 옷이 젖었다고 했다. 그래도 신랑이 왜 자꾸 돌을 던지는지를 몰랐다는 우리 어머니.

내년이면 순학아주머니가 50년 금혼식을 맞게 되시니 어머니는 그러니까 50년 만에 신랑의 마음을 알게 되심과 동시에 그때의 눈치없었음을 사죄드린 것이 되었다. 어머니의 사과를 정식으로 받으시며 흔쾌히 웃으시는 최 박사님⋯⋯. 80 노령이신데도 아직도 혈색이 신랑처럼 곱고 붉으셔서, 우리는 다시 한 번 세 분이 신혼여행을 떠나시라고 권유해 드렸다.

웃음꽃이 만발한 가운데 뜻밖에도 큰형부가 나를 가리키며 그 어머님의 그 딸이라는 것이다. 나 역시 큰언니의 신혼 첫날밤, 호텔에 놀러와 늦도록 돌아가지 않는 바람에 큰형부의 애를 태우게 한 장본인이라고 했다. 나도 어머니처럼 까맣게 모르고 있던 일이어서 깜짝 놀라 웃을 수밖에 없었다.

언니가 결혼할 때 내가 고등학교 2학년이었으니 앞뒤를 분간할 만한 나이였는데, 지금 가만히 돌이켜보니, 형부가 언니를 빼앗아가는 것만 같아 속이 상해서 일부러 그랬는지도 모른다는 생각이 든다.

그 일로 해서 나는 어머니를 가장 많이 닮은 딸로 지목되었고, 그래서 그랬는지 순학아주머니는 옆자리에 앉은 나를 유난히 귀여워해 주셨다.

어머니는 참으로 혼란스러웠던 격랑의 세월을 살아오셨다. 서 거친 바다처럼. 일제 암흑기를 거쳐, 북한에서 공산치하를 겪으셨고, 또 전란중에 고향과 혈육을 잃으셨다. 아무것도 가진 것 없는 빈 손으로 홀로 꿋꿋하게 딸 넷을 키워오시기까지 어머니의 생애는 어둡고 답답한 긴 항해였으리라.

이제 70 고희를 지나 서너 해─. 남은 세월이 얼마가 될지 알 수 없으나 어머니의 여생은 오로지 밝고 따스한 햇살 속의 항해이기를 우리는 바랄 뿐이다.

어머니 역시 지나온 암울한 날들은 그 그림자조차 밟기 싫어하시는 듯 꽃들과 새소리 물소리 등과 더불어 살고 싶어하신다. 아름다운 경치를 바라보면 먹지 않아도 배가 부르다고 하시니, 한 달에 한 번쯤은 어머니를 모시고 들로 산으로 나가자고 동생과 나는 약속을 했다.

비가 부슬부슬 내리는 바닷가의 밤. 낮에 주워온 돌멩이 중에서 작고 동글동글한 공기돌 다섯 개를 만들어 우리들은 공기돌 놀이를 하였다. 어린 손주들과 딸, 그리고 사위와 함께 공기돌 놀이를 하시며 동심으로 웃으시는 나의 어머니……

그렇게 동심으로 웃으실 때마다 어머니가 한 살씩 젊어지실 수만 있다면, 몇 날 며칠 밤을 새워 공기돌 놀이를 하라고 한들 내 무엇을 주저하겠는가. 어머니의 지난 세월들이 파도에 실려오고 또 실려오는 그 바닷가에서……

(1987. 8.)

2003

밤 바다에서

방황도 좋고 떠남도 좋다.
그러나 귀향은 더욱 좋다.
세상이 싫어지고 살 재미가 없어질 때
한번쯤 떠나보는 일도 좋다고
생각을 한다.

　우리를 태운 배는 어둠을 헤치며 빠른 속도로 바다를 누 볐다. 사방을 둘러보면 절벽처럼 어둠이 가로막고 있는데 배는 방향을 어떻게 아는지 거침없이 달려나가고 있었다.

　동해와 달라서 크고 작은 섬들이 징검다리처럼 놓여 있는 이 곳 충무 앞바다. 밤에 보니 섬들이 꼭 잠들어 있는 고래 같다.

　배가 그 섬들을 스쳐지날 때마다 나는 불빛 하나 없는 그 섬 들과 충돌하지 않고 지나치는 것에 스릴을 느끼곤 했다.

　밤 바다엔 우리 배 말고도 여러 척의 배들이 떠다닌다. 밤 낚 시를 즐기는 낚싯꾼들을 태운 배와 야간 작업을 하는 어선들이 대부분인 것 같았다.

　그 배들에서 흘러나오는 불빛들이 반딧불처럼 깜빡였다. 바다는 잠들어 있는 것이 아니다. 단지 침묵하고 있을 뿐이다.

저 밤 낚싯꾼들은 침묵하는 바다가 좋아 잠을 안 자고 밤새 침묵을 건져 올리리라.

나는 난간에서 하늘을 보았다. 어릴 때부터 가장 익숙하게 봐온 북두칠성이 머리 바로 위에서 빙빙 돌았다. 북두칠성의 위치가 달라지는 것을 본 그제서야 나는 배가 바다의 중심을 향해 마냥 달린 것이 아니고, 우리가 떠나온 출항지를 기점으로 커다란 원을 그리며 달리고 있었다는 것을 깨달았다. 그것을 알고 나니 안도의 한숨이 나왔다. 그러면서도 왠지 속은 것 같고 서운했다.

사실 나는 처음에 배가 물살을 가르며 앞으로 앞으로 달려나가고 있을 때, 순간 엉뚱한 생각이 들었다. 이렇게 달리다가 영영 다시 돌아가지 못하는 것은 아닐까 하면서 몸을 떨었었다. 내 손을 꼭 잡고 있는 그는 나의 떨림을 감지했는지 "추워?" 하고 물어 왔다. 춥다고 대답하면 입고 있는 셔츠라도 벗어서 입혀 줄 사람이다. 내 머리카락을 휘날리게 하는 끈끈한 바닷바람처럼 끈끈한 것이 부부의 정인 것 같다.

영영 돌아가지 못한다 해도 괜찮은 일이지. 나는 마음속으로 그렇게 말했다. 지금 이 배에 타고 있는 내 소중한 사람들과 함께라면 어둠의 바다도 두려워하지 않고 헤쳐 나갈 수 있으리란 생각을 했다. 소중한 이들과 함께 사는 일이라면 이대로 나아가 저 바다 끝 어디 쯤, 물결이 닿는 무인도라도 가볼 만하다고 생각했다. 그런데 다시 출발지점으로 되돌아가고 있으니 맥이 빠져버리는 듯한 기분이었다. 복잡하고 시끄러운 인간 세상으로부터 멀리 탈출해 보는 상상을 하며 가슴뛰는 전율을 느끼고 있었는데…….

나는 아까부터 줄곧 아버지 생각에 젖어 있었다. 바다를 보면 언제나 먼저 떠오르는 것이 고향과 아버지 생각이었지만 오

늘 밤, 칠흑 같은 밤 바다에 나와 있으려니 더욱 더 고향과 아
버지에 대한 그런 저런 생각들이 만감으로 차 오른다.

　나의 고향은 명사십리 해당화로 유명한 함경남도 원산이다.
맑고 깨끗한 모래가 십리나 펼쳐져 있어서 명사십리라 했다.

　어린 나이에 떠나와서 아무것도 기억나지 않건만 무엇이 나
의 마음을 그리로 이끌어 가는지 알수 없는 노릇이다. 물새들
의 본능처럼 태어난 곳으로 향하는 뜨거운 그 무엇이 가슴에
흐르고 있는 지도 모르는 일이다.

　갓난아기였을 때 어머니의 가슴에 안겨서, 혹은 어머니의 등
에 업혀서 자장가 소리와 함께 들었을 갈매기랑 고니의 울음소
리들이 내 핏줄 어딘가에 흐르고 있는 것은 아닌지.

　석양이 질 때 고니의 울음을 들으면 왠지 모르게 눈물이 나
오더라는 어머니. 잠시도 날개짓을 멈출 수가 없어 울면서 수
평선 위를 날으는 물새의 마음을 느끼셨던 것일까.

　인생을 고해라고 하는데, 그 험난한 바다를 짝을 잃고 홀로
날아야만 하는 여인의 울음을 물새의 울음으로 표현하게 되면
고니의 울음이 될는지 모르겠다.

　전란중, 아름다운 고향을 버리고 떠나야만 했을 때, 어머니
는 발길을 머뭇거리며 주저하지 않을 수 없었다. 고향을 두고
떠나는 일만은 되도록 피하려고 했다. 그러나 국군이 다시 밀
리기 시작하여 거대한 피난행렬이 남으로 이어지는 것을 보고
는 어머니는 떠나야 한다는 절박함에 초조해지셨다. 또다시 인
민군들의 모습을 보고 싶지 않으셨기 때문이다.

　지식인 계층을 향해 '인텔리겐치아'라는 딱지를 붙이고 사사
건건 억압하고 괴롭히던 공산치하에서의 악몽 같은 세월을 돌
이켜보면서 어머니는 피난 보따리를 싸셨다.

　어머니는 그때 홀몸이 아니셨다. 달이 차서 하루하루 무거워

지는 몸으로 과연 저 아수라장 속에서 살아 남을 수 있을지 두렵고 무섭기만 하셨으리라.

그러나 손을 잡아끄는 아버지가 계시기에 망설이면서도 따라나설 수가 있었다. 그 아버지는 우리를 작은 쪽배에 태워 원산 앞바다에서 60여 리 떨어진 모도라는 작은 섬에 데려다 놓고 어디론가로 떠나가신 후 소식이 없으셨다.

인민군의 총성이 원산 가까이까지 들려오자 다급해진 우리 가족은 임시로 그 섬으로 피난을 했던 것이다. 몸이 무거운 어머니와 어린 우리들 때문에 육로보다는 바다를 택하기로 하고서ㅡ.

우리를 섬에 내려놓고 아버지는 이 섬도 안심하고 오래 머물 수 있는 곳이 못 되니 남으로 더 내려가야 한다고 하셨지만, 이미 배멀미와 추위 등으로 초주검이 된 어머니는 이런 상태로 움직였다가는 가다가 죽을 것만 같다고 하셨다. 아버지는 어떻게 하든 이남으로 내려갈 수 있는 배를 구해 갖고 올 테니 어떤 고생이 따르더라도 꼼짝 말고 기다려야 한다며 작은 쪽배를 타고 나가셨는데, 밤이 되어도 돌아오지 않으셨다. 그것이 마지막이었다.

금방 돌아올 것 같은 얼굴로 떠나신 아버지를 애타게 기다리며 섬에서 6개월, 그리고 천신만고 끝에 국군의 도움을 받아 이 땅에 내려와서의 세월 모두가 고해의 연속이다.

아버지는 그렇게 우리 곁을 떠나셨다. 그때 아버지와 함께 섬을 떠났던 사람의 말이라면서 아버지의 소식이 풍문처럼 들려오긴 했었다. 인민군들에게 붙들려 바다에서 죽음을 당하신 것 같다는……. 믿고 싶지도 않고, 확실히 믿어지지도 않는 그 말을 우리는 가슴에 묻어 두고 입 밖으론 꺼내지 않고 살아왔다.

나는 아버지의 무참한 죽음을 생각하고 싶지 않다. 차라리 나는 수평선 끝 어디엔가 아버지만 아시는 아름다운 곳이 있어 그곳에 계시리라 상상을 한다.

배가 조금씩 속력을 늦추고 있었다. 어둠 저 멀리에 우리가 출발했던 선착장이 보이기 시작했다. 그곳에서 흘러나오는 불빛들이 무척 따스한 느낌으로 다가왔다.

방황도 좋고 떠남도 좋다. 그러나 귀향은 더욱 좋다. 세상이 싫어지고 살 재미가 없어질 때 한번쯤 떠나보는 일도 좋다고 생각을 한다. 그리하면 떠났다 돌아올 때의 그 기쁨도 알게 되리라. 지친 여로를 닫으며 날개 접는 안식의 즐거움을—.

선착장에서 내려서서 바라보니 방금 헤쳐온 밤 바다가 꿈결인 듯 아득하게만 느껴진다.

(1988. 8.)

2004
미망의 세월

사랑하는 사람도 미운 사람도
갖지 않고 사는 세상은 어떠할까.
미운 사람 없는 세상은 생각만 해도 즐겁기 그지없다.
그러나 사랑하는 사람이 없는 세상.
그것은 생각만으로도 뼛속까지 저리다.

사랑하는 사람을 갖지 말라.
미운 사람도 갖지 말라.
사랑하는 사람은 못만나 괴롭고
미운 사람은 만나서 괴롭다.

누구나 다 알고 있는 법구경의 한 구절이다. 내가 이 법구경
16장 210편을 처음 만난 것은 고등학교 다닐 때였다. 국사반 특
별활동 부서에서 답사여행을 하던 중 강원도 어느 절간 방에서
읽은 기억이 난다.

사랑, 미움으로 엮어지는 인연의 고리들. 좋든 싫든간에 한
번 엮어지면 질기고 단단하기만 한 그 고리들. 그 속에서 늘 허
우적거리는 탓인지, 사랑, 미움 같은 낱말이 들어가면 그냥 지

나치지 못하고 한 번 더 보게 된다.

어느 절간 방에서 그것을 읽었을 때, 무슨 비밀이 드러나 버린 양 남몰래 가슴이 뛰었었다. 이런 저런 얽음도 갖지 말라, 하셨는데(정말 내 탓은 아니지만)나는 얼마나 그 얽음들로 하여 힘들어 했던가.

몰래 극장 갔다가 선생님에게 들키기라도 한 것처럼 당황이 되었다. 시치미를 떼어야 했다. 극장 같은 것 가본 적 없어요, 라고 말하듯 나는 사랑, 미움 같은 얽음 가진 적 없어요, 하고 시치미 떼었다. 속은 타는데, 아무렇지도 않은 듯 살아가는 것, 그건 또 하나의 고통이었다.

이제 고백을 한다. 내가 지녔던 최초의 미움과 그리움을.

사랑과 미움, 두 가지 다 우리에게 괴로움을 안겨 주지만, 미움의 관계가 더 고통이었나 보다. 미움부터 떠오른다.

국민학교 5학년 무렵, 학교 다니는 길목에서 만나게 되는 한 남자 아이가 있었다. 그 근처에서 사는 내 또래 아이였는데, 무슨 영문인지 나를 보기만 하면 괴롭혔다.

길을 가로막고 못 지나가게 하는 것이 그 아이의 버릇이었는데, 한 번도 순순히 길을 터준 적 없었다. 곱게 땋아 내린 머리채를 모질게 잡아당겨 눈물을 쏙 빠지게 하거나, 소지품들을 뺏고 약을 올렸다.

그 아이 앞에서 울지 않아야 했다. 이상한 자존심으로 울지 않는 오기를 부렸다. 차라리 펑펑 울었더라면 속이라도 시원했을 텐데, 왜 그렇게 눈물을 보이지 않으려고 기를 썼는지 모를 일이다.

매일 그 길을 통과해야 한다는 것이 끔찍스럽게 느껴졌다. 다른 길이 있었다면 십리를 돌아간들 마다하지 않으리라.

그 아이 생각 때문에 하루 종일 가슴에 무엇이 얹힌 듯했고,

밥맛마저 잃었다. 그 길을 지나가야 할 시간이 가까워지면 걱정에 사로잡혀 몸이 떨리고 심장이 방망이질했다.

아무런 대책이 서지 않았다. 내 힘으로는. 그 아이 편에서 달라지지 않는 한 나는 영원히 그 고통에서 벗어나지 못할 것 같았다.

수줍음이 많고 내성적이어서 속마음을 훌훌 털어놓지 못하는데다가 그 일은 창피스럽기도 하고 또 더 큰 보복을 할까 두려워 어른들에게도 말하지 못했다.

내가 그 아이로부터 벗어난 것은 내 눈물 때문이었는지, 아니면 어떤 어른의 꾸지람 때문이었는지 지금도 아리송하다. 책가방을 빼앗고 안 주는 바람에 오도 가도 못하고 서 있다가 눈물이 터졌는데, 그때 마침 누군가가 달려와 그 아이를 호되게 야단치고 있었다.

그 후로는 나를 보고도 길을 막거나 무엇을 뺏거나 하지 않았지만, 그 아이의 존재를 내 마음속에서 완전히 몰아내지는 못했다.

지금은 어디선가 그 사람, 옛일 같은 것은 까맣게 잊고 착한 중년이 되어 살아갈지 모른다. 한동안 내 마음에 지옥 같은 고통을 심어줬는지도 모르는 채, 또 한 소녀에게 최초로 미움이 무엇인지, 알게 해준 것도 모르는 채……. 까맣게 흐른 세월이다.

이제는 최초의 그리움에 대해서 말하고 싶다. 미움의 고통에 버금가는 그리움의 고통…….

6학년이 되던 해 봄, 어머니가 다른 도시로 전근이 되어 동생만 데리고 이사하셨다. 나와 고3이었던 둘째 언니는 1년만 있으면 졸업이기 때문에 계속 남아서 공부하게 하셨다. 어머니가 계시지 않은 집에서 밤마다 나는 이불을 뒤집어쓰고 울다 잠이 들었다. 우는 것을 언니에게 들키지 않으려고 잠든 척하면서 눈물을 훔쳤다. 어머니가 너무나 그리웠다. 남편을 잃고, 홀로 떠맡게 된 삶이 고달파서 자식들에게 그리 자상하고 살뜰하지 못하셨는데, 그래도 나는 무조건 어머니 체취가 그리웠다.

어머니가 계시지 않으니까 집안이 텅 빈 듯하고 썰렁하여 내 집 같은 생각이 전혀 들지 않았다. 허허 벌판에 혼자 버려진 것만 같았다. 아무런 즐거움도 느낄 수가 없었다. 몸과 마음이 함께 병들어 가고 있었다.

여름이 오기 전에 나는 앓아 눕게 되었고, 어머니는 서둘러 나를 전학시켜 데려가셨다. 어머니와 동생을 만나니 살 것 같았다. 아픈 것이 씻은 듯 나았다.

나는 동생과 온종일 뛰어다녔다. 너무 좋아서 먹지 않아도 배고픈 줄 몰랐다. 황혼이 찾아 들어도 걱정 없었다. 어둠이 무섭고 싫었는데, 불빛아래 어머니, 동생과 함께 있으니 안온한 느낌만 들었다. 그렇게 계속 살 수 있다면 더 바랄 것이 하나도 없다는 생각을 하였다.

함께 살고 싶은 사람과 떨어진다는 것이 얼마나 무섭고 슬픈 일인지 그때 처음으로 알게 되었다. 그런 이별을 또다시 겪고 싶지 않아 아무에게도 정을 주지 말아야겠다고 다짐하며 살았다.

세월이 흘렀다. 그런데 나는 예전이나 지금이나 달라진 면이 하나도 없는 것 같다.

가랑머리 소녀시절처럼, 길을 막고 괴롭히는 불가항력의 존재가 나타나면, 나는 눈앞이 캄캄하여 떨고만 있게 된다. 무저항주의로 그 부당한 폭력에 맞설 뿐, 그를 물리칠 궁리를 못한다. 힘, 용기, 지혜, 그런 것은 모두 어디에 숨어 있는 것일까.

그리움, 그것도 마찬가지다. 그리움의 감성이 내 안에 고여 들기 시작하면, 나는 아무것도 할 수가 없다. 등잔불 타오르듯 바짝바짝 마음만 태운다. 이불 뒤집어쓰고 남몰래 울다 잠이 들던 그때와 하나도 다를 바 없다. 이제껏 심장을 보호할 갑옷 하나 마련 못하고 무얼 했는지 알 수가 없다.

사랑하는 사람도 미운 사람도 갖지 않고 사는 세상은 어떠할까. 미운 사람 없는 세상은 생각만 해도 즐겁기 그지없다. 그러나 사랑하는 사람이 없는 세상……. 그것은 생각만으로도 뼛속까지 저리다. 나무아미타불, 관세음보살…….

(1992. 2.)

2005
어린 날의 초상

참았던 눈물 한 방울이
볼을 타고 흘렀습니다. 아, 이러면 안 돼,
난 오늘 학부형인데, 눈물 따위를 보이다니!
나는 눈물을 보이는 일이 부끄럽다는 생각이 들어
누가 볼세라 손으로 얼른 눈물을
닦아냈습니다.

〈봄소풍〉

눈을 감으면 아지랑이 아롱아롱한 언덕길을 타박타박 걸어오는 조그만 계집아이가 보입니다. 수줍음이 너무나 많았던 조그만 가랑머리 소녀…….

아득한 세월 저편에서 내게로 걸어오는 그 가랑머리 소녀는 언제나 말이 없습니다. 말이 없어도 나는 그 소녀의 말을 알아듣습니다. 누군가가 만약 소리없는 말을 알아들을 수 있다면 그 둘은 이미 둘이 아니고 하나입니다. 우리들 서로는 끊임없이 둘이 되기도 하고 또 끊임없이 하나가 되기도 합니다. 소리없는 말을 알아들을 때 하나였다가, 다시 또 막힌 가슴으로 둘로 갈라서는, 인간은 참으로 묘한 존재들입니다.

가랑머리 소녀, 때때로 내게 찾아와 가슴을 휘저어 놓고 가는 소녀, 세월이 아무리 흘러도 어린 소녀로만 있는 어린 시절 속의 나! 나는 지금, 지워지지 않는 영상으로 내 가슴속에서 살아 움직이는 그때의 나를 보고 있습니다.

우리 가족은 이북에서 살다가 1·4후퇴 때 월남하였습니다. 피난을 나오면서 아버지를 잃고 또 오빠마저 세상을 떠나게 되니, 남은 사람은 어머니와 올망졸망한 우리 네 자매뿐이었습니다.

사선을 넘으면서 목숨 하나 부지하기도 어려웠던 우리는 아무것도 가진 것 없는 빈 주먹으로 어느 도시에 정착하여 살게 되었습니다. 어머니가 그곳의 여자 상업고등학교에서 교편을 잡게 되셨기 때문입니다.

학교에서는 방 한 칸 마련할 수조차 없었던 우리의 처지를 생각했음인지 학교의 관사에서 살도록 했습니다. 그러나 사실 말이 관사지. 방이 둘, 부엌이 둘 있는 작은 왜식 집이었습니다. 그나마 방 하나는 숙직실로 사용하여 우리는 방 하나만을 차지하고 살았습니다.

나는 지금도 그 집이 눈에 선합니다. 방과 후면 어머니가 가르치시는 학생들이 우리 집에 들끓었습니다. 짙은 감색 교복에 하얀 칼라를 단 예쁜 언니들이 떼지어 오면 나는 혼자 마음속으로 예쁜 순서를 꼽아보곤 했습니다.

전후이기에 모두가 어렵고 가난했던 시절이었습니다. 수난을 함께 겪었던 그때는 마음들이 지금보다는 훨씬 순수하고 고왔던 것 같습니다. 그 당시에 우리 집에 들락거리던 어머니의 제자들은 그 외롭고 아팠던 시절의 은사님이셨던 어머니를 못잊어 하며, 삼십여 년이 흐른 지금까지 스승의 날이나 어머님의 생신날이면 찾아오곤 합니다.

　나는 그 집에서 국민학교에 입학을 했습니다. 그리고 막내인 내 동생은 내가 3학년이 되던 해, 만 다섯 살도 안 된 나이로 내가 다니는 학교에 입학을 했습니다. 학교에 다닐 나이가 안 되었지만 어머니가 그렇게 하신 것입니다.

　유복녀로 태어난 내 동생은 내가 학교에 가고 없으면 심심하고 외로워서 어머니가 가르치시는 교실마다 찾아다니며 어머니를 난처하게 했기 때문입니다. 동생은 어머니의 목소리가 흘러나오는 교실을 찾아내면 문을 빼꼼히 열고는 "엄마, 나 심심해!", "엄마, 나 배고파!"했습니다. 학생들은 동생이 귀여워 까르르 웃어댔지만, 어머니는 마음이 아프셨던 것입니다.

　언젠가는 우리 앞집에 사는 마리아네 엄마가 아기를 낳자 마리아가 그것을 자랑했습니다. "우리 애기 참 예쁘다. 너넨 애기 없지?" 아기가 무슨 인형쯤 되는 줄 알았던지 동생은 교실 문을 열어 제치고 "나도 애기 하나 낳아 줘!"하고 울어 버린 일도 있었습니다.

　동생이 입학한 후, 첫 번째 맞이한 봄소풍 때의 일입니다. 김밥, 사탕, 과자, 과일 등 어머니는 동생 몫과 내 몫을 한 보자기에 싸주셨습니다. 보자기가 하나뿐인데다가 동생이 너무 어리기 때문에 점심 시간에 나보고 챙겨 먹이라시면서 그렇게 싸주신 것입니다.

　동생의 손을 잡고 학교를 향해 팔랑팔랑 걸었습니다. 날아갈 듯이 즐거운 마음이었습니다. 그런데 학교에 도착해 보니 1학년과 3학년이 각각 다른 곳으로 소풍을 간다는 것입니다. 3학년은 1학년보다 조금 더 먼 곳으로 간다고 했습니다. 예측하지 못했던 일이었습니다.

　난감했습니다. 도시락을 둘로 가를 수도 없을뿐더러 어린 동생을 혼자 보내는 것도 마음 놓이지 않았습니다. 어찌할 바를 모르고 발만 동동 구르다가 나는 결정을 했습니다. 저 어린 동생을 위해 오늘 하루 학부형이 되어야겠다고 말입니다. 담임 선생님께 말씀드렸더니 쾌히 승낙하셨습니다.

나는 먼저 출발하는 우리반 소풍 대열을 한참이나 바라보았습니다. 눈물이 나올려고 하는 것을 꾹 참고 동생네 소풍 대열을 따라 걷기 시작했습니다. 신입생들이라서 그런지 학부형들이 꽤나 많이 따라왔습니다. 1학년 아이들과 비교해도 별로 크지 않은 조그만 내가, 어머니들 사이에서 걷고 있으려니까, 어머니들은 무척 궁금한 모양이었습니다. 몇 학년이니? 너는 왜 너네 학년 소풍 안가고 여기 왔니? 그렇게 물어볼 때마다 도시락 보따리가 왜 그리 부끄럽던지 감출 수만 있다면 어디에든 감추어 버리고 싶었습니다. 그런 마음 때문이었는지 도시락 보따리가 자꾸만 무겁게 느껴지기도 했습니다.

목적지에 도착한 후, 동생을 솔밭 그늘로 데려와 점심을 먹였습니다. 동생은 언니인 내가 저를 따라온 것에 대해선 아무 생각도 없는지 재잘거리며 맛있게 먹었습니다. 점심을 먹은 뒤, 선생님의 호루라기 소리를 따라 동생은 다시 제동무들 곁으로 갔습니다. 혼자 앉아 도시락 보따리를 챙겨 싸는 내 눈에는 뿌우연 안개가 서려 왔습니다. 참았던 눈물 한 방울이 볼을 타고 흘렀습니다. 아, 이러면 안 돼, 난 오늘 학부형인데, 눈물 따위를 보이다니! 나는 눈물을 보이는 일이 부끄럽다는 생각이 들어 누가 볼세라 손으로 얼른 눈물을 닦아냈습니다.

아름드리 소나무에 기대어 서서 동생네반 아이들이 뛰노는 것을 보고 있었습니다. 수건돌리기, 술래잡기, 보물찾기……. 즐겁게 웃는 동생의 모습이 아지랑이처럼 아롱거렸습니다. 솔밭 위 하늘엔 눈부시게 하얀 학들이 너울거리며 날아다녔습니다. 내 마음을 아는지 모르는지…….

참으로 길고 긴 하루였습니다. 아홉 살의 소녀가 감당하기엔 너무나 힘겨웠던 봄소풍. 그런데 왜 가끔씩 그때가 그리워지는 지 나도 모를 일입니다.

(1988. 2.)

밤의 열기 속에서
₂₀₀₆

우리가 떠나온 도시,
그 아름다운 땅에 언제라도 푸근히
맞아 주시는 부모님이 계시다는 것이,
이렇게 우리를 넉넉한 마음이 되게 하는 줄을
예전엔 정말 몰랐었다.

　석양을 등지고 있어서일까. 구부정한 허리를 추켜 세우며 서 계신 어머님의 그림자가 유난히 길었다. 어머님의 눈을 차마 똑바로 볼 수 없어서 고개 숙여 인사하고 돌아서다가 그만 당신의 그림자를 밟았다.

　사랑하는 사람의 그림자조차 밟지 아니하시는 어머니, 당신께서 가장 사랑하시는 아들 손자 며느리의 것이라면 흙 묻은 신발조차도 함부로 놓아 두지 아니하시는 그분의 그림자를 나는 덥석 밟은 채 서 있었으니……

　"늦기 전에 어서둘 떠나거라."

　보내고 싶지 않은 마음, 그리고 그 마음 헤아리면서 훌쩍 떠나지 못하는 마음이 엉키어 주춤거리고 있을 때, 용단을 내리는 사람은 언제나 아버님이셨다. 너무나 자상하시어 친정아버님처럼 느껴지는 분, 상대방의 마음을 항상 먼저 헤아려 주시는 분, 며느리인 내게 한시 한 수를 읊어 주시며 담소를 즐기시는 은근한 정을 지닌 분ㅡ.

그런데 하직인사 올리다가 눈에 띈, 당신 머리에 내린 흰 서리가 왜 이리 가슴을 철렁 내려앉게 하는지.

다섯 살짜리 어린 조카녀석은 우리가 떠나는 것이 싫어 아까부터 입을 비죽거렸는데, 우리 식구가 차에 올라 시동을 거니까 '으앙'하고 울음을 터뜨렸다. 우리가 떠나온 뒤, 그 녀석의 울음을 달래느라고 애쓰는 그곳 식구들의 모습이 눈에 선하다.

시댁을 다녀올 때마다 언제나 이런 정경이 벌어진다. 빠듯하고 메마른 생활 속에 젖어 있다가도 그분들을 뵙고 올 때면 가슴이 늘 넉넉해지는 기분이다. 그러면서 나는 또 마음이 아프다. 아직껏 베푸심을 받기만 하는 것 같은 이 못남이ㅡ.

말없이 운전대를 잡고 있는 그의 옆 모습을 많이 많이 바라보는 때도 바로 이런 순간이다. 온갖 상념이 스쳐갈 동안 그는 침묵하고, 나 역시 말없이 서녘 하늘의 노을을 바라본다.

서울에서 한두 시간이면 달려오는 춘천, 한 달에 한 번쯤은 찾아뵈리라 마음먹었다가도 무슨 일로 그리 쫓기며 사는지, 이번 나들이도 한참 만인 셈이다.

경춘간 도로 확장공사가 완공되면 소요시간이 단축된다기에 더 자주 찾아뵐 것 같았는데, 공사가 끝난 지 이미 몇 달이 지났건만 마음의 거리만 단축되었을 뿐 실제 소요시간은 예전과 다름없어서인지 쉽게 내려가지를 못했다. 우리가 춘천을 찾게 되는 주말경에는 경춘도로는 언제나 행락인파로 차량홍수를 이루고 있어 시간이 지연되기 예사였다.

부모님이 계신 춘천을 향해 차를 몰 때면 그는 언제나 마음이 조급하여 페달을 밟고 또 밟는다. 내려간다는 소식을 전하기만 하면 어머님 아버님을 위시하여 어린 조카들까지 차가 오는 길목에 나와서 기다리고들 있으니 그의 심정이 조급해질 수밖에 없으리라.

그는 구불구불한 커브길도 속도를 늦추지 않고 씽씽 달리면서 경춘도로는 눈을 감고도 훤하다고 말한다. 물론 자주 왕래하는 길이기도 하지만 마음속에서 늘 달려가는 길이기 때문이리라.

차가 춘천시내를 빠져나와 아름다운 호반과 의암댐을 지나북한강 줄기를 끼고 달릴 무렵이면, 귀에 쟁쟁하던 조카의 울음소리는 슬그머니 멀어져 버린다. 그러나 노을빛으로 젖어들던 어머님의 눈빛은 어스름 강변을 끼고 달리는 동안 내내 지워지질 않는다. 구부정하게 서서 한 손을 들어 보이시던 그 모습까지도.

가평에 이르니, 이게 웬일일까. 빽빽히 들어찬 차의 행렬로상행선 2차선이 완전히 메워져 있지 않은가. 황혼은 사라지고이미 어둠이 내려 차들마다 미등을 밝히고 있어 무슨 축제 행렬을 보는 것 같았다. 석가탄신일의 연등행렬 같기도 하고, 붉은 찔레 덩굴이 길게 늘어져 있는 것 같기도 하고, 머리가 보이지 않는 기다란 꽃뱀이 굼실굼실 움직이는 것 같기도 했다.

차량마다에서 내비치는 붉은 불빛은 마치 우리들 심장의 불꽃 같은 생각도 들었다.

도로변 마을사람들이 길가에 나와 한가로운 표정으로 구경들을 했다. 차가 거북이 걸음으로 조금씩 진행하고 있으니 어떤 가족은 운전자만 놔두고 차에서 내려 어른 아이가 손을 잡고 가는 모습도 보였다.

그런데 이 더디고 답답한 행진을 하면서도 조금도 짜증스럽지 않은 것이 이상스러웠다. 아무리 더디게 간다 해도 새벽이

오기 전엔 집에 당도하겠지. 훤히 알고 있는 길 위에서 무엇을
두려워하랴.

어느새 밤 하늘엔 별들이 돋아나 있었다. 나직이 콧노래를
흥얼거리자 아이들이 따라 불렀다.

우리가 떠나온 도시, 그 아름다운 땅에 언제라도 푸근히 맞
아 주시는 부모님이 계시다는 것이, 이렇게 우리를 넉넉한 마
음이 되게 하는 줄을 예전엔 정말 몰랐었다.

(1989. 8.)

2007

들 러 리

나는 들러리 서는 일이 즐거웠다.
곱게 단장하고 신랑 신부 앞에서
꽃을 뿌리며 걸어들어갈 때면, 가슴속에
환상의 뭉게구름이 이는 듯했다.

여섯 살 되던 해 가을이었던 것으로 기억하고 있다. 그해 가을, 어머니가 근무하시는 학교의 여자 선생님 한 분이 결혼을 하게 되어, 그 결혼식에서 나는 꽃뿌리게가 되었다. 사람들은 들러리 서는 아이를 꽃뿌리게라고도 불렀다.

명절날도 아닌데 그날 어머니는 내게 고운 한복을 입혀 주셨다. 색동저고리에 다홍색치마, 그리고 새하얀 버선에 예쁜 꽃고무신. 생각지도 못했던 때때옷을 갑자기 차려 입혀 주셔서 어리둥절해 하는 나에게 어머니는 들러리를 서는 것이라고 일러주셨다.

어머니는 나를 미장원으로 데리고 가셨다. 그곳에서 나는 난생 처음으로 화장을 하게 되었는데, 분내음이 싫게 느껴지지 않았다. 입술연지를 바를 때에는 자꾸만 입 안에 침이 고여서 한 번에 제대로 그리지를 못했다.

화장이 끝난 다음에 다른 사람에게 맡겨져서 머리를 볶았다. 화덕에 달구었다 빼는 집게 같은 것으로 내 머리를 꼬불꼬불하게 말았는데, 머리카락을 조금씩 잡아당길 때마다 눈물이 삐져나올만큼 아프고 뜨거웠다.

그곳엔 또 한 아이가 와 있었다. 나랑 같이 들러리를 서게 된 아이였다. 나보다 키가 한뼘쯤 큰 그 여자 아이는 이미 화장이며 머리손질을 끝내고 나만 물끄러미 바라보고 있었다.

우리는 머리에 조그만 화관을 썼다. 분홍색과 흰색 구슬이 매달린 예쁜 화관이었다. 그런데 예식장에 들어가기도 전에 우리는 둘 다 입술연지가 지워져버렸다.

미장원 언니는 우리에게 입술 연지를 다시 발라주면서 입을 조금 벌리고 있으라고 했다. 언제나 입을 꼭 다물고 있는 것이 내 버릇이어서 시키는 대로 입을 조금 벌리고 있는 일이 쉽지 않았다.

드디어 식이 시작되었다. 풍금 소리가 들리기 시작하면서 내 가슴도 방망이질을 쳤다. 들러리가 하는 일은 조그만 꽃바구니를 하나씩 들고 빨간색 주단이 깔린 식장 가운데를 걸어가면서 바구니 안에 든 색종이 조각을 주단 위에 뿌리는 것이었다.

많은 사람들이 지켜보는 한가운데를 천천히 걸어들어가려니까 어찌나 부끄럽던지 고개가 점점 더 수그러졌다.

우리 뒤로는 신랑 신부가 따르고 그 뒤를 또 신랑 신부의 친구 들러리들이 따랐다. 그것이 30여 년 전의 결혼식 정경이었다. 지방마다 약간의 차이는 있었겠지만, 내가 본 신식 결혼식은 다 그러했다. 그런데 언제부터 들러리를 세우지 않고 신부를 그 친정 아버지가 데리고 들어가게 됐는지는 모르겠다.

하여튼 전란 후, 그때는 왜 그렇게 결혼식을 길게 끌었는지

一. 신랑 신부 앞에 서서 잘 알아듣지도 못하는 긴 얘기들을 듣고 있으려면, 다리도 아프고 지루한 생각이 들어 몸이 뒤틀릴 지경이었다. 이젠 끝나는구나 생각할 즈음에 이 사람에서 저 사람으로 이어지는 것이었다.

식이 너무 길어지는 바람에 그 첫번째 결혼식에서 옆에 서 있던 아이가 그 자리에 선 채로 오줌을 쌌는데, 그것을 눈치 챈 사람은 아마도 나하고 신랑 신부 셋뿐이었으리라. 그때 나도 하마터면 그 아이처럼 참지 못하고 일을 저지를 뻔하였다.

그 후로 나는 걸핏하면 들러리 서는 아이로 불려다니곤 했다. 생판 모르는 사람들이 결혼할 때에도 들러리를 세울 만한 마땅한 아이가 없다면서 예식장을 통해 요청을 해왔다. 어머니는 내키지 않아 하셨지만, 나는 가고 싶어서 은근히 어머니를 졸라댔다.

나는 들러리 서는 일이 즐거웠다. 곱게 단장하고 신랑 신부 앞에서 꽃을 뿌리며 걸어들어갈 때면, 가슴속에 환상의 뭉게구름이 이는 듯했다.

들러리 서는 일이 좋으면서도 딱 질색인 것이 두세 가지 있었다. 머리를 볶을 때 아픈 것, 식순이 끝날 때까지 꼼짝않고 서 있어야 하는 것, 그리고 퇴장할 때에 축하객들이 던지는 콩알에 맞는 것 등이었다.

신랑 신부가 퇴장하게 되면 축하객들은 콩을 한 줌씩 들고 있다가 신랑 신부에게 던졌다. 그 바람에 앞에서 걸어나오는 우리들까지 콩 세례를 받기 마련이었다. 그런데 어떤 이들은 너무나 세게 던져 얼굴 같은 데에 맞으면 따끔하고 얼얼했다. 나는 어린 마음에 왜 그렇게 아프게 던져대는지 그것을 이해할 수가 없었다.

식이 끝나 화관을 벗으면서 머리를 털면 꼬불꼬불한 머리에서 콩알이 후드득 떨어져내리곤 했다.

그러나 들러리 서는 횟수가 늘어가면서 나는 그런 저런 일들에 익숙해져, 말하자면 꼬마 들러리 전문가가 되어 있었다.

어떻게 입 모양을 하고 있으면 입술연지가 지워지지 않는지 알았기 때문에 두 번, 세 번 다시 칠하지 않아도 되었다. 그리고 으레 식이 길어진다는 것을 알고 있어서, 식이 시작되기 바로 전쯤에 화장실을 다녀왔다. 또 고개를 푹 숙이고 조금 빨리 걸어나오면 콩알 세례도 덜 받게 된다는 것을 알게 되었다.

나랑 늘 들러리를 함께 서는 친구가 있었다. 우리 반 아이였는데, 그 아이가 예식장 근처에 살고 있어서 나중엔 그 아이 편에 연락이 왔다.

한번은 한복을 빨아 널어서 입을 옷이 없어 안 되겠다고 하니까, 아무 옷이라도 좋으니 들러리를 꼭 서 달라고 간청을 했다. 그래서 학교에 입고 다니는 꽃무늬 원피스 차림으로 갔더니, 친구도 시장에서 내 옷과 비슷한 원피스를 사 입고 와서, 우리는 그 원피스 차림으로 들러리를 섰다.

그때 찍은 사진이 내 낡은 앨범에 남아 있다. 성격이 활달했던 그 친구는 활짝 웃는 모습이고, 수줍음을 많이 탔던 나는 웃을 듯 말듯한 표정이다.

우리는 둘 다 키가 작은 편이어서 국민학교 3학년이 되도록 들러리 청탁이 들어왔다. 어느 날은 그 일로 해서 수업을 빠져야 할 경우가 생겼는데, 어머니의 허락을 얻어내지 못했다. 뿐만 아니라 그 후론 들러리 서는 일을 아예 못하게 하셨다.

그로부터 십여 년이 흐른 다음, 들러리 소녀였던 나는 숙녀가 되어 신부의 자리에 서게 되었다. 그 결혼식에 나는 어여쁜 꼬마 들러리를 앞세우고 싶었다. 그러나 유난스러운 신부로 보일까봐 그리하지 못했다.

결혼 청첩이 많아지는 계절, 가을이 왔다. 어느 결혼식에 참석해 보아도 그 옛날처럼 들러리를 세우는 일 같은 것은 하지 않는다. 불과 반 세기도 지나지 않았는데, 요즘 아이들은 들러리라는 낱말조차 생소하게 여기는 형편이니 참으로 격세지감을 느끼지 않을 수 없다. 앞으로 몇 년 후, 아니 몇십 년 후에는 세상 풍습이 또 어떻게 달라져 있을지 궁금해지기도 한다.

다가올 미래를 궁금히 여기는 것처럼 나는 과거에 스쳐간 인연들의 오늘이 궁금해지곤 한다.

그때의 신랑 신부들은 지금 어디에서 어떤 모습으로 살아가고들 있을까.

나는 그들을 일일이 기억하지 못해도, 그들은 어린 들러리 소녀를 기억하고 있을는지도 모른다.

오늘같이 맑게 개인 가을날엔, 그들도 묵은 앨범을 뒤적이면서 옛날을 회상할 지도 모른다. 자신들의 결혼식 사진을 들여다보면, 그들 앞에 패랭이꽃처럼 서 있는 조그만 소녀를 발견하게 되리라.

"이 아이는 지금 어디에 있을까?"

어디선가, 노부부의 속삭이는 소리가 들려오는 듯 느껴지기도 한다.

"나, 여기 있어요."

나는 지금 그들에게 전보를 치는 마음으로 원고지의 빈 칸을 채우고 있는 중이다.

(1988. 10.)

2008
꽃고무신과 동생

나는 해어진 고무신을 신어도
별로 부끄럽다는 생각이 안 들었다.
그리고 가장 중요한 것은 겉으로 보여지는 것이 아니라
감춰진 속에 있다는 것을 생각하게 되었다.

어렸을 때《꽃고무신》이라는 동화를 읽은 적이 있었다. 전쟁터에 나가게 된 아빠가 어린 딸에게 꽃고무신을 한 켤레 사 주었는데, 그 어린 아가가 놀다가 고무신 한 짝을 그만 잃어버리게 된다. 속이 상한 엄마가 아가를 야단쳤는데, 그날부터 아가가 시름시름 앓다가 끝내는 저 세상으로 떠나고 만다는 얘기였다. 그 동화를 읽으면서 얼마나 비통해 하며 울었었는지, 지금도 가슴이 아려오는 것 같다.

우리의 어린 시절이 그러했다. 헐벗음과 굶주림. 그리고 외로움⋯⋯. 고무신 한 켤레 때문에 웃고 울 수 있는 세월이었다. 꽃고무신을 신고 뛰어다니던 어린 날들이 까마득하건만 어젯일처럼 떠오를 때가 있다.

개천에서 벌거숭이가 되어 물놀이를 할 때면 고무신으로 미꾸라지를 잡는 아이들도 있었지만, 나는 고무신으로 물을 퍼 날렸다. 내가 쌓은 모래성에 연못을 만들기 위함이었다. 물을 퍼 나를 때면 고무신은 하늘에서 내려온 두레박이 되고, 나는 선녀가 되었다.

때때로 어디론가 떠나 미지의 섬에 닿고 싶어질 때면, 고무신 한 짝을 물 위에 띄웠다. 고무신 속에 꽃잎을 뜯어 넣고 나 대신 떠내려 가는 고무신을 지켜보며 짚시의 꿈을 꾸기도 했다.

뙤약볕 아래서 지치도록 놀다가 집으로 돌아올 때면 허기가 느껴져서 그랬을까. 집으로 가는 언덕길이 길게만 느껴졌었다. 땀에 젖어서 질퍽거리는 고무신을 무겁게 끌고 넘나들던 내 유년의 언덕……

그러나 명절날, 색동 저고리, 다홍 치마 차려 입고 하얀 버선에 고무신 신으면 사뿐사뿐 날 것만 같아 한걸음에 오르내리던 그 언덕……

나는 고무신 닦는 일이 즐거웠다. 더러워진 고무신을 비누칠한 수세미로 깨끗이 닦아서 맑은 물로 헹구어 낸 후, 물기를 말린 다음 댓돌 위에 가지런히 놓으면 마음이 정결해지는 느낌이었다. 깨끗한 고무신을 신으면 걸음걸이가 정경부인처럼 우아하고 품위있어야 할 것 같아 몇 번이고 걷는 연습을 해보기도 했다. 그렇지만 어느새 정경부인의 걸음 따위는 잊어버리고 들로 산으로 뛰어다녔다.

아침부터 밤까지 뛰놀던 우리들, 별이 총총한 밤에도 어스름 달빛에 그림자밟기를 하거나 술레잡기를 하며 놀던 그 시절엔 왜 그렇게 고무신이 빨리 닳아 떨어지던지……. 해어진 고무신을 신고 있으면 마음마저 누추해져 자꾸만 뒤로 숨고만 싶었었다.

고무신이 닳아 밑창이 드러날 때마다 어머니가 빨리 새 고무신을 사 주셨으면 하고 바랐다. 전란으로 아버지를 잃고 어머니 홀로 생계를 꾸려가시던 그 시절, 나는 웬지 어려워서 새 신을 사 달라고 조르지를 못했다. 그저 어머니의 눈치만을 볼뿐이었다.

어느 날, 어머니는 내 고무신을 제쳐두고는 동생이 사 달라고 떼를 쓰는 것만을 사 주셨다. 동생이 사 달라고 했던 것이 무엇이었는지는 지금도 기억나지 않는다. 다만, 그때의 내 생각으로 동생이 원했던 것은 내 고무신만큼 급하고 절실했던 것이 아니라는 데에 문제가 있었다.

나는 그날 밤 너무 섭섭하여 이불 속에서 훌쩍거리며 울었다. 새근새근 잠들어 있는 동생 곁에서 어머니는 울고 있는 내 머리를 쓰다듬어 주시면서 "미운 자식 떡 하나 더 준다는 옛말을 모르는가 보구나. 착하고 이해심이 많아 늘 엄마의 사정을 잘 헤아려 주곤 하더니, 이렇게 울고 있으면 엄마의 마음이 어떻겠니?" 하시는 것이 아닌가.

엄마도 속으로 울고 계신 듯 느껴졌었다.

그 후로 나는 해어진 고무신을 신어도 별로 부끄럽다는 생각이 안 들었다. 그리고 가장 중요한 것은 겉으로 보여지는 것이 아니라 감춰진 속에 있다는 것을 생각하게 되었다.

나는 때때로 동생을 보며 미안한 마음이 되곤 했다. 어머니가 나를 달래려고 하신 '미운 자식 떡 하나 더 준다'던 그 말이 동생에게는 영원히 비밀이어야 할 것처럼 느껴졌던 것이다. 그 비밀을 이렇게 털어놓고 나니까 좀 서운한 마음이 든다. 무덤까지, 은밀히 간직하고 갈걸 그랬나 보다.

(1988. 5.)

2009

길손처럼

열심히 살다가 언제든지
길손처럼 유유히 떠날 수 있는 내가 되고 싶다.
그렇게 여유로운 마음으로 남은 날들을
살아갈 수 있을는지…….

지난봄 교육계의 큰 별 하나를 잃었다. 아이들이 다니고 있는 경복국민학교의 심수근 교장선생님이 불의의 교통사고로 세상을 뜨신 것이다.

그분의 부음을 전해 들었던 그 일요일 오후, 나는 충격과 슬픔으로 온몸의 맥이 풀려 아무 일도 할 수가 없었다. 돌아가시기 불과 이틀 전에 뵈온 그분의 모습이 마지막이 될 줄이야. 그날은 마침 아이의 반 급식 당번이어서 학교에 갔던 차에 새로 나온 나의 수필집을 드리고 싶어 들렸던 것이다.

나의 변변치 못한 글을 애독하시며 항상 반가이 맞아주시는 분이어서 나는 학교에 갈 때면 교장선생님을 찾아뵙고 차를 대접받으며 이야기를 나누곤 했다.

그날도 운동복 차림으로 운동장의 화초들을 돌보시다가 나를 맞이하셨는데 수필집을 드리니까 이 귀한 책을 어찌 그냥 받을 수 있느냐고 하시면서 수필집을 발간한 것을 한껏 기뻐해 주시던 교장선생님.

지난해에는 그분의 부탁으로 전교 자모들을 대상으로 글짓기 지도와 자녀교육에 관해 특강을 한 일이 있었다. 자신이 없어서 극구 사양했더니 30분이라도 좋으니 평소의 생각을 그대로 들려 달라고 하셨다. 중언부언하며 1시간을 끌다가 강단을 내려선 나에게 "이 늙은 가슴이 뭉클해질 정도로 감동을 받았습니다." 하시며 좋아하시던 그때의 기억도 생생하다.

나는 그분을 존경했다. 교육은 바로 감동을 주는 것이라는 교육관을 지니신 분. 그러기에 그분과 함께 교육에 대해서 논하고 있으면 아이들의 장래가 확실하고 명쾌하게 보이는 것만 같았다.

그래서 많은 학부형들이 그분의 인품과 교육자로서의 신념에 매료되어 이 학교를 더욱 사랑하게 되고 자신의 아이들이 그러한 교장선생님 밑에서 배우고 있음을 감사하게 여기는 것 같았다.

전교생 천팔백 명을 낱낱이 기억하다시피 관심을 기울였던 분. 복도에서나 운동장에서나 아이들이 달려들면 언제나 자상한 미소를 잃지 않던 분. 또한 명석한 머리의 소유자이셔서 아이들 이름 뿐 아니라 학교 전반의 업무를 정확하고 빠르게 기억하고 처리해 내는 분이셨다.

전생애를 바쳐 경복학교를 일구고 가꾸며 경복을 세계적인 교육의 전당으로 만들고 싶어 전심전력을 기울이시더니 당신의 이상을 다 펼치시기도 전에 그렇게 어이없이 가신 것이다.

마지막으로 만나뵈었던 그날도 그분은 나에게 말씀하시지 않았던가. 학교가 당신의 전부라고……. 그 말씀이 너무나 절실하여 비장한 느낌마저 들게 하더니, 이제 와서 생각하니 그날의 그 말씀이 그분의 생애를 정리하는 유언이 된 셈이 아닌가.

그토록 일생을 바쳐 사랑하고픈 학교를 뒤에 두고 한창 일하셔야 할 그 나이(60)에 어떻게 눈을 감으실 수 있었을까.

그분의 영결식 날 학교강당을 메우던 아이들의 울부짖음이 천갈래 만갈래 내 가슴을 찢어 놓았는데 말없이 누워계시던 교장선생님은 아이들의 그 울부짖음을 들으셨는지…….

교장선생님 생전에 녹음했던 육성을 들려주던 시간에는 울부짖다가 기절하는 아이도 있었다. 또 스승의 은혜를 부르던 5학년 어린이는 복받치는 슬픔 때문에 첫 소절도 못 부르고 흐느껴 울어 현악 4중주의 반주가 더욱 더 슬픔에 떠는 듯했다.

장지로 떠나기 위해 남자 선생님들이 국화로 장식한 운구를 받들었을 때 노란 국화송이 위에 떨어져 내리던 남자선생님들의 굵은 눈물방울을 느끼고 계셨는지. 그렇게 비명에 가시지 않았다면 도저히 스스로는 학교를 떠나지 못하셨을 교장선생님.

그러나 이젠 그분의 모습을 더 이상 볼 수가 없다. 그분을 잃은 뒤 아이들이나 선생님, 그리고 학부모의 마음속에 얼마나 큰 허탈이 자리 잡았는지 그분은 아마 모르시리라. 생전에 당신 자신이 학교를 떠난다는 일은 상상조차 못하셨을 테니까.

나는 엊그제도 급식 당번이라서 학교에 다녀왔다. 교장실 앞을 지나 오는데 여전히 그분이 그곳에 앉아 계실 것만 같아 얼마나 마음이 허둥거려지던지……. 교장실 뿐만 아니라 10여 년간이나 그분의 사랑이 스며 있던 복도, 운동장 어디를 보아도 그분의 미소가 살아난다. 그만큼 그분의 마음, 그분의 손길이 학교 구석구석 어디에서나 살아 숨쉰다.

어느덧 녹음이 우거지는 초하의 계절이다. 그분이 가신 지

어느새 두 달이 지났다. 그분이 차지하고 있던 자리가 너무도 커서 그분이 안 계시면 도저히 이루어낼 수 없으리라 여겼던 일들이 그런대로 이루어져 가고 그분을 잃은 슬픔은 앙금이 되어 우리들 마음 밑바닥으로 서서히 침잠되어 간다.

세월은 이처럼 더도 아니고 덜도 아니게 한 생명의 부재를 담담히 메워가는 것 같다.

나는 학교 운동장에서 뛰어 노는 아이들의 밝은 웃음소리를 들으며 인간은 어차피 이 세상의 길손이라는 생각을 해본다. 뜬구름처럼 잠시 머물다 가는 생애, 아무리 애착을 느끼고 심혈을 쏟았던 삶일지라도 한순간에 생과 사의 갈림에서 단절되어짐을 느꼈을 때, 살아가는 일이 허무하고 사랑하는 일이 무서워지는 마음이었다.

허망한 것이 목숨인데, 우리는 얼마나 처절하게 우리의 삶에 집착하며 살아가는가. 그렇다고 아무것도 사랑할 수가 없다면, 그리하여 자신의 삶에 아무런 집착조차 가질 수가 없다면 그것은 더 큰 무서움일 것이라고 나는 생각한다.

그러기에 열심히 살다가 언제든지 길손처럼 유유히 떠날 수 있는 내가 되고 싶다. 그렇게 여유로운 마음으로 남은 날들을 살아갈 수 있을는지…….

(1986. 5.)

2010

가을이면 생각나는 사람

인생은 무얼까?
우리는 어디에서 왔다가 어디로 가는 걸까.
산자가 망자를 못 잊어 그리듯,
망자의 넋들도 산자를 못 잊어 하며
그리워할까.

슬픈 꿈을 꾸고 있었다. 소중한 사람을 잃게 되어 흐느끼면서 울었다. 옆에서 흔들어 깨우지 않았다면 그 슬픔의 늪에서 한참을 더 몸부림쳤으리라.

한낱 꿈일 뿐인데 깨어난 뒤에도 좀처럼 여운이 가시지 않고 가슴을 짓누른다. 언제나 몹쓸 꿈을 꾸고 나면 가슴이 이렇게 아파오곤 했다.

소중한 사람을 잃는 일, 그것은 꿈에서조차 못 견딜 노릇이었다.

아직 동이 트려면 이른 시각이지만 다시 잠들기도 어려워 자리에서 일어났다. 커피 물을 올려놓고 창문을 열었다. 서늘한 밤공기가 가을을 완연히 느끼게 했다. 사위는 어스름한데, 풀벌레소리가 적막을 흔들었다. 저들도 무슨 한이 서렸기에 밤을

새워 우는 것이겠지. 흐느끼다가 깨어난 때문인지 풀벌레 소리
에도 아픈 사연이 묻어 있는 것만 같았다.

커피 한 모금으로 마음의 한기를 달래면서 달력을 보았다.
내일 모레가 성모오빠의 생일날이다. 초가을에 태어났다가 아
홉 살 나이로 생을 끝낸 나의 오빠! 그 풀꽃 같은 삶이 서럽고
안타까워서인지 떠난 날보다 태어난 날을 기억하고 있다. 이미
이 세상 사람이 아닌 바에 그가 태어났던 날이 무슨 상관이련
만, 해마다 가을이 찾아들면 가슴속에 비문처럼 새겨진 그의
생일을 먼저 떠올리게 되고, 애달프게 떠난 그의 넋을 생각하
게 된다.

언젠가 어머니는 오빠 이야기를 꺼내시고는 눈물을 흘리
셨다. 전란 중에 끌고 다니면서 제대로 먹여주지도 못하고 떠
나보낸 것이 못내 한스러워서 어머니는 말끝도 맺지 못하셨다.

어린 것이 너무나 착해서 배고파도 배고프다는 말 한 마디
없고, 아파도 아프다는 말 한 마디 안하던 아이였다고 하셨다.

섬에서 피난생활할 때에 식량이 떨어져 며칠씩 굶고 있으려
니까, 주인집 아주머니는 가장 어린 내가 안되었던지 밥을 한
술 떠먹였다고 했다. 나보다 네 살 위였던 오빠는 그것을 못 본
체하고 돌아앉아서 노래를 흥얼거렸다고 했다. 오빠의 그때 모
습이 어머니 뇌리에서 지워지지 않는 모양이었다.

전란 직후, 오빠는 어머니 가슴에 한을 남기고 낯선 땅 공동
묘지 어느 한구석에 묘비도 없이 묻히었다. 이제는 그 무덤을
찾아볼 길조차 막막하게 되었으니, 찾아주는 이 없는 그 무덤
가엔 잡풀만 무성할 것이다.

인생은 무얼까? 우리는 어디에서 왔다가 어디로 가는 걸까.
산자가 망자를 못 잊어 그리듯, 망자의 넋들도 산자를 못 잊어
하며 그리워할까.

　그를 생각하게 될 때면, 생과 사에 대한 의문이 마음에서 떠
나지 않는다. 그가 간 곳이 어딘지 모르듯이, 나는 아직 내가
사는 곳이 어디인지도 모르겠다. 알듯 모를 듯 그렇게 살다가,
언젠가 그를 만나게 되면 알아보리라.

(1988. 9.)

제 3 장

나는 때때로 꽃향기에 취하듯
사람의 향기에 취하곤 한다

3001

대 화

가둔 자와 갇혀 있는 자 사이에
진정한 대화가 오고 갈 수는 없으리라.
갇힌 자에게 진정한 대화를 요구하는 것 역시
가둔 자의 횡포라는 생각이 스친다.

얼마 전에 어머니는 기르시던 앵무새 한 쌍을 나에게 주
셨다. 아이들보다도 더 조잘대는 앵무새 소리로 우리 집은 온
종일 생기가 감도는 듯 느껴지곤 했다.

앵무새가 오기 전까지, 나는 집에 늘 혼자 남겨졌다. 식구들
이 직장과 학교로 뿔뿔이 가고 나면, 집은 금새 적막에 쌓였다.
나는 적막에 쌓인 내 공간과 시간을 홀로 즐겨온 셈이다. 30분
마다 거실의 벽시계가 종을 치고, 이따금씩 전화벨이 울리곤
했지만, 그 소리들마저 어느새 적막에 묻혀버린다.

이 세상에서 내게 가장 적합한 장소로 길들여진 나의 공간이
었다. 어쩌다 세상만사 번거롭고 힘겨워지면 어디로든 더 깊숙
이 숨고 싶어진다. 그럴 때 아무리 생각해 보아도 집보다 더 안
심하고 숨을 곳이 없는 것 같았다. 결국 나는 새장 속의 새와

다를 바 없다. 단지 다른 점이 있다면 타의가 아닌 자의로 자신의 둥지를 떠나지 못한다는 점일 것이다.

요즈음은 앵무새 한 쌍이 내 고요를 흔든다. 아침에 일어나 베란다 쪽 창을 열어 놓으면 언제 깨어났는지 지절거리기 시작한다. 아침을 지으면서 듣는 새소리는 한 모금의 생수처럼 청량감을 준다.

서둘러 식구들을 보내 놓고 살아온 습관대로 아, 이제야 혼자 남았구나 했을 때, 새들은 은방울 같은 소리로 그들의 존재를 내게 알려준다.

처음에 나는 혼자 있는 것이 아니라는 사실에 조금은 당혹감을 느꼈다. 새들이 나의 몸가짐이나 마음 상태까지도 모두 엿보고 있는 것 같아 조심스러워졌다. 잠옷 차림으로 그들 앞을 스치기가 거북하여 서둘러 옷을 갈아입게 되고, 그들의 까만 눈과 마주칠 때면 별로 잘못된 일도 없으면서 괜히 가슴이 철렁했다. 순수한 그들의 눈빛에서 나는 하나님을 느끼곤 한다.

그런데 언제부턴가 나는 그들의 지저귐을 들을 때마다 이상한 혼란을 느꼈다. 노래일까, 울음일까.

두 마리가 주거니 받거니 하면서 정겹게 지절거릴 때면 사랑을 속삭이는 노래로 듣게 된다. 그러나 허공을 향해 부리를 세우고 소리를 내지를 때는 절규하는 것 같아 가슴이 떨린다.

내 이럴 줄 알았다. 그래서 아이들이 오래전부터 새를 기르고 싶다며 졸라댔어도 나는 고개를 저었던 게 아닌가. 새를 기르는 일은 왠지 두려웠다.

화초나 금붕어는 집에서 기른다고 해도 그들의 생태대로 흙이나 물 속에서 살게 하지만, 새들은 하늘을 날아다니는 것이 그들의 생태인데 새장 속에 가두어 놓고 날지 못하게 하는 일이 차마 못할 짓이라 여겨졌었다.

내 마음이 이렇건만, 나는 어머님이 주시는 새를 마다할 수가 없었다. 새를 가져가거라 하셨을 때, 이틀이나 머뭇머뭇 미루다가 가져왔던 것도 내 마음이 그랬기 때문이다. 아이들은 새를 보고 뛸 듯이 기뻐했지만 나는 어머니의 쓸쓸한 눈빛이 떠올라 마음이 착잡했다.

이 앵무새는 어머님이 몹시 좋아하시던 새였기 때문이다. 새소리가 짜랑짜랑하여서 한참 지저귈 때면 듣는 사람의 정신을 빼놓았다. 어머니는 먼저 기르시던 새의 울음소리가 힘이 없다면서 새장사에게 돈을 더 얹어 주고는 이 목청 큰 새와 바꾸셨었다.

귀청을 흔드는 새소리를 들으면 갈 수 없는 고향, 원산 앞바다 수림에서 울던 매미 소리가 생각나신다던 어머니. 나이먹을수록 새소리가 더욱 좋아진다던 나의 어머니.

이제는 새소리, 물소리, 바람 소리를 들으면서 살고 싶다면서 아파트 가득히 화초를 가꾸고, 붕어를 기르고, 새들도 기르며 기꺼워하셨다. 어머니가 계신 집은 그래서 생명감이 넘쳐보였다. 어머니는 쇠퇴해 가는 어머니의 일월을 그 싱그러운 생명의 소리, 빛깔들로 채우고 싶으셨던 것이다.

모든 식구들이 어머니가 사랑하는 것들을 덩달아 사랑했다. 사랑은 그렇게 가슴에서 가슴으로 전이되는 모양이다. 하긴 미움이란 것 역시 가슴에서 가슴으로 전염병처럼 번지지 않던가.

앵무새에 대한 사랑이 미움으로 바뀐 것은 앵무새 탓이 아니고 뜨거운 계절 탓이라 하겠다. 여름이 오면서 조카는 밤이면 답답한 자기 방을 두고 넓은 거실에 나와 공부하다가 거기서 그대로 잔다. 밤늦게 드는 잠인데 아침 일찍부터 머리맡 베란다에서 요란하게 지저귀어 단잠을 깨우니 속상했던 모양이다. 새소리 때문에 잠을 설치게 된다는 말이 나온 후로 새장은 밤마다 이 구석 저 구석으로 옮겨지는 신세가 되었다. 어머니는 이리저리 옮겨지는 새의 처지가 안쓰러워 차라리 나에게 맡기려 하신 것이다.

"나는 이 새소리가 그지없이 좋지만, 여기선 환영받지 못하니 네가 대신 잘 기르거라."

나를 믿고 맡기시려는 어머니의 마음을 헤아리니 울컥 울음이 쏟아질 것 같았다. 그런 마음으로 새를 옮겨 왔기 때문일까. 새소리가 노래보다는 울음으로 들리는 까닭이……. 새 울음 속에 노년의 서글픔이 묻어 있는 것 같고, 새 울음 속에 자식을 사랑하는 어머니의 마음이 묻어 있는 것 같다.

우리 아이들은 앵무새와 사귀고 싶어 무던히 애를 쓴다. 이들은 다른 새들에 비해 유난히 민감하고 겁이 많은 듯 보였다. 누가 새장 앞에서 얼씬거리기만 해도 새장 안에 있는 나무 둥지 속으로 쏘옥 달려들어가 숨어버린다. 저희들끼리는 별의별 소리로 지절거리다가도 사람의 기척만 나면 놀라 숨는 모습이 마치 때묻지 않은 시골처녀처럼 사랑스럽기만 하다.

아이들은 새와 숨바꼭질을 수없이 하면서 계속 새에게 접근을 시도하고 있다. 이 겁많은 새들에게 어떻게 하면 우리가 친구이며 가족인가를 깨닫게 할까가 아이들의 궁리거리이다.

새들도 TV를 즐기는 모양이다. 거실의 TV를 켜 놓으면 화면을 향해 앉아서 꼼짝을 않고 있다. 화면 속의 인간은 두렵지가 않은지 도망치려 하지도 않는다.

딸아이는 앵무새에게 인간의 말을 가르쳐 주고 싶어 새장 앞에 앉으면 조그만 목소리로 "안녕하세요."를 여러 번 반복하지만 그들은 나무 둥지 속에 몸을 숨긴 채 묵묵부답이다.

아들아이는 거실에서 공부하고 있을 때 새가 나무 둥지 밖으로 나와 놀고 있으면 좋아서 벙실벙실 웃는다.

"네 마음이 착해서 새들도 안심하는 모양이구나."

언젠가 그렇게 일러주었더니 이 아이는 새장 앞에서 날로 날로 착해져 가고 있다. 그러면서 한 번은 "엄마, 이 새들은 먼저, 그 먼저 있던 곳에서 몹시 놀라고 무서웠었나 봐요." 하는 것이 아닌가. 아이의 말대로 새들의 두려움이 선천적인 본능이 아니라 후천적 경험에 의한 것이라면, 새에게 더욱 미안한 노릇이다.

남편은 새장에 물과 모이를 부지런히 갈아주므로써 자신의 마음을 표현하고 있다. 그가 책임져야 할 또 하나의 식솔인 것처럼 여겨지는 모양이다. 그래도 새는 여전히 숨을려고만 한다.

이 무더위에 좁은 나무 둥지 속에 숨어 있을려면 너무 갑갑할 것 같아 나는 그들끼리 마음대로 놀라고 일부러 자리를 피해주곤 한다.

어제 아침엔 거실에 앉아 바느질을 하고 있었는데, 새들이 사람을 경계하는 것을 깜박 잊었는지 둥지 속에서 나와 신나게 지저귀며 놀고 있었다. 그 천진스러운 모습을 찬찬히 바라보니 너무나 신비롭지 않은가. 붉은 색 부리와 노랑색 목덜미, 그리고 연두색 깃털이 곱게 조화를 이루고 있었다. 저마다 독특한 저 천연의 빛깔들. 저 빛깔들은 어디에서 온 것일까. 그리고 저 또랑또랑한 울음소리는 어떻게 터져나오는 것일까. 어디에서 무슨 소리가 들리는 듯하면 고개를 갸우뚱하면서 귀를 기울이는 저 새들은 지금 무슨 생각들을 하고 있는지ㅡ. 그들의 말을 알아듣고 싶었다.

저들도 어쩌면 내 마음을 헤아리고 있을 지도 모른다며 이런 저런 생각에 빠져 있는데, 나에게 감기기운이 있었는지 그만 재채기가 크게 터져나오는 게 아닌가. 그 바람에 잘 놀던 새들은 기겁을 하고 숨어버렸다.

참으로 무안한 마음이 들었다. 그들을 놀라게 할 마음이 전혀 없었는데도 나는 한순간에 그들을 놀라게 하는 폭군이 된 것이다.

내가 아무리 새와 더불어 얘기를 나누고 싶어해도 새들은 이처럼 마음을 열어주지 않는다. 그렇다고 새를 야속하게 여길 수는 없다. 그들은 지금 갇혀 있는 몸이니까. 몸이 갇히면 마음도 갇히는지……. 가둔 자와 갇혀 있는 자 사이에 진정한 대화가 오고 갈 수는 없으리라. 갇힌 자에게 진정한 대화를 요구하는 것 역시 가둔 자의 횡포라는 생각이 스친다. 대화는 동등한 관계일 때 열리는 것이므로—.

먹이를 주고 시중을 들어준다 해도 새의 편에서 보면 인간은 한낱 지배자일 뿐이리라. 구속해 놓고 길들이면서 그 울음을 즐기는 심사는 무엇이란 말인가.

인간은 참으로 묘해서 우리들 서로 간에도 가두고 갇히는 관계를 형성한다. 어찌 보면 인류 역사는 그 놀음의 흔적이란 생각마저 든다. 인간의 이 버려지지 않는 얄궂은 속성은 인간이 이 세상에 존재하는 한 이어져 가리라.

지금 우리는 그러한 속성이 팽배한 세상을 산다. 지배하려는 세력과 지배받지 않으려는 세력이 평행선을 긋고 있다. 개인과 개인, 사회와 사회, 국가와 국가 간에 진정한 대화의 길이 열리지 않음이 어쩌면 당연한 것인지도 모른다.

나는 매일 새장 앞에서 갈등을 겪는다. 새장 문을 열어 그들을 날려 보내고 싶다. 창 밖 꽃사과나무 가지에 앉았다 날아가는 참새들처럼 날아보라고, 이 새장 밖으로 그들을 내보내고 싶다.

그러나 문득 걱정이 앞선다. 태어날 때부터 갇혀 있던 새들이라면, 단 한 번도 날개짓을 해보지 못한 새들이라면, 야생의 새들처럼 날 수 있을는지, 또한 주는 모이만 먹던 습성으로 이들은 과연 살아 남을 수 있겠는지ㅡ.

　하루에도 몇 번씩 새장 앞에서 겪는 이 갈등, 이 물음표는 바로 나 자신에게로 향하는 것임을 나는 안다. 나는 새장 속의 저 앵무새와 너무도 닮았으니까.

(1988. 7.)

꽃향기 날리면

3002

나는 때때로
꽃향기에 취하듯 사람의 향기에 취하곤 한다.
아름다운 사람에게서 느끼는 향취는
어떤 꽃향기보다도 좋고 신선하다.

무심히 길을 걷고 있는데 갑자기 미풍 한 자락에 향긋한 꽃 내음이 실려 왔다. 무슨 꽃향기일까. 걸음을 멈추고, 꽃내음을 맡아보았다. 아아, 라일락이다. 라일락이 가까운 어디엔가 피어 있는 모양이다.

라일락꽃이 마치 나를 부르는 듯하여 나는 한 마리 나비가 되어 주위를 살펴보았다. 방금 스쳐지나려 했던 모퉁이 뒤로 라일락꽃이 피어 있었다. 수줍은 듯 발그레하게 꽃망울을 열고 있는 라일락. 그 어느 때보다도 저 꽃나무가 사랑스러워 보이니 이상한 일이다.

꽃이 피어 있는 줄도 모르고 그냥 지나칠 뻔하였는데, 미풍에 향기를 실어 보내어 마음을 붙드니, 꽃과 나 사이엔 이미 부르는 자와 찾아드는 자의 교감이 흐른다.

봄볕은 그래서 더 눈이 부신지도 모른다. 꽃들은 다투어 천지에 피어나고, 벌·나비는 향기를 찾아 꽃주위에 날아드니……

어느 해 여름 밤에 만났던 야래향의 향기는 좀처럼 잊혀지지가 않는다. 나는 그 밤, 집에 놀러온 친구를 배웅하려고 집을 나선 길이었다. 몇 시간을 함께 보냈는데도 헤어지기가 아쉬워 우리는 느린 걸음으로 걷고 있었다.

한낮의 뜨거운 열기가 채 가시지 않아 후덥지근하게 느껴지는 그런 밤이었다. 그런데 어디선가 갑자기 현기증이 느껴지리만큼 매혹적인 향내가 풍겨오는 것이 아닌가. 정신이 바짝 나는 것 같았다.

나는 어슴푸레한 속에서도 암향의 주인공을 쉽게 찾아내었다. 이웃집에서 아파트 뜨락에 내놓은 꽃분이었다. 달빛아래 눈여겨보니 거기엔 눈꽃처럼 작고 오롱조롱한 꽃들이 피어 있었다.

야래향(夜來香)이라고 했다. 이름 그대로 어둠 속에서만 꽃잎을 여는 꽃. 그래서 밝을 때 그 옆을 매일 지나다니면서도 그 꽃의 존재를 몰랐던 것이다.

야래향의 향기는 천리를 간다고도 했다. 실제로 그 향기가 천리를 가는 것이 아니라 그 향기의 여운이 그만큼 길다는 뜻이리라.

그 밤에 만난 야래향의 향기를 잊지 못해 나는 그 이튿날 아침 다시 그 화분 곁으로 가보았다. 꽃잎마다 입을 꼭 다물고 있어서인지 가까이 다가서서 향내를 맡아도 지난 밤, 그토록 마음을 사로잡던 그 향기는 간 곳이 없다.

무엇엔가 홀린 것만 같았다. 그 향취는 어디로 갔을까. 아쉽고 허전하여 꽃나무를 이리저리 살펴보았지만 빈약하고 가냘픈 잎새며 꽃들뿐이었다. 그 어디에도 환상적인 향기를 감추고 있을 것 같지는 않았다. 그러나 땅거미가 질 무렵이면 다시금 꽃잎을 열고 암향을 풍기고 있으니 신비롭기가 그지없었다.

야래향을 닮은 여인이 있다면 어떠할까. 밤에는 향기로써 사람을 흠뻑 취하게 하고, 낮에는 수수한 자태로 자신의 본분을 다한다면 무척 매력있을 것 같다.

아무리 좋은 향기도 쉬지 않고 계속 맡으면 후각이 마비되어 그 향취에 무디어진다. 그리하여 그 진가를 잊고 지내기 일쑤이다. 또한 강하고 자극적인 향기일수록 이내 식상하기 쉬우니, 무릇 향기에도 절도가 있어야겠다는 생각이 들었다. 안으로 감도는 듯 은은함을 느끼게 하는 향기가 여운도 길고 품격도 높은 것이리라.

나는 때때로 꽃향기에 취하듯 사람의 향기에 취하곤 한다. 아름다운 사람에게서 느끼는 향취는 어떤 꽃향기보다도 좋고 신선하다.

맑고 그윽한 영혼을 느끼게 하는 시선과 마주칠 때에 피어나는 아름다운 꽃무리……. 보이지 않는 마음과 마음이 빚어내는 꽃향기 역시 그 어느 꽃향기보다 감미롭고 황홀하다.

바람결에 꽃향기 날리면, 꽃향기에 취하여 어질어질 봄길을 걷는 재미……. 그런 봄날이 계속 이어졌으면 좋겠다.

(1987. 4.)

모과가 익는 계절

> 과일이 풍성히 열린
> 남의 집 정원을 부러워하면서도 내 집 정원의 과실수는
> 키울 줄을 모른다. 열매는 태양의 힘으로, 바람의 힘으로,
> 그렇게 익어가는 것이다. 우리는 단지 그 나무가 쓰러지지
> 않고 땅 위에 곧바로 설 수 있게
> 도와주면 된다.

모과가 익는 9월이 오고 있다. 거실 창문을 열면 창 밖에 서 있는 모과나무가 한눈에 들어온다. 저 나무를 바라보는 재미에 올 여름은 피서를 가지 않았어도 가슴이 내내 시원했다.

저 모과나무는 아파트 주민 모두의 것이지만, 어쩌다 우리 집 베란다 앞 뜰에 심어지는 바람에 유독 우리 가족에게 더 많은 즐거움을 안겨주게 되었다.

아파트에 살면서 늘 정원이 있는 주택을 부러워하곤 했는데, 저 나무가 있으므로 해서 그 부러움은 얼마쯤 해소되고 있었다.

지난 초여름 염곡동에 사는 친구가 자기 집 정원의 살구가 너무 잘 익었으니 오라고 하여 방문한 적이 있었다. 농약을 치지 않아 무공해라는 살구를 한 바구니 씻어 내와 부러운 마음

으로 그것들을 깨물었었다.

봄에는 앵두를 땄다고 오라 하더니, 이번엔 살구를 땄다고 오라 했다. 뒤뜰에서 따온 오이로 오이지를 담그고, 호박으로는 전을 부치고, 풋고추는 햇고추장과 함께 내왔다. 정성이 가득 담긴 푸짐한 점심상을 받고, 친구의 알뜰하고 은근한 정에 수저를 들기도 전에 배가 부른 듯했다. 식사를 끝내고 툭 트인 그집 정원을 바라보고 앉았노라니 동서남북에서 설렁설렁 불어오는 바람이 어찌나 신선하게 느껴지던지 가슴속이 시원해지는 것 같았다.

그집을 방문하고 온 날은 내가 사는 아파트가 더 답답하고 삭막해 보였다. 차가 빽빽히 들어선 아파트 마당이 그러했고, 어디를 향하나 시멘트 벽인 실내공간이 또 그러했다. 그런데 창문을 활짝 열어 제치고 저 모과나무를 바라보게 된 뒤부터는 그 답답증세가 사라졌다.

지루하고 우중충했던 장마철에도 저 나무를 바라보고 있으면 기분이 좋아졌다. 장대 같은 빗줄기가 사정없이 퍼붓고, 태풍의 영향으로 바람이 나무를 마구 흔들어 놓아도 주렁주렁 매달린 모과열매들이 끄떡도 않고 있으니 말이다.

아파트 단지내를 아무리 살펴보아도 이 모과나무만큼 열매가 많이 열린 나무는 없었다. 아파트 조경을 무실수에서 유실수로 바꾼다는 지침에 따라 지난해 초봄에 저 나무가 심어졌을 때는 그것이 모과나무인 줄을 몰랐었다. 봄이 되니까 발그레한 꽃망울들이 눈을 뜨더니 여름이 지날 무렵 보니까 둥근 열매 두어 개가 심심풀이로 매달려 있었다. 그랬는데 올해는 가지가 무거워 보일 만큼 열매를 매달더니 여름내 폭염 속에서 야무지게 몸체를 키워가고 있었다.

비가 촉촉히 내리는 날, 가만히 앉아서 실팍하게 살이 오른

채 비를 맞고 있는 그 열매들을 보고 있으니 뽀얀 아기 얼굴 같다는 생각이 들었다. 매일매일 목욕을 시켜줄 때마다 뽀얗게 피어나던 아기 얼굴……

이렇게 바라만 보고 있어도 즐거움이 솟는데, 이런 즐거움을 몰라서 그러는지 모두들 내 것으로 소유하려고만 하니 탈이다.

지난달 어느 날인가는 밖이 소란스러워 내다보니 조무래기들이 모여서 모과나무를 들볶는 중이었다. 열매를 따려고 가지를 잡아당기는 바람에 가지 하나가 부러진 모양이었다. 나는 밖으로 나가 보았다. 큰 가지 하나가 부러져 속살을 내보였고, 아이들이 미처 주워가지 못한 열매 두어 개가 풀밭에 나뒹굴어 있었다. 아직 비린내가 날 것 같은 여린 것들이었다.

나는 저 모과나무가 열매들을 주렁주렁 매단 채 언제까지라도 저렇게 있어 주기를 바란다. 그러나 가을이 무르익음과 동시에 저들은 무르익을 것이고, 머지않은 날 누구의 손길로든 저 열매들은 자취도 없이 사라질 것이다.

그런데 아이들은 그나마도 기다릴 수가 없는 모양이다. 열매를 안고 있는 한 계속 시달림을 받을 것 같은 저 모과나무ー. 열매를 보고 느끼는 충동과 호기심은 사실 인류의 본성 같은 것인지도 모른다. 아담과 이브 시절부터 그랬으니까.

모과나무는 오늘도 한차례 수난을 겪었는지, 외출했다 돌아와보니 오른쪽 가지가 눈에 띌 만큼 허전해 보였다. 애처롭고 안쓰러워 빈 가지에 자꾸만 눈길이 갔다.

어쩌자구 오나가나 이 모양인지……. 나무들만이 아니고, 우리가 사는 인간세상에서도 설익은 열매 탐하는 목소리들로 어지럽고 산란하다. 저마다 민주주의라는 나무를 살려야 한다고 부르짖으면서도 꽃을 피우고 열매 맺는 동안 기다릴 여유가 없는 모양이다.

　과일이 풍성히 열린 남의 집 정원을 부러워하면서도 내 집 정원의 과실수는 키울 줄을 모른다. 열매는 태양의 힘으로, 바람의 힘으로, 그렇게 익어가는 것이다. 우리는 단지 그 나무가 쓰러지지 않고 땅 위에 곧바로 설 수 있게 도와주면 된다. 열매가 썩지 않도록 해충을 잡아주고, 적당한 거리에서 햇살과 같은 눈길로 그 열매들을 지켜봐주면 될 일이다.

　수확의 기쁨 못지않게 지켜보는 기쁨이 있다는 것을 우리는 자꾸 잊고 사는 것 같다.

(1989. 8.)

3004
·
중심지키기

아무것도 붙들고 있지 않아도
넉넉히 중심이 잡히는 생명이고 싶다.
늘 혼자였지만, 더욱 더 그래야만 할 것 같다.
아름답고 의연하게 서 있으려면ㅡ.

차를 타면, 손잡이를 붙드는 버릇이 있다. 운전이 서툴거나
거칠 경우에는 불안심리 때문에 그러리라 하겠지만, 나는 운전
솜씨와 관계없이 손잡이를 붙드는 형이다.

내가 운전을 할 때, 옆에 앉은 사람이 손잡이를 붙들고 있으
면, 내 운전이 서툴러서 그러는가 하고 신경이 쓰였었다. 그래
서 남의 차를 탔을 때, 되도록이면 손잡이를 붙들지 않으려고
신경을 쓰지만, 한참 달리다보면 어느새 손잡이에 손이 가 있
곤 하였다.

나는 몸의 중심이 함부로 흔들리는 것을 싫어한다. 그것은
아마 어린 날, 그네를 타다가 떨어진 일 이후로 생긴 습관인지
도 모른다. 흔들리는 것에 대한 두려움, 거부감이 깊은 잠재의
식으로 남아 있는 것 같기도 하다.

예전에 아침 저녁으로 만원 버스에 시달리던 시절이 있었다. 조그만 내 키와 몸무게로 흔들리는 그 속에서 중심을 잡고 서 있는다는 것이 어찌나 고역스럽고 힘겨웠던지, 버스에서 내릴 때마다 자존심이 잔뜩 상해가지고 눈물이 삐져 나올려고 하였다.

사람이 몸의 중심을 제 뜻대로 가누지 못하고 있을 때의 기분은 참 좋지가 않다. 그런 상황은 비인간적이며, 비인격적이라는 느낌을 갖게 한다. 직립인간으로서의 자존심 문제라고 할까. 두 발로 꼿꼿하게 중심을 잡고 서 있으므로 해서 인간은 동물들과 달리 자존심을 갖게 된 것이 아닐는지.

나는 권투 시합을 별로 안 좋아한다. 주먹의 힘으로 상대방의 자존심을 눕히는 것 같아서 마땅치가 않다. 물론 민첩성, 순발력 등을 가름하는 재미가 없는 것은 아니다. 그러나 어느 한쪽이 중심을 잃고 쓰러질 때에는, 한순간에 재미가 씁쓸함으로 바뀌고 만다.

권투를 볼 때마다 유난스럽게 동물 냄새를 짙게 풍기는 경기라고 생각했었다. 사람들은 그래서 더 쾌감을 느끼는지도 모른다. 단순하게 쾌감을 느끼면 그만인 것을 동물 냄새 어쩌구 하면서 비애를 느끼고 있으니, 나의 어디가 잘못되어 있는 건 아닐까. 하여튼 나에겐, 중심을 가누지 못하고 쓰러지는 모습, 그리고 누군가에게 끌려가는 모습 등이 한결같이 비애롭게만 보여진다.

언젠가 여행길에서, 트럭에 실려가는 소를 본 적이 있었다. 공교롭게도 내가 탄 차가 그 트럭 바로 뒤에 있어서 소들의 일거일동이 한눈에 들어왔는데, 나는 그들의 모습을 계속 지켜볼 수가 없었다.

몹시 슬퍼 보였던 것은, 호소하는 듯한 그 눈망울이었다. 그보다 더 슬퍼보였던 것은 흔들리는 트럭 위에서 중심을 못 잡고 비척거리던 그 큰 몸뚱어리였다. 한평생 끌려 다니면서 그들은 무슨 생각을 하였을까. 그들의 큰 덩치만큼이나 무거운 연민이 나를 짓누르는 것 같았다.

생명체는 모두 자신의 삶을 자유롭게, 자기 주관대로 펼쳐갈 자격이 있을 것 같다. 신은 가장 영적인 존재로 인간을 만드시고, 만물을 주관하라 하셨지만, 우리에겐 그만한 자격이 없는 것 같다.

누구나 그렇겠지만, 나 역시 어렸을 때부터 우아하고 여유로운 삶을 꿈꾸었었다. 무도회에서 왈츠를 추는 것 같은, 흥겹고 리듬이 있는 인생이다. 만원버스 같은 고역스런 인생은 결코 아니길 바랐다.

그러나 우리들의 현실은 음악이 흐르는 무도회장이 아니고, 땀내가 물씬한 만원 버스가 아니던가. 자기 몸무게 하나 지탱하기에도 힘겨운 북새통―. 그런 속에서 뜻하지 않게 펀치가 날라 들 때면, 당장 쓰러져 버릴 것만 같다.

내가 링 위에 있다고는 꿈에도 생각해 보지 않았었다. 왜 이렇게 재미없는 세상이 되었을까. 전의를 가지고 있지 않은 상대에게도 마구 펀치를 날리는 이 사회―. 정말 재미없다.

링이라는 것이 도무지 생리에 맞지 않는다. 어서 그것을 벗어나고 싶을 뿐이다. 아무렇게나 쓰러져 주는 심리를 알 것만 같다.

요즈음은 어인 일인지 더 극심한 멀미가 느껴진다. 삶 자체에서 오는 건지, 밖에서 오는 건지 모르겠지만, 모든 것이 흔들리고 뒤집혀진다.

특히 문학, 인간, 그것으로부터 멀어지고 싶다. 가장 아끼고 사랑했던 존재들로부터.

누구나 흔들리는 인생 여정에서, 의지하고 싶은 손잡이 하나쯤 붙들고 살아간다. 세상이 어지러울수록, 또 속이 허할수록 그 손잡이에 실리는 삶의 무게가 많아지는 것이 당연한 이치리라.

나는 문학이라는 손잡이를 붙들고 지금까지 왔는데, 어쩌다 보니 모양새가 좋지 못하다. 문학을 내 삶의 주인으로 모시지도 못하면서, 너무 많이 기울어져 있었던 것 같다.

시간이 필요하다. 허망한 것들을 쫓아 나들이 떠난 마음의 분신들을 불러모아야 하고, 또 상처 입고 쓰러져 누운 자존심도 일으켜 세워야 한다.

아무것도 붙들고 있지 않아도 넉넉히 중심이 잡히는 생명이고 싶다. 늘 혼자였지만, 더욱 더 그래야만 할 것 같다. 아름답고 의연하게 서 있으려면—.

(1991. 9.)

3005
칼과 나

나는 아이들이
물의 생리를 배울 수 있기를 바란다.
세상 어떤 칼날에도 베이지 않는
물의 생리…….

　초겨울 황혼녘.

　"칼 가시오, 카알ㅡ." 칼갈이 할아버지의 쉿소리가 아파트 마당을 맴돈다. 칼이란 말만 들어도 괜히 으시시 춥다. 김장철도 되었으니 칼을 갈까 어쩔까 잠시 망설이는 사이에 할아버지의 자전거는 이미 모퉁이를 돌아가 버렸는지 소리가 더 이상 들려오지 않았다.

　일 년에 한 번쯤, 김장철에나 때를 벗게 되는 우리 집 부엌칼. 그 무디디무딘 것으로 그래도 난 일 년 열두 달 별 지장없이 식구들이 먹는 음식을 마련해 내왔다. 아무리 무디어도 칼은 칼이어서 그것으로 깍두기도 담그고, 양파 마늘도 다지고, 갈비도 저며냈다. 다루기 어려운 육류는 살 때 아예 푸줏간 아저씨 보고 손질해 달라고 하고, 채를 썰어야 할 것은 채칼이 있으니, 칼이 좀 무딘다 한들 어떠랴.

그래도 김장철에 칼을 갈아야겠다고 생각하는 것은 김장을 도와주러 오는 여인네들이 우리 집 칼을 아주 못쓸 것처럼 취급하는 것이 싫어서이다. 두부나 썰면 알맞다느니, 식칼을 보면 그집 주부의 음식솜씨 알만하다느니 무딘칼을 빙자해서 나를 은근히 놀려대는 말에 괜스레 진땀빼기가 싫어서이다.

칼날이 너무 퍼렇게 서 있으면, 난 음식 만드는 일이 즐겁지 않아진다. 슬쩍 스치기만 하여도 피가 흐를 것 같은 그 예리함 때문에 잔뜩 긴장되고 주눅들어서, 그러지 않아도 서툰 손질이 더 서툴어져 불길한 예감대로 손가락을 베이거나 손톱 한 끝을 뭉턱 잘라내는 실수를 저지른다.

아이들은 내가 부엌에서 일할 때에 곁에 와서 조잘거리길 좋아한다. 아이들 얘기에 신경쓰다가 난 종종 손가락을 베이거나 끓는 기름방울에 화상을 입거나 하지만, 그래도 난 아이들의 기분을 너무나 잘 알아 아이들의 소리를 막지 못한다.

나 역시 어렸을 땐, 어머니가 일하시는 부엌 부뚜막 위에 걸터앉아 이런 저런 얘기들을 늘어놓기 좋아했었다.

우리 아이들도 그 시절의 나처럼 부엌까지 따라다니며 얘기를 늘어놓는다. 친구가 어쨌다느니, 선생님이 어쨌다느니, 노래를 부르지 않으면 못 견디는 카나리아처럼 하루의 일과를 내게 쏟아 넣는다.

시간의 비늘로 짜여진 그물에 오늘은 또 어떤 물고기가 걸렸을까. 이야기를 들으며, 아이의 심상에 걸린 풍경들을 그려보고 가늠해 보는 것이 나의 일과가 되어 버렸다.

오늘은 비바람이 몰아쳤구나 싶어질 때는 머리를 쓰다듬고, 볼을 어루만지며 아이의 가슴에서 부는 비바람을 달래고 잠재우려 애쓴다.

때때로 아이는 나로부터 야단맞기를 자청해 온다. 실수를 저질렀다던가, 무언가 마음에 걸리는 일이 있었을 때, 엄마로부터 듣는 한 마디의 질책으로 자신의 잘못이나 실수들이 상쇄되는 느낌이 드는 모양인지…… . 그럴 때는 엄마의 적절한 야단한 마디가 오히려 아이를 괴로움에서 보다 빨리 벗어나게 해주는 힘을 가지고 있음을 알게 된다.

매일, 아이들의 마음을 다독여 준다. 버려야 할 것은 과감히 잘라 버리도록 하고, 간직해야 할 것은 추려서 간직하도록 하고, 날을 세워야 할 것은 세우게 하고, 무디게 해야 할 것은 무디게 만드는 일들…… . 나 자신에게도 벅찬 마음 다듬기를, 어린 것들 몫까지 겹쳐서 보살펴야 한다.

오늘은 작은 아이의 머리에 밤톨만한 혹이 돋았다. 친구의 발에 걸려 넘어지면서 복도 모서리에 머리를 부딪친 모양이다. 정신이 얼얼하도록 놀라고 아파, 제 스스로도 안 되겠다 싶었는지 양호실로 달려가 얼음주머니를 얻어 한 시간 내내 얼음찜질을 했다지만 지금도 손이 닿기가 겁날 정도로 아픈 모양이다. 육신이든 마음이든 밖에서 상처 입고 돌아오는 아이들을 보면 도무지 심장이 뛰어서 견디기가 어렵다.

세상은 왜 이렇게 날카롭고 모가 난 것들이 많을까. 여리고 무르기가 한없어 상처 입기를 잘하는 아이들을 볼 때면 마음이 마냥 착잡해진다.

어떻게 하는 것이 강하게 키우는 것일까. 어떤 것이 정말로 강한 것일까. 이 세상 온갖 강한 것들을 떠올려 보다가 난 문득 대리석 공장을 견학했을 때 보았던 물로 대리석을 자르던 장면을 상기했다. 가장 강한 것은 가장 부드러운 것으로 다스린다는 사실에 나는 경탄을 금치 못했었다.

세상이 모가 나고 날카로운 것들로 가득하다고 하여, 우리

모두가 마음의 날을 세우고, 두터운 방패막을 두른다 하면 세
상은 칼과 창으로 장막을 이룬 장벽이 되리라.

나는 아이들이 물의 생리를 배울 수 있기를 바란다. 세상 어
떤 칼날에도 베이지 않는 물의 생리······.

저녁 준비를 하느라고 오늘도 난 서툰 칼질을 시작했다. 곁
에서 머리 다친 작은 아이가 못다한 이야기를 늘어놓는다. 좀
가서 누워 있으라고 해도, 일하는 엄마 곁에 있는 것이 더 안온
한지 방으로 들어갈 생각을 않는다.

"엄마, 그 애가 절대로 일부러 그런 게 아니었어." 제 아픔
보다도 엄마가 속상해 하는 게 마음 쓰여 친구를 변명해 주고
있는 아이의 말에 갑자기 마음이 뭉클해졌다.

난 칼질의 속도를 늦추었다. 무딘 칼날에도 어쩐지 손을 베
일 것 같은 떨림을 느꼈기 때문이다.

평생을 익힌다 해도 나는 칼이라는 존재와는 좀처럼 친해질
것 같지가 않다.

(1989. 11.)

밤과 낮

이 밤을 밝히는 사람이
나 혼자만이 아니라는 생각을 한다.
어둠 속을 반짝이며 날아다니는 반딧불처럼,
이 밤 구석구석에서 피를 말리는 열정으로
자신을 태우는 이들이 있으리라.

신은 하루를 낮과 밤으로 나누어 놓으셨다. 낮에는 빛을 내리시어 만물을 생동하게 하고, 밤에는 어둠을 내리시어 만물을 잠들게 한다. 밤과 낮, 그것은 잘 조화된 운율의 시(詩)다. 신은 리듬을 아는 위대한 시인이시다.

우리에게는 생체리듬이라는 것이 있다고 한다. 우리의 리듬은, 우리를 빚으신 분의 리듬을 닮았으리라.

그런데 나는 좀 이상스럽다. 낮에는 맥이 풀리고 기운이 없다가 밤이 되면 머리가 맑아지고 생기가 느껴지니, 아무래도 밤낮을 뒤바뀐 리듬으로 사는 것 같다. 그래서 낮에는 무슨 일이든 능률이 별로 오르지 않는다. 그 중에서도 글쓰는 일은 특히 더 그러하다.

낮에 원고지를 대하고 앉았으면, 이런 저런 공상만 하게 되고, 주위가 산만해서 그런지 애써서 몇 자 끄적여 보아도 신통한 문구 하나 쓰기 어렵다.

모두가 잠든 고요한 밤, 신이 만드신 어둠의 장막 속에서 안식의 잠을 자야 하는 시간에, 홀로 불을 밝히고 책상 앞에 앉아 있을려면 어깨가 결리고 허리가 아파와도, 낮보다는 머리가 맑은 편이어서 글이 잘 풀려나가기 때문이다.

지난달에는 공교롭게도 원고청탁이 겹치기로 밀려드는 바람에 며칠씩이나 잠을 설치고 말았다. 자신의 능력을 생각하고 나중 것은 사양했어야 하는데 어정쩡하게 승락을 하고서, 마감 날짜 안에 원고를 넘겨줘야 한다는 부담감 때문에 아무리 피곤해도 밤에 잠을 잘 수가 없었다.

오늘 밤은 그냥 자야겠다고 마음먹고 자리에 누워도, 쓰다가 만 원고가 머리에서 떠나지를 않는 것이었다. 그러다가 퍼뜩 영감처럼 떠오르는 것이 있으면, 그것을 이리 굴리고 저리 굴리고 하다가 다시 책상 앞에 앉게 된다. 그대로 잠들었다가는 그 생각들을 모두 놓쳐버릴 것만 같아 서둘러 펜을 잡는다.

그렇게 하면서 청탁한 원고를 모두 넘겨주고 나니 홀가분한 기분이 들어, 한동안 글에 매달리느라고 걸렸던 수영을 하고 싶었다. 몸이 무척 나른하고 여기저기 아픈 곳이 많았지만, 수영을 하고 나면 얼마큼 풀릴 것 같아 수영장으로 달려갔다.

그런데 물에 뛰어드는 순간, 머리가 깨어지는 것처럼 아파 정신을 차릴 수가 없었다. 머리를 감싸고 나왔다가 잠시 후, 다시 한 번 똑같은 폼으로 다이빙을 해봤다. 그래도 여전히 머리가 깨어지는 것처럼 느껴져서 더 이상 물 속에 있을 수가 없었다.

그로부터 나는 극심한 편두통으로 시달리는 나날을 보냈다. 약국에서 두통약을 사 먹었는데도 아무런 차도가 없이 통증이 심했다. 뿐만 아니라 얼굴까지 부었다. 머리가 아프니까 눈을 뜨기가 싫었다. 또 걸음을 걸을 때마다 머리가 흔들리는 듯하니 꼼짝하기도 싫었다. 잠을 자면서도 통증이 느껴져 자꾸 깨어났다.

그렇게 시달리다가 어느 날 밤엔 통증을 참아낼 수 없어 종합병원 응급실로 실려 갔었다. 정말 그때는 무슨 일이 벌어지는 줄 알았다. 그런데 다행스럽게 검사 결과가 괜찮아 우선 안도의 숨을 내쉬었다.

의사는 과로, 저혈압 등 여러 가지가 겹친 데다가 가벼운 뇌진탕 증세를 일으킨 것이라면서 통증이 보통 보름쯤 지속된다고 했다. 그러면서 절대로 안정을 취해야 한다고 강조했다.

병원에서 지어준 약을 먹으면서, 나는 몇 날 며칠을 계속 잠 속에 빠져 있었다. 약의 마력이란 것이 참으로 대단한 것임을 그때 절실히 깨달았다. 원고에 매달리면서 설쳤던 잠, 그리고 통증 때문에 이룰 수 없었던 잠이 한꺼번에 노도처럼 밀려와 나를 계속 잠속에 빠져 있게 하였다.

자는 동안엔 모든 것을 모르게 되어서 참 좋았다. 특히 통증을 잊을 수 있으니, 잠의 늪에서 깨어나고 싶지 않았다. 죽음이란 것도 이렇게 달콤한 잠이 아닐까. 문득 그런 생각이 들어 죽음에 대한 느낌을 달리 갖기도 했다.

그런데 내가 아픈 동안 내내 의기소침해 있는 아이들을 보니, 달콤한 죽음의 환상을 쫓아 아무나 죽을 자격(?)을 갖는 것이 아니라는 생각을 하게 되었다. 말은 안 해도 아이들의 마음을 느낄 수 있었다. 겁도 나고 걱정이 되어 어쩔 줄을 몰라하는 아이들의 그 눈빛은 나를 일으켜 세우는 촉매 작용을 했다.

신은 낮과 밤의 질서를 지키지 않거나, 그 리듬을 역행하는 사람에게 가끔 이런 벌을 주시는 모양이라 생각했다. 그리고 자신의 능력은 생각지도 않고, 끝없이 욕심을 쫓는 사람에게, 이처럼 근신의 기회를 주시는 게 아닌가 생각했다.

그랬는데, 그 아픔의 여파가 채 가시지도 않은 상태에서 나는 또 밤을 밝히고 앉았다. 결코 욕심 때문이 아니라고 스스로에게 열심히 변명하면서…….

써야 할 때 쓰지 않으면 그것이 더 병이 될 것만 같아, 근신만은 면하게 해 달라고 보이지 않는 그분께 청했었다. 그리고 이제는 만용을 부리지 않겠다고 다짐했는데, 이렇게 또 잠을 거르며 생명을 연소시키고 있다.

지금, 나는 이 밤을 밝히는 사람이 나 혼자만이 아니라는 생각을 한다. 어둠 속을 반짝이며 날아다니는 반딧불처럼. 이 밤 구석구석에서 피를 말리는 열정으로 자신을 태우는 이들이 있으리라.

잠을 잃은 우리는 어쩌면 신이 빚은 돌연변이가 아닐는지. 이런 돌연변이들을 당신 작품 속의 파격으로 빚으셨는지, 아니면 실수로 그리 됐는지는 알 수 없으나, 하여튼 우리 모두는 그분의 시(詩)를 흉내내고 싶은 작은 불씨들임이 분명하다.

밤에 앉아 어둠을 응시하노라면, 때때로 짓궂은 그분께서 밤이라는 어둠 속에다 더 많은 아름다움을 풀어 놓은 것이 아닌가 생각하곤 한다. 그렇게 밤은 신비로움을 느끼게 한다.

밤낮을 뒤바뀐 리듬으로 사는 일은 무척 힘들어 나를 매일 지치게 한다. 그러나 이 잘못된 습성은, 원고지를 가까이 하고 사는 한 쉽게 고쳐질 것 같지 않다.

(1988. 10.)

3007

7부 인생

인생은, 열정과 신념과 용기와 꿈으로
홀러넘치게 사는 것이다. 달려가다가 벽에 부딪혀
피를 흘리는 한이 있더라도, 또한 제 뜨거움에
자신의 전부를 태우는 무모함이 보이더라도,
인생은 달려가고, 끓어 넘치고,
부풀어오르며 사는 것이다.

　나는 평소에 위장이 튼튼한 편이 아니어서 병원이나 약국을
종종 찾게 되는데, 그럴 때마다 예외없이 자극성 있는 음식을
피하라는 얘기를 듣게 된다. 맵거나 짠 음식은 물론이려니와
커피 같은 것도 좋지 않다는 얘기다.

　그렇지만 나는 그 말을 웃음으로 흘리곤 했다. 다른 것은 몰
라도 커피에 자신이 없기 때문이다. 위장이 정상일 때라도 저
녁 커피는 불면증을 초래할 것이 뻔한 일이고, 위장이 아파 약
을 먹고 있을 때에는 더욱 더 금해야 하는데, 나는 번번히 그
유혹을 물리치지 못했던 것이다.

　모임에서 동석한 사람 중에 누군가가 커피를 주문하면, 그
사람이 커피를 마시는 동안 마시고 싶은 충동을 참아내지 못할
것 같아 나 역시 커피를 주문하게 되니 탈이다.

어찌 되었건 커피가 내 앞에 놓이는 순간엔 묘한 즐거움이 느껴진다. 그윽한 커피향이 너무 구수해서 반갑기까지 하다. 나는 커피의 진한 갈색을 좋아한다. 그렇지만 크림이 적당히 들어간 연한 갈색을 나는 더 좋아한다. 갈색 커피에 우유빛 크림이 부드럽게 번져드는 모양을 바라보는 것도 커피 마시는 재미 중의 하나다. 때로는 그 재미 때문에 크림을 푼수없게 많이 넣어 커피 맛을 망치기도 한다.

그렇게 향기와 빛깔, 그리고 따끈한 온도를 즐기며 천천히 음미를 하게 되는데, 혀 끝에 감도는 그 맛이 내겐 너무 친숙해, 버릴 수가 없다. 이렇게 그윽하고 향기롭고 구수하고 친근한 친구를 어떻게 외면할 수 있단 말인가.

7부 인생을 쓰려는데 어쩌다 보니 커피 예찬으로 글이 흘렀다. 내가 서두에서부터 커피 얘기를 끄집어낸 것은 학창시절 예절교육을 하시던 선생님의 말이 생각났기 때문이리라.

"차를 따를 때에는 잔에 7,8부쯤이 좋아요. 많아도 8부를 넘지 않도록 해요."

그 정도가 예의며 상식이라 했다. 그런데 요즈음 찻집의 커피들은 5부가 될까 말까 한다. 손님에 대한 예절이 아닌 것이다.

대체로 호텔 커피숍 같은 곳에선 외국인을 의식해서인지 큰 잔에 양도 충분히 준다. 커피를 몹시 좋아하는 사람들은 그 큰 잔으로 두 잔씩도 마시지만, 나에겐 역시 7부 정도의 양이 맞는 것 같다.

어쩌다 친구 따라서 큰 잔에 그득하게 따라 마실 때도 있는데 그러면 갑자기 커피 맛이 반감되는 느낌이었다. 부담스럽게 많은 그 양을 남기기 뭣해서 다 비우고 나면, 그것을 이기지 못해 속이 답답해졌다. 뭐랄까, 커피 한 잔에도 잘 체하는 나의 위장을ㅡ.

애초에 적은 양만을 소화할 수 있도록 만들어진 위장을 가지고 나왔나 보다. 예절교육을 하시던 선생님의 말처럼 7부 정도 채우고 사는 것이 삶의 기준이라고ㅡ.

삶에 대한 의욕과 위장 기능과는 비례관계에 있는 것 같다. 변변치 못한 소화기능처럼 나는 매사에 소극적이다. 무슨 일에든 용기와 자신감이 부족해서 시작을 못한다. 애써 시작한 것일지라도 마음 한구석에선 체념을 준비하고 있다.

꿈, 욕망, 사랑, 그 어느 것이든 7부쯤 채워지면 자족하려는 습성을 지녔다. 현명해서인지 비겁해서인지 스스로가 생각해도 분간하기 어려운 씁쓸한 7부 인생이다.

나는 가끔 10부 인생을 생각해 본다. 부페를 먹으러 가면 7부 인생인 나는 늘 손해 보는 느낌이었다. 그런데 식도까지 차오르게 먹는 사람들을 보면 순간, 그들이 10부 인생이지 여겨졌었다.

또 누군가에게서 필름이 나갈 정도로 술을 마셨다는 얘기를 들었을 때에도 10부 인생을 잠시 생각했다. 흠뻑 취할 수 있는 인생이기 때문이다.

도취하는 면에서는 '뉴 키즈 온 더 블럭'에 열광하는 요즈음의 청소년들도 빼놓을 수 없다. 그들의 모습에서도 10부 인생을 생각하게 된다. 어떤 대상에 대해서든 좀처럼 열광의 경지로 가지 못하는 나, 너무나 조용했던 7부 인생이었다.

자신의 꿈과 소망들은 이뤄볼 엄두도 못내고, 내면 깊숙이 묻어둔 채, 언제나 남들의 찬란한 삶이나 구경하며, 박수쳐 주던 나에게도 출렁거림이 일 때가 있다.

인생은, 열정과 신념과 용기와 꿈으로 흘러넘치게 사는 것이다. 달려가다가 벽에 부딪혀 피를 흘리는 한이 있더라도, 또

한 제 뜨거움에 자신의 전부를 태우는 무모함이 보이더라도, 인생은 달려가고, 끓어 넘치고, 부풀어오르며 사는 것이다. 그래야 되는 것이다. 이제라도 정말로―.

그러나 10부 인생, 그건 만월에 대한 갈망이 아닐는지? 가득 차 오르면, 다시 비워내야 하는……. 갈망은 갈망인 채로 남아 있는 것이 더 아름다울 수 있다. 채웠다가 비워낼 때의 그 허망함을 생각한다면, 그저 7부쯤에서 자족하는 것이 행복을 오래 붙드는 비결일 수 있지 않겠는가.

이렇게 가만히 앉아서 생각만으로 10부까지 갔다 온다. 채워지는 기쁨만 생각하지 않고, 비워질 때의 허망함을 먼저 생각하게 되는, 관념 속에서도 7부 인생일 수밖에 없다.

이제 돌이켜 생각해 보니, 커피 한 잔도 마음대로 못 마시는 부실한 위장을, 내 인생인가 보다 하며 순순히 받아들이며 살아왔던 것 같다. 소화불량 때문에 수시로 약을 복용하면서도 다른 사람의 7부쯤 되는 적은 밥그릇을 주신 것엔 별로 투정하지 않았다.

그런데, 남들이 하늘을 향해 쑥쑥 커나갈 때, 이쯤이면 하고 멈추게 한 작은 키에 대해선 좀 불만스러워 했었다. 더군다나 요즈음 아이들이 장대처럼 커지고 있으므로 해서 상대적으로 내 키가 더 줄어드는 것 같으니 말이다. 그때, 그걸 미리 감안해서 좀더 컸어야 했다.

공평한 창조주께서도 때때로 계산착오를 하시는 모양이다.

(1990. 1.)

3008

잊지 못할 수학여행

멀미를 견디지 못해
선실 바닥에 쓰러져 있으면서, 나는 인간의 품위가
고통 앞에서 얼마나 쉽게 허물어지는 가를 깨닫게 되었다.
극심한 고통 속에 던져지면, 가장 먼저
잃게 되는 것이 인간으로서의
품위 같았다.

대학 3학년이 되던 해 가을, 우리 과에서는 제주도로 수학여
행을 갔었다. 우리는 그것을 답사여행이라 불렀다.

지금은 비행기로 잠깐이면 다녀오는 제주도지만, 이십 년 전
이었던 그때는 학생 신분으로서 비행기 여행은 너무나 사치스
러워 주로 배편을 이용하였으므로 제주도 여행이란 것이 그리
간단치가 않았다.

우리는 시간과 경비를 절약하느라고 서울역에서 야간열차를
타고 목포까지 가서, 목포항에서 다시 8시간 걸리는 제주도행
연락선을 타기로 되어 있었다. 그때만 해도 쾌속선이 없을 때
였다.

그런데 여행 전 날, 그 준비관계로 친구랑 함께 자면서 잠을
설친 데다가, 다음날 호남선 야간열차에서 밤새 흔들렸으니,

두 밤을 내리 설친 꼴이 되어 나는 몸이 많이 지쳐 있었다.

목포에 도착했을 때는 아침이었다. 입 안이 깔깔하고 너무나 피곤한 느낌이 들어 시켜 놓은 전복죽도 먹는 둥 마는 둥 하고, 배가 뜰 시간까지는 여유가 좀 있어서 시가지를 둘러봤다.

너무 피곤하여 어디서든 잠깐, 눈을 붙였으면 하는 생각만 그득했다. 그래선지 어디를 어떻게 구경하고 다녔는지 하나도 기억나지 않았다.

오후 1시쯤이었던가. 우리는 드디어 예약된 배에 오를 수 있었다. K대 뱃지를 단 남학생들도 수학여행을 떠나는지 같은 배에 오르고 있었다.

우리는 1등 선실의 방 하나를 썼다. 꽤 넓은 방이어서 우리 일행이 함께 들어가 있어도 별로 답답하지 않았다.

마침내 배가 항구를 뜨기 시작하자 모두들 선실에서 나와 난간에 기대어 섰다. 바닷바람을 맞으며 스쳐지나는 작은 섬들과 망망한 수평선을 보고 있으려니 피곤도 가시는 듯 즐거운 마음이었다.

그러나 얼마 지나지 않아 나는 어지럼증을 느끼기 시작했고, 별 수 없이 선실로 들어와 눕고 말았다. 떠나기 전에 먹어 두었던 멀미약의 효과를 빌려 얼마를 자고 났을까. 가슴이 답답하고 울렁거려서 깨어나보니, 일행 모두가 자리에 누워 배멀미를 하고 있는 것이 아닌가.

풍랑이 몹시 심한지 파도가 몰려올 때마다 배가 크게 넘실거렸다. 배의 리듬에 맞춰 속이 뒤집히는 것처럼 괴로웠다. 머리를 쳐들 수도 없을 만큼 어지럽고 메슥거려 일어나 앉지도 못했다.

사방에서 욱—욱—하는 소리가 들렸다. 나도 남들처럼 뭔가 토해내면 속이 좀 편해질 것 같은데, 워낙 빈 속이니 헛구역질

만 계속 해댔다. 나중에는 너무 기진하여서 몸에 열이 오르고 머리가 빠개지는 듯 아파왔다.

고통을 좀 잊고 싶어 잠을 자려해도 출렁이는 파도가 나를 잠들게 내버려 두지를 않았다. 간절히 잠들기를 소망하면서 나는 잠의 위력을 생각했다. 인간을 고통에서 구해 주는 마력을 ―. 그러고 보니 죽음이란 것 역시 인간을 구원하는 신의 선물인지도 모른다는 생각이 들기도 했다.

사실 고통스런 그 순간엔 차라리 죽는 게 나으리란 생각까지 했었다. 무슨 수를 쓰든 그 고통에서 벗어나고만 싶었으니까. 어떤 경우든 고통 앞에서 나약해지는 인간을 이해할 것 같은 마음이었다.

멀미를 견디지 못해 선실 바닥에 쓰러져 있으면서, 나는 인간의 품위가 고통 앞에서 얼마나 쉽게 허물어지는 가를 깨닫게 되었다. 극심한 고통 속에 던져지면, 가장 먼저 잃게 되는 것이 인간으로서의 품위 같았다.

바다는 작은 몸짓 하나만으로도 인간의 영혼을 흔드니……. 겸허해라, 겸허해라, 밤새도록 파도는 그렇게 소리치며 달려드는 것 같았다. 옛부터 뱃사람들은 바다로부터 이렇게 인생을 배워왔으리라.

다음날 아침, 제주도에 도착한 뒤 들으니, 전 날 풍랑이 너무 심해서 가던 길을 되돌려 완도 근해에서 밤새 머물다가 풍랑이 조금 가라앉은 다음 떠나왔다고 했다. 그런 풍랑은 일 년에 서너 번 만날까 말까 하는 것이어서 승객은 물론이며 선원들까지도 멀미를 한 모양이었다.

무려 스무 시간 가까이 배 안에서 고투를 치른 셈이었다. 나를 비롯해 모두들 넋나간 사람 같았다. 길을 걸을라치면 땅이 출렁거리는 듯하여 걸음새가 휘청거렸고, 여관 방에 누워 있어도 계속 배를 타고 있는 듯 어지러웠다. 귀울림도 한동안 지속되었다.

그런 증상에서 깨어나기 시작한 것은 한라산을 오르는 순간부터였다. 혼이 빠져 헛발질을 하려는 나를 산이 가만히 받쳐주는 게 아닌가. 한라산은 어머니의 등처럼 푸근하고 정겨운 느낌을 주었다.

그 다음은 모두 꿈속 같기만 했다. 구름인지 안개인지 모를 신비로운 베일이 산허리, 골짜기들을 끝없이 배회하는 것을 보았다. 어떻게 오르고 어떻게 내려왔는지 모른다.

감귤이 주렁주렁 매달린 감귤나무들, 그리고 이시돌목장에 들렀을 때 무진장 많았던 가축들, 야생의 들녘에서 풀을 뜯는 양떼를 보면서 울고 싶을 만큼 제주도를 좋아했던 일들…….

마지막 날은 만장굴 답사에 나섰다. 만장굴은 당시 발굴되고 얼마 되지 않은 때라 거의 방치 상태에 있었다. 안내원이 굴 답사에 앞서, 우리들에게 주의사항을 단단히 일렀다. 안내원도 없이 굴 탐사에 나섰다가 길을 잃고 실종되었던 두 학생 이야기를 들려주면서 어찌나 겁을 주던지 나는 안내원 뒤만 바짝 따라갔다.

조금만 발을 헛디뎌도 캄캄한 구석 어딘가로 굴러 떨어질 듯, 길은 험하고 변화무쌍했다. 용액이 흘러간 자리로 땅 밑에 생긴 굴이니, 바위투성이였다. 엉금엉금 더듬어 가다 보니 목장갑이 다 해어질 지경이었다. 우리는 너무 힘들고 긴장이 되어 옷이 땀에 흠뻑 젖었다.

꼬박 3시간을 어둠 속을 더듬어 나가다가 우리는 마침내 동굴 끝에 이르렀다. 거기는 가스가 빠져나간 출구였는지 천장이 둥글게 뚫려 있어서 그 구멍으로 하늘이 올려다보였다. 뚫린 그곳으로 햇빛이 폭포처럼 쏟아져 내리고 있었다.

  오래도록 어둠 속을 더듬다가 처음 그 빛살을 보았을 때의 그 감격은 이루 형언할 수가 없다.

  빛은 음악이라 느꼈다. 그 찬란한 빛살에 내 몸이 닿는 순간, 가슴속에서 어떤 울림이 계속 터져나오는 게 아닌가. 나는 마치 악기가 된 것 같았다. 빛살무늬로 연주되는ㅡ.

  빛은 생명이며 은총이었다. 빛이 쏟아지는 거기에 한 편의 시가 되어 서 있는 동백나무와 여러 종류의 식물들이 내게 그렇게 속삭였다. 나는 그 속삭임을 여행의 마침표로 삼고 돌아왔다.

  젊었을 때 고생은 사서도 한다는 말을 이해할 것 같다. 그때 만약 제주도 수학여행이 고생여행이 아니었다면, 이렇게 값진 추억으로 남아 있지 않았을지도 모른다.

(1988. 8.)

3009
안 경

세상을 아주 선명하고 정확하게
바라보는 시력을 가졌다고 은근히 자부하면서 살았는데
그게 아니라는―역공을 당한 느낌이었다.
바른 자세로 세상을 내다보려고 노력했던 것은 인정한다.
그런데 이제 생각해 보니,
초점이 흐린 대상을 만났을 때, 문제는
그 대상에게만 있는 것이 아니고 내 시력에도 있었다는
것을 시인해야겠다.

　　지난해부터 안경을 쓰기 시작했다. 사람이 워낙 작아서 그런
지 조그만 악세사리도 무겁게 느끼는 편이다. 외출에서 돌아오
면, 시계와 반지부터 풀어놓는다. 그래야 편안했다.
　　그런 나에게 안경이라는 짐 하나가 늘었다. 밖에 나갈 때는
안경집 챙기는 일이 늘 숙제다. 집에 들어서면 우선 순위 1번으
로 안경을 벗는다. 반 년이 지났으나 나는 아직 안경과 익숙해
지지 못했다. 납작한 나의 콧잔등을 더욱 납작하게 눌러주는
그 무게에 나는 좀더 길들여져야 할 것 같다.
　　눈의 이상을 처음 느꼈을 때, 나는 단순히 피로 때문이려니
생각했다. 아침에 신문을 펼쳐 들면 활자들이 가만히 있지 않
고 어른거려 어지럼증이 일곤 하였다. 저녁에 TV를 볼 때에도
가끔 화면이 선명하지가 못하고 이중으로 나타나는 것 같아 눈

을 감곤 하였다. 몹시 피곤할 때면 그런 증상이 더욱 두드러지는 듯하여 몸이 허해서 그런 줄만 알았다.

몇 달을 그런 채로 지내다가 안과를 찾아갔더니, 가벼운 난시에다가 노인성 원시가 시작된 것이라고 하였다. 시력에는 자신을 갖고 살아왔는데, 어느새 노화가 시작되는 모양이다.

어머니가 바느질을 하시면, 곁에서 바늘귀에 실을 꿰어 드리는 것은 나였다. 어머니로 하여금 몇 번씩 헛손질을 하게 하는 바늘귀, 나는 한 번이면 성공했다. 사진을 보시다가는 사진 속 얼굴들이 잘 보이지 않는다고 "돋보기 좀 다오." 하시던 어머니, 안 보이는 것이 이상해서 "그게 안 보이셔요?" 하고 되묻던 나였다. "너도 늙어 보면 안다." 하시던 어머니 말씀이 들리는 듯하였다.

어머니의 그 말씀을 알게 될 나이, 그 관문에 벌써 들어섰다는 얘긴가. 담담하게 받아들여야지 하면서도 가슴에 파문이 일었다. "노안은 30대에도 시작되는 걸요." 하고 젊은 의사가 위로의 말 비슷하게 덧붙였다.

그런데 사실 나에게 뜻밖이었던 것은 난시라는 말이었다. 난시, 그것은 일종의 충격이었다. 세상을 바라보는 내 시력에 하자가 있었음을 판결받는 듯한 묘한 기분이 들었기 때문이다.

세상을 아주 선명하고 정확하게 바라보는 시력을 가졌다고 은근히 자부하면서 살았는데 그게 아니라는—역공을 당한 느낌이었다.

바른 자세로 세상을 내다보려고 노력했던 것은 인정한다. 그런데 이제 생각해 보니, 초점이 흐린 대상을 만났을 때, 문제는 그 대상에게만 있는 것이 아니고 내 시력에도 있었다는 것을 시인해야겠다.

서둘러 안경을 두 개나 장만했다. 하나는 난시 때문에 쓰는 보안경이고, 또 하나는 돋보기이다. 돋보기는 가끔 사전을 뒤적일 때 사용하고, 평상시엔 다른 안경을 쓴다. 안경을 쓴다고 하여 내 시계(視界)가 번쩍 달라지는 것 같지는 않다. 그랬으면 좋겠는데ㅡ.

추운 날, 전철을 탔더니 안경에 김이 서려 눈앞이 뿌옇게 되어 아무것도 안 보였다. 뜨거운 커피를 마실 때에도 안경에 김이 서린다. 불편과 당혹감을 안경 때문에 가끔 느끼지만, 나는 안경이 싫지 않다. 안경을 쓰면 눈이 덜 피로해서가 아니라, 이것은 순전히 내 심리적인 문제이다. 이제부터는 인간을 포함해서 모든 사물을 명확한 초점으로 보아야겠다는 의지를 안경으로 표현한다고나 할까.

눈에 비치는 모든 대상이 꼭 하나의 초점으로 나타나는 것은 아니었다. 허상과 실상을 구분할 수 없을 정도로 여러 개의 초점으로 현란하게 흩어지기도 한다.

좀처럼 하나로 맞추어지지 않는 상(像)을 하나로 맞추려고 애를 쓰면서, 홀로 갈등하며 고민했던 기억들이 아프게 살아날 때마다 나는 안경을 고쳐 쓴다.

아, 현기증 나는 세상ㅡ. 정신을 가다듬고 다시 한 번 앞을 주시한다. 보이는 현상이 실체의 전부는 아니다. 불확실한 시력으로 실체를 다 파악한 듯 착각해서는 안 된다. 본질을 꿰뚫는 눈을 가지고 싶다. 냉철하고 예리한 눈을ㅡ.

매일 안경알을 닦는다. 닦은 안경을 이리저리 고쳐 쓰면서 나는 꿈을 꾼다. 눈앞이 환히 열리는 꿈ㅡ. 어리숙하기 때문에 종종 슬퍼지고, 가슴이 답답해지는 사람이, 꿈만이라도 야무지게 꾸고 싶은 거다.

안경을 쓰면서부터 나는 이상한 버릇이 생겼다. 안경 쓴 사람을 보면 그냥 지나치지 못하고 관심을 갖는 일이다. 언제부터 안경을 쓰게 되었나요? 시력은 어떻게 좋지 않은가요? 묻고 싶어진다.

하긴 그 버릇이 새삼스럽게 이상할 것도 없다. 치과를 다녀오면 다른 사람들의 치아만 보게 되고, 미장원을 다녀 나오면 다른 사람들의 머리만 보게 된다. 구두를 산 후엔 다른 사람들 발만 보고 다니고, 차를 바꾸고 싶을 때는 거리의 차만 눈에 띈다.

동병상련의 우정을 느껴서 그런지 안경 쓴 사람을 보면 친근하고 반갑다. 안경을 쓰지 않은 얼굴들이 맨숭맨숭하다는 걸 그전에는 몰랐다. 도수 높은 안경을 썼거나 테가 두꺼운 안경을 쓰고 있으면, 친근감이 갑절로 느껴져 어깨라도 툭 치고 싶어진다. 그걸 참고 혼자 웃는다.

남들은 눈치를 못 챘겠지만, 나에게 있어서 안경은 방패 같은 역할을 한다. 눈이 여려서 누가 찌르면 여지없이 눈이 아팠는데, 안경을 쓰고 있으니까 여간 든든한 것이 아니다.

편리한 방패다. 아니 방패라기보다는 보호막이다. 밖에서 치고 들어오는 것은 물론이려니와 안에서 새나가는 것도 걸러주는 역할을 한다.

내보이고 싶지 않은 떨림이나 흔들림 같은 것이 있을 때, 안경이라는 투명한 베일에 맡기면 한결 가라앉는 느낌을 준다. 모르겠다. 이런 내 느낌이 나만의 것인지……. 고스란히 다 드러나 버린 것도 모르고, 요만큼이나마 숨을 수 있다면서 홀로 안심하고 있는 것은 아닌지?

안경 이야기를 쓰고 있으려니까 까투리 생각이 난다. 위험을 느낄 때, 몸과 꽁지를 드러낸 채 머리만 감추려고 애쓴다는 까투리…….

(1992. 2.)

뻐꾸기로 살았으면

내 생명이 무엇으로 이루어졌는지
알 수는 없으나, 산에는 생명의 근원이라 하는 오행(五行)이
다 있으니 우리의 마음이 끌릴 수밖에 없으리라 여겨진다.
소자연은 대자연에게 자석처럼
끌릴 테니 말이다.

가벼운 등산복 차림을 하고 동생과 함께 산을 찾아 나섰다. 가만히 집안에 들어앉아 있기에는 너무나 화창한 날씨였던 것이다. 창 밖의 눈부신 6월의 햇살을 내다보다가 동생에게 산에 가자고 전화를 했을 때, 갑자기 산은 또 뭐야? 하면서 동생은 무척 재미있어 하였다.

그동안 동생에게 말을 안 하고 있었지만 산에 가려한 것은 갑자기가 아니었다. 지난 연초, 우이동 아카데미 하우스에서 북한산을 본 후론 산에 가고 싶다는 생각을 늘 하고 있었던 것이다. 아카데미 하우스에서 바라보니 서로의 심장박동이 느껴질 만큼 가깝게 산이 있었다. 병풍처럼 펼쳐져 있는 겨울 북한산의 정기에 압도당하여, 숨을 몇 번씩 몰아 쉬어야 했었다.

그날 이후로 눈을 감으면 때때로 산이 보였다. 특히 잠자리

에 들었을 때, 북한산이 있는 북쪽으로 돌아누우면 어둠 속에 만져질 듯 산이 나타났다. 나도 모르게 가슴 깊숙한 곳까지 산이 들어와 앉은 듯하였다.

우리는 집에서 그리 멀지 않은 청계산으로 향하였다. 대학 시절, 함께 가야산을 타본 이래 처음 산행을 같이 하는 것이었다. 지름길로 달리니 30분도 채 안 되어 등산로 입구가 있는 원지동에 닿았다.

등산로 입구에 들어서는 순간, 내 가슴에서는 탄성이 터져 나왔다. 온몸으로 느껴져 오는 공기의 내음부터가 달랐지만, 무엇보다도 소리의 내용이 달랐던 것이다.

자동차 소음을 비롯해 온갖 소음 공해에 시달림을 받던 내 귀가 소나기처럼 쏟아지는 매미소리에 갑자기 뻥 뚫리는 듯하였다. 또한 등산로를 따라 흘러내리고 있는 계곡물 소리가 사람을 얼마나 취하게 만드는지, 나는 혼이 빠진 사람처럼 멍하니 서 있었다. 계곡물 소리는 언제나 이렇게 나를 취하게 만든다.

산이 아무리 푸르러도 물 흐르는 계곡이 없으면 답답해져서 오래 머물 수가 없다. 산에는 꼭 물이 흘러야 한다. 산이 이토록 좋은 것은 계곡이 있기 때문이 아니던가.

우리에게 시원함을 느끼게 하는 것 가운데 가장 시원한 것은 바로 계곡물이라는 생각을 한다. 푸른 하늘, 바다, 녹음으로 우거진 산, 넓고 푸른 들판, 큰 강물, 호수, 바람……. 모두 다 시원하다. 그러나 그 시원함 속에서 나는 알 수 없는 갈증 같은 걸 느낀 때가 있다. 너무 푸른 것, 너무 크거나 너무 깊은 것, 그런 유의 것들은 눈앞에 있어도 닿지 않는 느낌을 주기 때문에 갈증을 낳는지도 모른다.

계곡물에 손을 담그고 있으면 갈증은 없고 시원함만 있어서

좋다. 흘러내리는 물을 보고 있으면, 그 아름다움에 내 심신이
녹아 버리는 것 같다. 부드러워서 아무것도 다치게 하지 않고,
존재는 있으되 투명하여서 아무것도 가리우게 하지 않는 물ㅡ.
세상 인심은 높은 곳으로 가기를 좋아하건만, 저희들끼리 졸졸
속삭이며 낮은 곳으로, 낮은 곳으로 흘러내리는 물ㅡ.

물 때문에 자꾸만 발걸음을 멈추니까, 동생이 빙긋이 웃으면
서 한 마디 하였다. 목(木)이 많은 사람이기 때문에 물이 좋은
거란다. 역학을 배우면서 언젠가 내 사주를 풀어 보여주었던
기억이 난다. 수생목(水生木)이니까, 그래서 물만 보면 생기가
나는지도 모른다.

내 생명이 무엇으로 이루어졌는지 알 수는 없으나, 산에는
생명의 근원이라 하는 오행(五行)이 다 있으니 우리의 마음이
끌릴 수밖에 없으리라 여겨진다. 소자연은 대자연에게 자석처
럼 끌릴 테니 말이다.

동생과 앞서거니 뒤서거니 하면서 산길을 올랐다. 해도 그
만, 안 해도 그만인 얘기를 쉬엄쉬엄 나누면서. 산이 꼭 엄마의
등처럼 포근하고 친근하게 느껴졌다. 한 발 한 발 디딜 때마다
느껴져 오는 흙의 감촉은 왜 이리 따뜻하고 폭신할까. 산공기
가 달고, 흙내음이 달고, 물소리, 새소리, 매미소리가 모두 달
디달아서 난 견딜 수 없이 행복해지는 기분이었다.

나랑 세 살 터울인 동생의 얼굴은 왜 이리 정겹고 예쁠까. 항
상 운동부족으로 창백하게 보이던 얼굴빛이었는데, 고만한 운
동으로 여름장미처럼 혈색이 살아났다.

고만한 운동이라 말할 수밖에 없다. 초행이기도 하지만, 둘
다 정상 정복에는 큰 욕심이 없어서 작은 봉우리인 옥녀봉까지
만 올랐던 것이다. 등산로 초입에서 옥녀봉까지는 천삼백오십
여 미터의 거리인데, 해찰하는 시간이 길어 서서히 올랐으니,

등산이 아니고 산보인 셈이었다.

내려오는 길엔 나무타기를 해보았다. 나지막하게 가지를 늘어뜨린 나무 하나가 눈에 띄었던 때문이다. 마음은 산에 이른 그때부터 이미 동심 속에 있었다. 어린 시절, 언제나 나를 따라다니면서 내가 하는 놀이마다 흉내내려 하였던 동생이 옆에 있어서 나는 착각을 한 모양이다. 옛날처럼 동생에게 시범을 보이려고 나무에 한 발을 올렸는데, 곧바로 후회가 생겼다. 몸이 마음처럼 가볍지 않다는 걸 깜빡 잊었던 것이다. 산 속에서는 이렇듯 나이를 잊는다.

아니 세월을 잊는다. 속세를 잊는다. 나를 흔들고 괴롭히던 오욕칠정(五欲七情)―. 그런 것들이 다 어디로 날아갔을까. 오욕칠정―. 산에서는 그 낱말도 너무나 낯설고 무겁게 느껴진다.

하산하기 싫어서 산그림자가 드리워질 때까지 하염없이 산속에 앉아 있었다. 차라리 뻐꾸기로 살았으면……

언니 뻐꾹.

동생 뻐꾹.

(1992. 8.)

제4장

진정 듣고 싶어하는
사람에게만 들려주는 소라의 노래

4001
비어 있는 낚싯바늘로 고기를 낚는 세상

미끼도 잘 다룰 줄 모르는
서툰 낚시꾼의 낚싯바늘에 알면서 다가가 물어주는 것,
그것이 멋이다. 그래야 세상이 재미있다.
알면서 속아 넘어가는 멋, 비어 있는 낚싯바늘로도
고기를 낚는 세상…….

낚시, 하면 돌아가신 양주동 선생의 말이 생각난다.

"아니, 어디에 속일 것이 없어서 물고기를 속입니까?"

고요한 낚시터에 애교있는 돌팔매질이다. 그런데, 그 말이
두고두고 재미있다.

나는 낚시와 아직 친해지지 못하였다. 물고기를 속이는 일이
약간 비겁하게 여겨지는 면이 있긴 하지만, 내가 낚시를 배우
지 못한 것은 순전히 다른 이유 때문이다. 꿈틀거리는 지렁이,
팔딱이는 붕어 등을 도저히 다룰 자신이 없었던 것이다.

내 나이 스무 살 때, 낚시를 좋아하는 사람이 가까이 있었다.
그를 따라 몇 번인가 낚시터에 간 적이 있었다. 그와 함께 있는
시간이 싫지 않았고, 물가에 앉아 맞는 들녘의 바람과 햇살과
풀내음 등이 신선하게 느껴졌던 기억이 난다.

숨소리조차 조심스러운 낚시터의 분위기에 주눅들어서, 잔잔한 수면을 보고 앉은, 화석 같은 사람 곁에 나도 화석인 양 앉아 있었다. 그를 방해하고 싶지 않아 한 마디 말도 건네지 않은 채로.

그러나 사실 나는 화석이 될 수 없었다. 물고기 낚아 올리는 일에 흥이 없기도 하였지만, 스무 살의 가슴이 고요한 수면처럼 잔잔하지가 않았던 때문이다. 끊임없이 물살무늬가 일었다.

그는 찌를 응시하고 있었다. 미세한 흔들림도 놓치지 않으려는 듯 열중하는 모습이었다. 너무 긴 시간 그렇게 있으면, 나는 좀 겁이 났다. 적막한 이 물가에 나 혼자 버려 두고, 자기 혼자 화석이 되려고 그러나…….

내 마음을 읽기라도 하는 듯, 그는 가끔 시선을 돌려 빙긋이 웃음을 보냈다. 그럴 때마다, 내 가슴 수심에서는 찌가 흔들렸다. 한나절 내내 두 사람은 각기 다른 것을 낚은 셈이다.

돌아오기 전에 그는 낚은 것들을 다시 물 속으로 돌려보냈다. 어리둥절해서 쳐다보는 나에게, 더 큰 다음에 잡지―하며 웃었는데, 그 말이 왜 '너는 아직 어려'의 울림으로 들렸었는지 모를 일이다.

흘러간 날들의 이야기이다. 생각해 보니, 그 시절 이후로 낚시터에 가본 적이 없다.

스무 살 그 시절에 낚시를 배웠더라면 좋았을 거라는 생각이 든다. 일찍이 낚시의 도, 그 멋의 세계를 익혔더라면 세상살이에서도 멋진 강태공이 되어 있었을 텐데, 그것을 배우지 못하였기에 강태공이 못 되고 약자인 물고기의 습성으로 세상을 산다. 낚는 자가 아니고 낚이어지는 자로서―.

넓고 넓은 이 세상, 낚을 만한 것이 얼마나 많은가. 낚시꾼의 눈으로 보면 세상은 온통 월척의 바다다. 한 생명으로 태어났으니 월척 하나는 건져 올려야 되지 않겠는가. 생명을 주신 분께 대한 예의로라도 그래야 할 것 같다.

그런데 지금까지 낚시꾼의 시선으로가 아닌, 물고기의 시선으로 세상을 내다본 것 같다. 미끼에 걸려드는 슬픈 존재가 되지 말아야겠다는 생각이 나를 지배했는지도 모른다. 그저 꼿꼿한 자존심 하나 챙기면서 지탱해 온 세월이라 하겠다. 소심하고 소극적이며 피동적인 삶의 자세다.

그렇게 살아오면서 내 나름대로 깨우쳐진 것이 있다. 도, 예, 멋 등이 낚시꾼에게만 있는 것이 아니고, 물고기에게도 있다는 것이다.

고도의 기술과 경험을 지닌 낚시꾼의 솜씨에 저도 모르게 끌려 드는 것은 멋이 아니다. 미끼도 잘 다룰 줄 모르는 서툰 낚시꾼의 낚싯바늘에 알면서 다가가 물어주는 것, 그것이 멋이다. 그래야 세상이 재미있다. 알면서 속아 넘어가는 멋, 비어 있는 낚싯바늘로도 고기를 낚는 세상……. 나 혼자 잘난 공상을 하는가 보다.

가을이 깊어간다. 비 온 후, 나뭇잎은 홍조가 짙어가고, 하늘은 푸른 빛으로 살아나고 있다. 저 푸른 하늘에 낚싯대를 던져 보면 어떨까. 태양만큼 뜨거운 희망 하나 월척으로 건졌으면 좋겠다. 낚싯바늘은 비어 있는데 월척을 낚는 꿈을 꾼다.

(1992. 10.)

바람 붙들어 얽어 매고

소멸하는 것은
모두 슬프고 장엄하게 느껴져요.
소멸과 탄생, 그 불가분의 관계에서 순환하고 있는
생명은 거룩하고 아름답기까지 해요.

온 누리 티끌 다 헤아리고,
온 바닷물 다 마시고,
이 세상 바람 붙들어 얽어 매고,
부처님 공덕 다 알고……

눈이 번쩍 뜨였어요. 법당 기둥마다 한 마디씩 쓰여 있는 글귀가 답답한 내 마음에 뛰어들어 물고기처럼 헤엄을 쳤어요.

그래, 그렇지. 그것이 인간의 한계인 거야. 아무리 셈이 빠르고 영특한 사람일지라도 온 누리 티끌을 어떻게 다 헤아려요. 자기 책상 위에 쌓이는 먼지의 숫자조차 모를 텐데ㅡ.

그리고 또, 아무리 배포가 큰 사람일지라도 바닷물을 어떻게 다 마실 수 있겠어요. 욕심이 부풀대로 부풀어 이 땅, 저 땅,

땅차지하기 놀음에 정신을 팔고 있는 사람일지라도, 바닷물을 다 자기 뱃속에 넣지는 못하지요. 인간의 허황된 배포는 바다 위에 뜨는 작은 돛단배에 지나지 않을 거예요.

아, 상쾌해요. 아까 경내에 들어서자마자 쪼르르 달려가 한 바가지 샘물을 떠 마셨을 때보다 더 시원해요. 천지는 광활하고, 인간은 왜소하고……. 인간이 정복할 수 없는 세계가 있음이 왜 이리 기분 좋을까요. 부처님 공덕 헤아리기만큼이나 불가능한 여러 가지 일들이 존재한다는 것이 오늘따라 엄청 큰 위안을 주고 있어요. 천지의 주인은 옛날이나 지금이나 우리들 인간일 수가 없어요. 우리는 다만 손님일 뿐!

세번째 글귀, 이 세상 바람 붙들어 얽어 매고……. 난 이 세번째 글귀가 너무 좋아 꼴깍 침을 삼켰어요. 바람ㅡ. 바람이란 말만 떠올려도 난 벌써 바람이 되고 말거든요.

온종일 갈대숲에서 흔들리다가, 높다란 미루나무 가지 위로 솟구쳐 올라 덩그러니 남아 있는 까치집 한번 흔들어 보기도 하는 바람. 대기 중에 사는 바람도 너무 높이 떠올라 있으면 재미가 없어 낙하산처럼 아래로 내려오기를 좋아하지요.

황금빛 부채로 성장한 은행나무가 보이네요. 스치기만 하여도 하늘하늘 떨어지는 낙엽들ㅡ. 그 무저항의 몸짓이 웬지 슬픔을 느끼게 해요. 떨어지지 않으려고 안간힘을 쓴다면 재미가 있을 텐데. 저기, 들녘 추수가 끝난 채마밭 건초 위에 꿈쩍 않고 있는 것은 무엇일까요. 호기심을 가지고 달려가 보았더니, 고추잠자리 한 마리 죽은 듯 엎어져 있네요. 이제 곧 추위가 닥칠 텐데, 걱정이 되어 날개를 건드려 보았지요. 흔들리기는 하는데 꿈쩍할 생각을 않는 거예요. 올해의 마지막 고추잠자리인가 봐요. 기운 잃은 날개며 가녀린 붉은 꽁지를 보면서 왜 문득 인디언의 최후가 떠올랐는지 모를 일이에요.

소멸하는 것은 모두 슬프고 장엄하게 느껴져요. 소멸과 탄생, 그 불가분의 관계에서 순환하고 있는 생명은 거룩하고 아름답기까지 해요. 새로운 생명의 잉태를 위하여 붉게 타오르다가 물러가는 가을 역시 거룩하고 아름답지요. 이제 곧 비어지게 될 대지엔 바람 홀로 남게 되겠지요.

가만히 보면 바람은 소멸하는 것이 아닌가 봐요. 소멸되는 것 같다가도 어느새 어느 곳에서든 살아 움직이거든요. 잡으려하면 주춤하다가도 엉뚱한 곳에서 다시 환생하여 떠도는 바람은 참으로 두렵게 느껴지기도 해요.

과학이 발달하여 눈비를 만들고, 바람도 만들어 생활의 편익을 도모한다고 하지만, 우리는 아직 태풍 하나도 잡아매지 못하여 난리를 겪곤 하잖아요. 대기 중에 흐르는 바람을 얽어 매는 건 제쳐두고라도 우리는 각자의 가슴속에 설렁이는 바람도 다스리지 못하며 살고 있거든요.

나는 가끔 바람과 이야기를 해요.

"너는 무엇이냐?" 내가 물으면 바람은 점잖게 대답해요.

"나는 생명이야, 내가 없으면 너는 고사목과 다름이 없을 거야." 그의 말이 사실이라면 나는 아마 나무인지도 모른다는 생각을 하기도 했지요. 어느 순간, 나는 정말 나무처럼 수액이 오르고, 간지럼타듯 새싹을 틔우며, 향기로운 꽃송이를 피우고 싶은 열망에 못견딜 때가 종종 있었거든요. 그것이 바람의 작용이었을까요? 그렇다면 존재하는 것의 근본은 바람인지도 모르겠군요.

난 아직 이렇게 내 안에서 존재하고 있는 바람의 정체조차 제대로 몰라 헤매이곤 해요. 때때로 그가 나를 제멋대로 끌고 가 고달프고 힘들게 할 때면, 나는 바람이란 존재를 나의 주인으로 모셔야 하는가 마는가를 번민하곤 했어요.

누구든 이 세상 바람 붙들어 얽어 맬 사람 있나요? 나와 보세요. 내 작은 우주안에 떠도는 것도 좀 부탁하고 싶어요. 아, 아니에요. 이제는 번민하지 않을 거예요. 내 안의 그도 자유롭게 풀어 두겠어요. 천지 가운데 흐르는 그 형제들처럼 말예요.

겨울이 가까이 오고 있어요. 머지않아 입동, 그리고 첫눈이 온다는 소설, 꽁꽁 얼어붙은 도심의 빌딩 사이를 배회하면서 울부짖는 바람의 음성을 듣게 되겠지요.

겨울은, 자신의 내면으로 시선을 돌리는 계절이라지요. 이번 겨울엔 바람의 벗이 되어 긴 여행을 떠나보면 어떨까요. 어쩌면 바람이 머무는 곳을 발견하게 될지도 모르니까요.

(1988. 11.)

4003

소라의 노래

우리가 그리는 영원한 그 무엇들은
말끔하게 비워낸 그릇에만 담기고 싶어하는 모양이라고
생각하니 서러운 마음이 들면서도 그것은 진실로
허망한 우리 삶에 얼마나 큰 위안인지요.

나에겐 조그만 소라껍질이 하나 있습니다. 내 책상 위에 놓여있는 아기 주먹만한 갈색 무늬의 이 소라껍질을 나는 참으로 좋아합니다. 글을 쓰려고 책상 앞에 앉으면 나의 시선은 어느새 조그만 소라껍질에 머물러 있곤 합니다.

지난 연말, 나는 형형색색의 예쁜 물건들이 가득 차 있는 선물가게에 들렀다가 이 소라껍질을 보았습니다. 인공으로 빚은 많은 물건들 사이에서 자연의 모습인 소라껍질이 웬지 외로움을 타는 것 같아 나는 한 쌍의 소라껍질을 샀습니다.

그날, 나는 그 중의 하나를 어떤 분께 드렸습니다. 선물 가게에서 본 소라껍질처럼 그분은 어쩐지 사람들 속에 있으면서도 늘 외롭게 보였기 때문입니다.

"마음이 외로워지면, 머언 바다소리나 들으시라고—."

그분은 소라껍질을 조심스럽게 집어들고는 유심히 살폈습니다. 그리고 나의 말대로 가만히 귓가에 대보았습니다. 그분의 눈이 조용히 웃고 있었습니다.

나는 소라껍질과 그분이 닮았다는 생각을 했습니다. 바다를 떠나온 소라껍질처럼 그분은 고향을 떠나 이 황막한 도시에서 살고 있습니다. 촉수 밝은 불빛 아래, 현란함을 자랑하던 각종 인조된 상품들, 그 속에 끼여있던 천연의 소라껍질처럼 너무나 꾸밈을 모르는 분이어서 그런지 그분은 도시의 물결에서 홀로 떠밀려 사는 분 같았습니다.

또한 소라껍질이 자신의 속 전부를 내주고, 빈 껍질로 남아 있듯이, 그분도 속절없는 삶에 자신의 열정을 다 쏟고, 지금은 허탈한 모습으로 서 있는 듯이 보이기도 했습니다.

나는 그분이 소라껍질을 귀에 대고 어떤 소리를 들었는지 묻지 않았습니다. 소라껍질 속에서 들려오는 소리는 듣는 이의 마음의 빛깔따라 아주 다르게 느껴지리라 생각했습니다.

어떻든 나는 그분이 소라껍질을 통해 아주 작은 위로라도 받기를 원합니다. 내 마음 같아서는 그분이 그토록 그리워하는 자연의 소리들을 소라껍질 속에서 들었으면 합니다. 버들피리 만들어 불며 뛰놀던 어린 시절에 귓가에 들려오던 새 소리, 물소리, 바람 소리를.

그리고 헐뜯고 짓밟고 아우성치는 인간 세상의 소리에 밀려 어디론가 숨어 버린 아름답고 푸근한 인간의 숨결을 그 소라껍질 속에서 찾아내 들었으면 좋겠습니다. 그리하여 외로움을 털어 버리고, 어깨를 활짝 펴고 사람의 물결 속에 나아갔으면 합니다.

나는 지금 글을 쓰면서 그분에게 드린 것과 비슷한 또 하나의 소라껍질을 바라봅니다. 상점 아저씨가 멀리 뉴질랜드에서

온 소라껍질이라고 했던 말이 떠오릅니다.

그래서 그런지 나의 눈앞에는 맑고 푸른 바다가 끝없이 펼쳐
집니다. 우리 나라 동해안에서 시작된 바닷물이 출렁출렁 파도
치며 동지나 해를 지나 필리핀 해를 지나 북태평양에서 남태평
양으로 이어지며, 뉴질랜드 어느 바닷가에 이르러서는 갯벌에
누운 이 소라껍질을 어루만졌으리라는 상상을 해봅니다.

지구가 둥글어서 바다가 하나로 통하니 참 좋습니다. 소라껍
질은 비록 조그맣기는 해도 하나로 이어진 그 큰 바다와 이야
기를 나누었으리라 여겨집니다. 영원한 바다와 교감하면서
바다를 닮고 싶어했을 소라……

어떻게 하면 바다의 혼을 그 조그만 몸안에 담을까 하고 많
은 궁리를 했을 지도 모르겠습니다.

나는 앙징스런 소라껍질을 귀에 대고 소라의 사랑, 그 비밀
스러운 이야기를 듣습니다. 영원한 것을 얻기 위하여 자기가
지닌 모든 것을 주었노라고 했습니다. 기쁘게 주었노라고 했습
니다.

영원한 것은 정말로 그렇게 모든 것을 내주고 난 다음에야
얻어지는 것인지 나는 잘 모르겠지만, 우리가 그리는 영원한
그 무엇들은 말끔하게 비워낸 그릇에만 담기고 싶어하는 모양
이라고 생각하니 서러운 마음이 들면서도 그것은 진실로 허망
한 우리 삶에 얼마나 큰 위안인지요.

모든 것을 내주고, 빈 껍질로 남았지만 소라는 죽은 것이 아
니라고 했습니다. 소라는 노래하고 있다고 했습니다.

나는 소라의 노래를 듣습니다. 먼 광년을 흐르는 빛의 소리
로, 우주 공간을 자유롭게 흐르는 생명의 울림으로 들려오는
소라의 노래.

진정 듣고 싶어하는 사람에게만 들려주는 소라의 노래는, 언

젠가 소라처럼 완전히 나를 비우게 되면, 그때 내가 부를 지도
모를 나의 노래입니다.

(1987. 1.)

4004

종소리

지난날 피어났다 스러진
그 어떤 열망처럼 한때 스쳐가는 바람이라면
차라리 좋을는지도 모른다. 문학을 향한 열망은 아무도 들어주는
이 없다 해도 심장의 고동이 멈추지 않는 한, 계속 종을 칠
수밖에 없는 영원한 짝사랑의 몸짓이다. 그래서 더
아름답고 슬픈 해바라기의
몸짓이다.

어쩌다 마음이 공허해질 때면 귓가에 들려오는 울림이 있다.
산 넘고 물 건너 바람타고 들려오는 하나의 목소리—.

"나도 너를 위해 종을 치고 싶어."

철없던 시절에 누구나 한번쯤 가져보게 되는 열정이었을 것
이다. 목숨이라도 사르고 싶은 열망 같은 것—.

영화 〈노틀담의 꼽추〉를 보고 나오던 길이었다. 안소니 퀸의
열연에 사로잡혀서 우리는 한참 동안 꿈꾸는 듯한 눈빛으로 앉
아 있었다. 사랑하는 여인을 위해 신들린 것처럼 종을 쳐대던
안소니 퀸의 모습이 무척 인상적이었던지 그는 별로 쑥스러워
하지도 않고 그런 말을 했었다. 그의 말을 듣는 순간, 나는 피
식 웃음을 날렸지만, 그는 웃지 않았다.

참으로 아득한 옛날 이야기다. 시간이 흐르고 나니 모든 것

이 그저 멀고 아득하기만 하다. 묘한 떨림 때문에 못 들은 척 흘려버리려 했던 그 말도 이젠 공허한 울림으로 떠오르는 멀고 먼 이야기가 되어 버렸다.

나는 오랜 옛날, 신라시대 범종소리를 듣듯 그의 음성을 듣는다. 그리고 그 음성에 묻어 있었던 그의 열망을 생각한다. 한때 나에게 기쁨이기도 했던 그의 열망을.

이 세상에 불가능은 없을 것이라 믿고 싶었던 계절이 있었다. 마음만 먹으면 무엇이든지 가능할 것처럼 느껴지던 그 겁없던 계절이, 얼마나 아픈 자국을 남겨놓고 물러가는지 그때는 헤아리지도 못했었다.

열망의 높이를 재려고 발돋움을 하다가 거꾸로 절망의 깊이를 재게 되는 시행착오를 거듭하였다. 인간은 결국 자기 자신의 몸무게를 벗어나지 못하는 슬픈 존재라는 것을 나중에서야 깨닫게 되었다.

노틀담의 꼽추처럼 누군가를 위해 종을 치고 싶다든가, 수로부인처럼 벼랑 위 꽃을 갖고 싶다는 열망 그 자체는 아름답기는 하지만 슬픔을 남긴다. 넝쿨처럼 하늘을 향해 오르고 또 올랐다. 더 이상 오를 수 없는 벼랑 앞에서 얼마나 오래 머물며 아파했는지 모른다.

그 뜨거운 계절이 바람처럼 스쳐가 버린 뒤, 빈 뜰에 섰을 때에야 비로소 허허로운 마음으로 자유로울 수 있었던 것 같다.

한오라기의 욕심도 일어나지 않았다. 그런 상태가 상당히 오래 지속되고 있었다. 그 허허로움은 차라리 안식이며 평화였다. 공허한 하늘, 텅 빈 나의 뜰, 그때 난, 핼쓱하게 여윈 낮달처럼 그렇게 가만히 떠서 한세상 살아가고 싶었다.

그런데 시간이 가만히 있지 않았다. 비어 있는 나에게 조금씩 생기를 불어넣어 주며, 또다시 열망하게 하고, 꿈꾸게 하였다. 새삼스럽게 그런 나 자신에게 놀라면서, 세월이 참 달디 달다고 생각하곤 했었다.

연초에 난, 모 신문사 신춘문예에 당선된 후배에게 조그만 종 하나를 선물한 일이 있다. 그 시상식장에서 나는 꽃다발 대신 맑은 소리를 내는 조그만 종을 그녀에게 내밀었다.

포장지에 싼 상자가 궁금하여 "뭘까요, 언니?" 하면서 장난스레 선물을 흔들어보던 그녀는, 그 속에서 뜻밖에도 맑은 음향이 새어나오니까 눈을 반짝이며 어린애처럼 즐거워했다.

"항상 맑고 고운 소리 내라고……."

"아, 알겠어요. 언니 마음!"

우리는 아주 짧은 순간 마주보고 웃으면서 서로의 가슴에서 파문처럼 번지는 종소리를 들었다. 집으로 돌아오는 전철 속에서도 그 종소리의 여운은 나를 잔잔한 즐거움 속에 잠기게 하였다.

누군가에게 마음을 전달했을 때, 상대방이 그것을 제대로 이해하고 받아들이면 이처럼 즐겁다는 것을 새삼스럽게 느끼고 있었다.

그날 밤 후배는 아마도 잠을 이루지 못했을 것 같다. 가슴속에서 울려나오는 어떤 소리에 귀기울이느라고 온밤을 밝혔으리라. 온밤을 하얗게 새우는 한이 있더라도 그 가슴의 울림을 그 밤만은 잠재우고 싶지 않았을지도 모른다.

그러나 그녀도 이미 알고 있는 눈빛이었다. 문학에의 열망, 그것이 얼마나 아픈 몸부림인가를. 글을 쓰면서 얼마나 뜨겁고 아프게 울어야 하는가를. 영원을 향하여, 그리고 절대적 가치를 향하여 무한히 뻗쳐보는 이 빈 손짓으로 얼마나 많은 방황과 번민을 어루만져야 하는지 그녀도 어렴풋이 알고 있는 눈빛이었다.

한 번의 맑은 소리를 내기 위하여 나 자신을 치는 종이 되어서 무수히 내 마음의 벽에 부딪쳐야 함을 모르지는 않으리라. 그렇게 하여 내는 소리가 썩 아름답지도 못하면서 소리를 낼 때마다 영혼이 흔들리고 뼈가 으스러지는 진통을 겪는다는 것을 그녀가 이미 알고 있었다 해도 이제는 돌아설 수 없는 길인 것이다.

지난날 피어났다 스러진 그 어떤 열망처럼 한때 스쳐가는 바람이라면 차라리 좋을는지도 모른다. 문학을 향한 열망은 아무도 들어주는 이 없다 해도 심장의 고동이 멈추지 않는 한, 계속 종을 칠 수밖에 없는 영원한 짝사랑의 몸짓이다. 그래서 더 아름답고 슬픈 해바라기의 몸짓이다.

종소리가 들린다. 흔들리는 내 혼의 소리. 이 밤도 나는 하나의 소리되어 하늘을 날고 싶은 것이다.

(1989. 3.)

4005

한 잔 술에 취하여

누군가의
마음을 마시는 일은 즐겁다.
그것은 알코올의 농도와 주량에 관계없이
사람을 취하게 한다.

요즈음 나는 대나무봉영으로 담근 술을 아침 저녁으로 한 잔 씩 마신다. 잘 익은 호박 빛깔의 술을 조그만 잔에 남실거리게 따라 놓으면, 그 빛깔과 향기가 마시기도 전에 나를 취하게 만 든다.

한 모금의 술ㅡ. 눈으로, 입으로, 가슴으로 마시는 한 잔 술 엔 아지랑이가 있다. 봄날에 취하듯, 꽃향기에 취하듯, 한 잔 술에 취해 버리는 내가 너무나 재미있고 신기하다.

지난 연말, 그는 퇴근하면서 무슨 봉지 하나를 들고 왔었다.

"이게 뭔지 알아? 대나무 뿌리에서 자라는 대나무봉영이라 는 건데, 술에 담궈 먹으면 피를 맑게 하고 무엇보다도 기관지 에 아주 좋대."

그는 어린애처럼 신이 나서 자기가 가져온 것을 자랑했다.

들여다보니까 처음 보는 이상하게 생긴 것이었다. 대나무가 자라는 지방에서 살아본 적도 없고, 대나무에 대한 견문도 없는 나로서는 그가 하는 말을 잠자코 듣는 수밖에 없었다.

열대 지방에서 나는 식물 열매처럼 단단하게 생긴 그것들을 소주에 보름이나 한 달쯤 담구었다가 마시게 되면 몸에 아주 좋다면서 그는 당장 술 담그기를 권했다.

기관지가 약해서 늘상 감기에 걸려 있는 나를 위해서 특별히 직장 동료에게서 구해 온 대만산이라며 그는 생색을 냈다.

"피를 맑게 하는 거라면 당신이 마셔야 해요."

"그게 무슨 말이야, 당신이 마셔야지."

"아니에요, 내 피는 맑아요."

"내 피도 맑아."

"안 그럴 거예요. 스트레스 쌓인다고 짜증 잘 내는 것만 봐도 알 수 있어요."

술을 담그면서 우리는 그것을 상대방이 마셔야 한다면서 입씨름을 했다. 물론 입씨름에서는 내가 이겼다. 언제나처럼. 그렇지만 나는 또 그에게 지고 있는 자신을 느꼈다. 논리정연한 말솜씨보다 언제나 한 수 위인 것은 그의 져주고 싶어하는 마음임을 알기 때문에…….

시간이 흘러갔다. 달이 한 번 차오르고 다시 기울었다. 며칠 전, 그는 저녁을 들고 난 후, 거실에 앉아 TV를 보다가 갑자기 그 술이 생각났던 모양이다.

아참, 그거―하면서 그는 깜빡 잊었던 보화인 양 베란다에서 술병을 들고 왔다. 투명한 유리병 가득히 호박 빛깔의 액체가 눈부셨다. 적당한 망각과 기다림으로 우려낸 또 하나의 마술이었다.

그는 소주 잔 두 개를 꺼내와 빛깔도 감미로운 그 액체를 찰

랑거리게 담더니, 잔 하나를 내게 권했다. 그가 권하는 거라면 독이 든 술잔이라도 마다할 사람인가. 나도 호기 있게 술잔을 집어 들었다.

그는 먼저 한 모금 술맛을 감미한 뒤, 아주 좋다면서 나머지 도 입 안에 흘려 넣었다. 이번엔 내 차례였다. 자, 어서! 그의 눈이 재촉하고 있었다. 눈 꼭 감고 술잔을 입으로 가져갔다. 나 도 단숨에 술잔을 비워냈다.

아― 이 즐거움! 짜릿한 쾌감이 혀에서 목줄기로, 그리고 다시 혈관 곳곳으로 번져 나가는 것 같았다.

이래서 사람들이 술을 마시는구나. 혀끝과 목젖을 적시는 이 짜릿한 쾌감 때문에 그 독한 액체를 마시고 또 마시는구나. 새 삼스럽게 진리를 깨달은 것인 양 나는 고개를 끄덕이고 있 었다.

그 짜릿한 쾌감을 어찌 알코올 홀로 빚어내는 것이라 할까보 냐. 술잔에 깃드는 우정, 사랑, 고독, 아픔들……. 그런 것들로 말미암아 한 잔의 술은 더욱 더 달콤하고 짜릿하고 쓰디쓰고 독해지는 것을…….

한 잔의 술은 또 우리의 몸 속에서 미묘하게 발효되어, 알 수 없는 열정을 불러오고 또한 환상을 일으키는 것 같았다. 그는 자기가 준 한 잔의 술을 순순히 받아 마시고, 볼이 발그레해진 내가 그 어느 때보다 곱게 느껴졌는지 저녁 내내 흐뭇함을 감 추지 않았다.

그 날 이후, 퇴근하여 집에 오면, 내게 술 한 잔 먹이는 것이 그의 빼놓을 수 없는 일과가 되어 버렸다.

"자, 마셔!"

그가 내 앞에서 황제처럼 명령하면, 나는 그 때마다 미소로 써 그 잔을 받아 든다. 이건 술을 마시는 것이 아니라 그의 마

음을 마시는 것이다. 한 잔 술에 서려 있는 그의 마음을 단숨에
홀짝 마시고 나면, 예외없이 난 머릿속이 얼얼해지고, 손에는
땀이 나고, 온몸이 더워지는 듯하면서 나른한 것이 금방이라도
잠에 빠져들 것 같다.

밤마다 나를 이렇게 조금씩 취하게 만드는 일이 재미있어서
그는 회심의 미소를 짓는다.

"약효가 대단한가 보지? 이제 당신은 감기 안 걸릴거야."

그는 정말 그 술의 약효를 대단히 믿는 눈치였다. 그러나 때
로는 에이, 바보! 하면서 의자 깊숙이 파묻힌 나를 끌어당기
며 놀린다.

남자란 무릇 자기 아내까지도 취하게 하고픈 풍객들인 모양
이다.

그는 모른다. 내가 왜 이렇게 한 잔 술에도 금방 취하는지를
ㅡ. 호박빛, 그 달콤한 액체를 꼴깍 마시고 나면, 내 가슴이 어
떻게 타들어가는지를ㅡ.

누군가의 마음을 마시는 일은 즐겁다. 그것은 알코올의 농도
와 주량에 관계없이 사람을 취하게 한다.

매일매일을 꼭 요만한 취기로 살고 싶다. 요만한 체온과 요
만한 몽롱함으로ㅡ. 이렇게 한 잔, 또 한 잔 즐기면서 세월을
낚고, 신선이 되는 길은 없을까?

당분간 나의 취기는 계속될 것 같다. 아직 그 신묘의 술이 많
이 남아 있으므로. 그것이 다 떨어지게 되면, 다음엔 무슨 술을
담궈 볼까. 진달래꽃술을 담글까. 솔방울 술을 담글까. 이번엔
내가 그를 취하게 하리라.

(1989. 2.)

4006

서툰 사진사들

젊다는 것, 어리다는 것,
그 자체가 빛남이며 아름다움이다.
나는 그 사실을 딸아이와 함께 찍은 사진을 볼 때마다
새삼스러이 발견한다.

미국 여행을 하면서 찍었던 사진을 뒤늦게 찾아왔다. 사진 봉투가 두둑하다. 자그만치 36장 짜리가 7통이나 되니까. 가슴이 막 설레였다.

언제나 사진을 찾아오면 이렇게 설레였었다. 어떻게 나왔을까. 보나마나 뻔한 일을 가지고……. 있는 그대로, 보이는 그대로 찍혀지는 것이 사진이 아닌가. 그래도 난 번번히 굉장한 무엇이 나를 깜짝 놀라게 하고, 즐겁게 해줄 것처럼 기대한다.

찬찬히 사진을 들여다본다. 한 장, 한 장, 보고 내려놓을 때마다 나의 기대감도 무너져내리다가, 마지막 한 장을 집어 들었을 때에는 한숨이 터져나오곤 했다. 나르키소스의 환상이 무참해지는 순간이다.

작은 키가 갑자기 늘씬하게 늘어날 리도 없고, 또 평범한 얼

굴이 선녀처럼 아름다워질 리도 없다. 사진을 들여다보면서 실
망하는 내가 우스운 것이다. 이렇게 찍으나 저렇게 찍으나 피
사체를 정직하고 고지식하게 담아내는 것이 사진인데 말이다.

사진관에서 인물사진을 찍을 때에도 늘 허영심이 발동했다.
잘 좀 찍어 주세요. 불필요한 말을 기어코 하고 만다. 인물사진
을 찍은 후에 만족스럽게 느낀 적이 별로 없다. 사진관 주인은
사진을 내보이며 아주 잘 나왔다고 미소를 짓지만, 나는 웃음
이 나오지 않았다.

좀더 부드럽고 우아하게 찍어낼 수 없단 말인가. 이렇게 생
긴 그대로 찍는 거라면 누군들 못 할라고―. 제 못남은 탓하지
않고, 공연히 사진사의 솜씨만 야속해 하니, 참으로 어쩔 수 없
는 허영심이다.

나이가 늘어 가니까 이젠 그나마 사진 찍는 일, 그 자체가 내
키지 않는다. 옛날엔 어디를 가나 남는 건 사진뿐이라면서 포
즈를 취하기 바빴는데, 지금은 카메라 앞에 서기가 망설여
진다.

언제부터인지 모르지만, 사진을 찍으면 그 속에 젊지 않은
내가 있기 때문이다. 젊음이 한창인 시절엔 장단점이 그냥 드
러나 보이는 대로, 귀여운 맛이 있었다. 그런데 지금은 어떤 표
정을 지어도 예쁘지가 않다. 이제는 아무렇게나 찍혀 있어도
딸아이의 모습이 귀엽고 예쁘다.

발랄한 그 아이와 함께 찍힌 내 모습에선 더욱 더 빛의 퇴락
을 느낀다. 젊다는 것, 어리다는 것, 그 자체가 빛남이며 아
름다움이다. 나는 그 사실을 딸아이와 함께 찍은 사진을 볼 때
마다 새삼스러이 발견한다.

나는 찾아온 사진 뭉치를 거실 바닥에 쏟아 놓았다. 이번엔
기대감이 더 컸다. 미국을 여행하면서, 나를 경탄하게 만들었

던 풍광들이 머릿속에 스치고 지난다.

단체 관광을 하게 되면, 찬스를 포착하여 셔터를 누르는 일이 쉽지 않다는 것을 누구나 알 것이다. 가이드의 말을 들으며 눈으로 보기도 바쁘니, 사진 찍을 여유가 없다. 그런데다가 외국인들처럼 풍광만을 찍으려 하지 않고, 우리는 그곳을 배경으로 우리 자신이 피사체가 되려고 하니 더욱 어렵다. 셔터를 눌러 줄 사람을 구하여 어쩌고 저쩌고 하다보면, 관광은 뒷전이고 사진 찍는 일에만 매달린 격이 된다.

나는 이번 여행중에 셔터를 눌러 줄 사람을 따로 정해 놓지를 못했다. 누가 사진에 대해 일가견을 지녔는지 알았다면 사전에 서로 약속을 했을 것이다. 그런데 우리 일행을 둘러보니 대부분 초보자들인 것 같았다. 너나 할 것 없이 카메라는 들었지만, 그것을 다루는 폼이 어쩐지 어설퍼 보였던 것이다. 나 역시 사진에 대해선 문외한이다. 그렇게 서로 피장파장이니, 사진을 찍고 싶을 때에는 누구든 가깝게 있는 사람에게 부탁하는 수밖에 없었다.

아무리 그렇기로서니 이건 정말 너무하다는 느낌이다. 제일 먼저 관광했던 워싱턴의 사진들부터 나를 아연케 했다. 내가 그토록 감명을 받았던 제퍼슨 기념관에서의 사진들은 차라리 울고 싶을 지경이다. 제퍼슨 입상을 배경으로 찍은 사진에서 제퍼슨의 가슴 윗부분이 뎅강 잘렸기 때문이다. 아, 제퍼슨, 불쌍한 제퍼슨······.

나는 이것을 예감했어야 했다. 그 복잡한 관광객들 틈바구니에서 나름대로 민첩하게 거리와 구도를 잡고 나서, 이쯤에서 바짝 올려 찍어 달라는 주문까지 했었는데, 막상 포즈를 취하고 바라보니 카메라 렌즈 방향이 좀 밑으로 처져 보이지 않았던가. 순간 그 사람의 키가 커서 그렇게 보이나 생각했었잖은

가. 그래도 웬지 불안해서 다른 사람에게 또 한 컷을 부탁하지 않았던가. 그러고 보니 먼저 찍은 사진은 제퍼슨의 가슴부터 잘렸고, 나중 것은 목 윗부분부터 잘렸다. 그리고 발 아랫부분이 쓸데없이 넓다.

사람들은 왜 배경사진에서도 꼭 인물을 사진의 중앙에 넣으려 하는지 모를 일이다. 머리 윗부분과 발 아랫부분이 비슷한 공간을 차지해야만 직성이 풀리는 모양이다. 그것이 얼마나 재미없는 줄 모르고, 내 얼굴에 포커스를 맞춘 사진들만 수두룩하다.

정말 꼭 담아야 할 제퍼슨의 상체 같은 것은 무신경하게 잘라버리고서 말이다. 링컨 기념관에서 찍은 사진에서도 링컨의 머리가 하마터면 없어질 뻔했다. 다행하게도 링컨의 동상은 좌상이기 때문에 겨우 머리가 수난을 면한 것 같다. 링컨 동상도 입상이었다면 틀림없이 무차별 교수형을 당했으리라.

사진들이 이 지경이 되고 보니 내 모습이 어떻게 찍혔느냐 하는 것은 나중 문제였다. 초점이 흔들려서 못쓰게 된 것과 윗부분이 잘려 못쓰게 된 것을 추리고 나니 남는 사진이 얼마 안 되었다.

국회의사당 앞에서 찍은 사진은 전체적 구도도 좋고 나의 웃는 모습도 괜찮았는데 초점이 흔들렸다. 대체적으로 그런 식이었다. 너무나 흉작인 셈이다. 건질 만한 작품이 별로 눈에 띄지 않았다.

그나마 배 위에서 찍은 자유의 여신상이 수작이어서 기쁘다. 사진 속에 내가 꼭 있어야 된다는 치기를 버리고, 순수한 감동으로 자유의 여신상만을 포착했다. 흰 구름이 넓게 드리워져 있는 하늘로 횃불을 높이 쳐든 자유의 여신상! 그 사진을 들여다보고 있으니 가슴속이 출렁거린다. 그 여행에서의 감격들이 한꺼번에 밀려드는 기분이다. 또다시 떠나고 싶다는 생각이 용수철처럼 솟아오른다.

이번에 또 떠나게 되면, 서툰 사진사에겐 카메라를 안 맡길 것이다.

나는 다시 제퍼슨 기념관에 가고 싶다. 그의 없어진 상체를 되찾아 주고 싶기 때문이다.

(1990. 8.)

4007
향기를 나누며

누군가로부터 따스한 정을 느끼게 될 때,
그것은 아무리 사소한 것일지라도 생의 향취가 되어진다.
요즘들어 나는 부쩍
감동하는 횟수가 잦아졌다. 예전 같으면
무심히 스쳐지나갔을 것 같은
작은 향기에도 반응한다.

어느새 밖에는 어둠이 깔리고 있었다. 학교에서 이미 돌아와
있을 아이들 생각에 정신없이 악세레타를 밟고 있는데, 문득
강한 향취가 느껴져 왔다. 모과 향이다. 옆 자리에 아무렇게나
던져 놓은 쇼핑백. 그 속에 잘 익은 모과가 여섯 개나 들어 있
었다.

언니 집을 나서는 순간부터 나는 선물받은 모과의 존재는 생
각할 겨를이 없었다. 너무나 짧아진 초겨울 햇살이 나를 당황
하게 만들었기 때문이다.

그저 집으로 빨리 돌아가야 한다는 일념으로 어둑어둑해진
거리를 질주하고 있었다. 그런 나에게 모과 향기가 브레이크를
건 것이다. 달리는 것만이 생의 전부는 아니라고, 잠깐 호흡을
가다듬고 향기를 느껴보라고 한다. 향기를 느낄 수 있는 여유,

그것이 필요하다고 모과는 제 향기로 말하고 있다.

모과를 나누어 주던 언니의 마음을 생각했다. 그 마음이 향긋하다. 모과가 아주 크고 좋더라. 모과차를 담아라, 아니 모과주를 담는 것이 더 좋겠구나. 너희 내외는 술을 좋아하니까.

남편이 술 좋아하는 것은 자타가 공인하는 일이지만 나마저 술 좋아하는 사람이 되어 버렸다. 술 좋아하는 사람과 살면서 가끔 분위기로 한 잔씩 거들곤 하였는데, 그것도 이력이 쌓여 언니 눈에 그리 비친 모양이다.

모과주를 담으려무나─. 그 말을 들을 때 나는 말없이 환하게 웃었다. 내 마음속에 하나의 풍경이 그려지고 있었기 때문이다. 눈이 펑펑 쏟아지는 밤. 그리고 향긋한 모과주……

모과향 같은 정. 그리고 모과주 같은 사랑. 축복받은 인생을 살고 있다는 생각을 하며 행복감에 젖어 들었다.

이상스럽다. 메마를 대로 메말라서 힘겹게 돌아가던 일상의 톱니가 모과 향기 하나로 윤기가 돌면서 갑자기 생동감 있게 돌고 있으니 무슨 묘약인가.

정은 생에 있어서 향기와 같은 것이다. 사랑은 향기로 빚은 술과 같은 것이다.

지난해, 미국을 여행하고 돌아오면서, 나는 몇 가지 선물을 받아 가지고 왔다. 워싱턴에 있는 후배와 함께 루레이 동굴을 방문했을 때 그녀가 기념품 가게에서 사준 방향제 한 묶음이 그 중 하나이다.

여러 가지 향내나는 나무 껍질과 잎사귀들을 말려서 만든 것인데, 1년이 훨씬 지난 지금까지도 그 향취가 여전하다.

나는 그것을 옷장 속에 조금 넣어 두었었다. 그랬더니 옷마다 향기가 배어 들었다. 그리고 장롱문을 열 때마다 은은하게 향취를 맡게 되는데, 그럴 때면 숨통이 좀 열리는 듯 착각이 들었다.

미국을 여행하고 있는 동안, 넓은 땅덩어리의 공기로 폐활량이 한껏 커진 듯 느껴졌던 기억이 되살아나기 때문인지 모른다.

여행에서 돌아와 가방을 열었을 때, 방향제를 집어 들고 탄성을 지른 것은 딸아이였다. 한 보따리나 되는 그 묶음을 보고, 남편과 아들아이는 무슨 쓰잘데 없는 것을 짐스럽게 넣어 왔는가 하는 표정을 지었다.

딸아이는 그 방향제를 제 방으로 가져가더니, 조금씩 예쁘게 포장하여 몇몇 친구에게 나누어 주었다. 향기를 나누어 가지는 마음이 예뻐서 다음에도 그런 것이 눈에 띄면 사다 주리라 마음먹었다.

미국 여행중에 받은 또 하나의 잊지 못할 선물은 장미꽃 바구니였다. LA에 들렀을 때, 꼭 만나고 싶었던 옛친구가 있었다. 미리 연락을 하지 않고 간 것은 두 가지 이유 때문이었다. 나의 방문으로 혹시라도 그에게 어떤 부담을 주기가 싫었고, 또 갑자기 나타나 그를 놀라게 하고 싶은 마음이 있었기 때문이었다.

막상 LA에 도착하여 그를 찾았을 때, 그가 라스베가스로 바로 그날 출장 떠났다는 소식에 나는 무척 실망했었다. 갑자기 나타나 놀라게 해주는 식의 발상이 여지없이 깨어졌던 것이다.

LA에서 3일을 머물렀다. 그리고 귀국길에 하와이에 들렀는데, 그곳에서 나는 그의 전화를 받았다. 출장에서 방금 돌아와 나의 메모를 받았노라고 했다.

그는 내 목소리를 듣자마자 대뜸 화부터 내었다. 완벽하고 철저한 사람이 어쩌면 그럴 수 있느냐고 항의하였다. 미리 전화만 해주었더라면 그렇게 어긋나는 일이 없었을 텐데 그랬다고……. 언제나 예정된 스케줄대로 움직여야 하는 미국식 생활 방식을 염두에 두지 못한 나의 불찰이었다.

그는 만나지 못한 것이 아쉬워서 나보고 LA로 다시 날아오라고 하였다. 아니면 자기가 하와이로 날아가겠다고 하였다. 물론 그것은 무리한 얘기였다. 그렇지만 말만 들어도 마음이 푸근하고 좋았다.

그날 온종일 관광을 하고 저녁 늦게 호텔로 돌아왔는데, 방문을 열자 큼직한 장미바구니가 반겨 주었다. 그가 하와이에 있는 누군가를 시켜 선물한 것이었다.

호텔 방 가득히, 장미꽃 향기가 배어 있었다. 너무나 싱그럽고 달콤하고, 매혹적이었다. 그 향기 때문에 가슴이 울렁거려 진정이 되지 않을 정도였다.

흑장미였다. 그런데 그 품종이 우리 나라에서 보아오던 것들과 전혀 달랐다. 꽃잎이 비로드처럼 우아하고 품위있게 느껴졌다.

이틀 후, 그 꽃바구니를 호텔 방에 그대로 두고 떠나오면서, 나는 많이 아쉬워했다. 눈으로 마음으로 꽃의 아름다움을 새긴 후, 그 향취만 가슴에 지니고 돌아왔다.

그는 나에게 잊지 못할 향기를 선물한 것이다. 나는 그에게 그만한 향기를 선물한 적 없으니 빚을 진 셈이다.

누군가로부터 따스한 정을 느끼게 될 때, 그것은 아무리 사소한 것일지라도 생의 향취가 되어진다. 요즘들어 나는 부쩍 감동하는 횟수가 잦아졌다. 예전 같으면 무심히 스쳐지나갔을 것 같은 작은 향기에도 예민하게 반응한다. 이런 것이 바로 나이 들어가는 징조인지도 모른다.

어찌 보면 악취로 가득할 것 같은 이 세상, 그래도 나는 악취보다는 향취를 더 느끼며 사는 편이다.

　이제 내가 마음 쓸 일은, 향기를 나눔에 있어 받기만 하고 주
지는 못하는 빚진 인생이 아니 되게 하는 것이다.

(1991. 11.)

4008

사계(四季)의 양생법

우리 모두가 환자이다.
약으로 치유되지 않는 질병들을
너무나 많이 안고 산다. 필시 자연에
순응하지 못한 탓일 것이다.

한의학의 고전(古典)인 황제내경(黃帝內經) 소문(素問)편에 보
면 춘하추동 4계절을 어떻게 보내야 건강을 유지할 수 있는가
하는 내용이 나온다. 인간을 소우주로 보고 있기에, 천지의 운
기인 계절의 변화에 순응해야 건강할 수 있다는 얘기다.

봄,

그것은 발진(發陳)이다. 모든 것이 발생하고 이어지는 계절
이다. 천지가 생기로써 만물이 이어지는 때이니, 밤을 새우는
일이 없어야 하고 아침 일찍 일어나서 유유히 뜰을 거닐며 생
기를 만끽함이 좋다. 이것은 봄기운의 감응이다.

육체적으로는 급격한 노동을 피하고, 또 정신적으로는 겨울
동안에 깊이 감추었던 뜻을 세우게 하고, 만사를 여유있게 다
루며, 줄지언정 빼앗는 일이 없고, 칭찬할지언정 벌하는 일이

없이 모든 일을 침착하고 느긋하게 처리한다. 즉 긴장하여 억제하는 일이 없도록 심신을 다루어야 한다는 것이다.

이것이 봄철의 양생법이다. 만약 이를 거스른다면 우리 몸속에서 봄의 장기인 간장(肝臟)을 상하게 된다 하였다.

여름,

그것은 번수(蕃秀)이다. 꽃이 한창 피는 계절이다. 천지의 기운이 교합(交合)하여 만물이 번성하는 때이니, 충분한 수면을 취하되, 아침엔 일찍 일어나서 해가 긴 주간에 권태를 느끼지 않도록 해야 한다. 마음을 흥분시키거나 성내지 말며, 육체적으로는 번거로움을 피하고, 양기를 체외로 배설토록 한다. 이 시기에는 누적되는 일 없이 모든 것을 발산시켜야 한다는 것이다.

이것이 여름철의 양생법이다. 만약 이를 거슬려서 마음을 답답하게 하거나 신체에 울열(鬱熱)이 생기게 하면 우리 몸의 여름 장기인 심장(心臟)을 상하게 된다 하였다.

여름은 사람 몸의 양기가 밖으로 발산되고 음기가 안에 잠복하니 이 때는 정신을 벗겨내는 시절이다. 항상 안정하여서 마음을 조절하고, 기운을 화하게 하며 더운 음식을 먹고, 냉한 것을 금하며, 두 눈을 감고 속에 빛을 기르고, 심화(心火)를 단전에 내려 신기가 서로 합치게 하라 하였다.

가을,

그것은 용평(容平)이다. 물체의 형태가 정해지는 계절이다. 이 시기에는 일찍 자고 일찍 일어나는 것이 마치 닭이 자고 깨는 것과 같아야 한다. 마음을 편안하게 하여, 이것도 했어야 할 것을, 저것도 했어야 할 것을 하면서 마음속에 지나친 욕심을 삼가야 하며, 이루지 못한 뜻을 후회하지 말고, 마음을 느긋하게 한다. 정신을 침착하게 하고 심기를 안정시킴이 가을의 기운을 완화시키는 것이다.

만약 이를 거슬려, 함부로 정신을 동요시키거나, 가을의 찬 기운을 쐬면서 과로하거나 하면 가을의 장기인 폐를 상하게 된다 하였다.

겨울,

그것은 폐장(閉藏)이다. 천지가 닫히고 혈기가 감추어진다. 이 시기에는 일찍 자고 늦게 일어나서 햇빛을 쏘이는 것이 좋다. 갑자기 한기를 쐬지 않도록 하며 보온에 힘쓰고, 과로로 땀을 흘리지 않는 것이 한기의 대응조처이다. 정신을 안정시키고, 무엇인가 해야 되겠다는 생각을 누르고, 조용한 마음가짐으로 항상 만족하고 있어야 한다. 이것이 겨울의 양생법이다.

만약 이를 거역하여 정신을 분망하게 동요시키거나, 한기를 쐬거나, 과로하여 땀을 내고, 양기를 자주 일탈(逸脫)케 하면 겨울의 장기인 신장(腎臟)을 상하게 된다 하였다.

만약 어리석은 사람이 있어서, 이 근본 원리에 어긋난 생활을 하게 되면, 그 사람은 생명의 근본을 깨뜨리고 진기(眞氣)를 파괴하는 것이 되므로 반드시 병을 얻게 된다 하였다.

계절을 잊고 사는 현대인들! 아니 잃었다는 말이 더 적절할지 모르겠다. 다람쥐 쳇바퀴 돌듯, 짜여진 틀 속에서 분망하게 움직이며 밤낮을 살고 있는 우리들. 자연의 리듬이라고는 오로지 밤과 낮이 있을 뿐인 생활……. 소우주로써의 삶이 아니고, 거대한 메커니즘의 부속품으로써 전락되어 간다는 생각을 가끔 했었다.

우리 모두가 환자이다. 약으로 치유되지 않는 질병들을 너무나 많이 안고 산다. 필시 자연에 순응하지 못한 탓일 것이다.

새삼스럽게 옛 선인의 지혜로움을 떠올린 이유는, 이제부터라도 과욕을 부리지 않고, 건강하고 아름다운 소우주로써 4계절을 살고 싶기 때문이리라.

(1992. 12.)

4009

손의 신비

인간이 소우주이듯, 손은
인체의 축소판이다. 손에는 인체의 모든 부위에 해당하는
상응부위(相應部位)가 있다. 신체 어느 부분에서든 고장이 나면 손의
상응부위에서 반응이 나타나며, 따라서
그 부위에서 해결한다.

이십여 년 전에 칼릴 지브란의 《예언자》를 읽었다. 새삼스럽
게 그 얘기를 꺼낸 것은 그 글 내용을 말하려함이 아니고 화보
로 실렸던 그림 때문이다.

그 책에 화보로 실린 '알무스타파'와 '창조의 손'은 흑백 그
림인데 지브란이 뛰어난 영감으로 그려 놓은 것이다.

'알무스타파'는 '택함을 입은 자'라는 뜻으로 예언자의 주인
공 얼굴이고, '창조의 손'은 하나님의 손이다.

점잖고 아름답게 조각된 손이 하나 있는데 그 복판에 모든
것을 보고 있는 듯한 눈이 하나 그려져 있다. 그리고 그 주위로
는 회오리바람 같은 돌아가는 날개들이 있고, 그 날개를 둘러
싸고는 혼돈과 같은 깊은 어둠이 깔려 있다. 그 어둠 밖으로는
사람의 몸으로 된 사슬이 둥근 선을 두르고 있다.

그 창조의 손은 만지는 동시에 보고, 보는 동시에 상상한다. 형상을 만들기 전에 상상하고, 혼돈을 주물러 온갖 형상을 만들어 놓는다.

그 손이 상당히 인상적이었다. 그러나 세월이 지나면서 지브란의 '창조의 손'은 까맣게 잊고 있었다. 그러다가 새삼스러이 그 그림을 떠올리게 된 것은 고려수지요법을 알게 되면서였다. 손 안에 모든 것이 있었기 때문이다. 천지창조를 하신 분의 손, 그분의 비밀이 손에서 설명되고 있었다.

인체에서 손은 뇌 다음으로 신경세포가 많이 분포되어 있는 곳이다. 특히 고감신경포가 가장 많이 분포되어 있다. 인간의 감각능력은 나이를 먹어감에 따라 시각, 청각, 후각, 미각, 촉각 순으로 감퇴된다. 그러니까 손의 촉각이 가장 마지막까지 남아지는 감각능력인 것이다.

뇌의 생각이나 명령에 가장 민감하게, 빨리 반응하고 작용하는 손을 가리켜 칸트는 '몸의 표면에 나타나는 뇌'라고 표현한 바 있다.

그러한 손을 들여다보면서 나는 매일 놀라움을 느낀다. 손 안에 우주의 비밀을 푸는 열쇠가 있기 때문이다.

인간은 소우주이다. 광활하고 오묘하고, 다양한 우주의 모든 요소가 인간이라는 작은 생명체 속에 집합되어 있다. 신은 만물의 영장이라는 인간을 놓고, 그 하나의 생명체에다가 당신의 온갖 속성을 불어 넣으셨다. 당신의 마음까지도—. 그분이 빚은 최고의 걸작이기에 솜씨를 다하신 것이다.

그러한 존재이니만큼 인간을 알게 되므로 해서 우주를 알게 되고, 나아가서 신을 이해하게 된다. 예술작품을 이해하므로 해서 작가를 알게 됨과 같은 이치다.

고대로부터 인간은 이 세상에 대한 탐구와 함께 인간 본체에 대한 탐구를 계속해 왔다. 신을 아는 것, 다시 말하여 신의 비밀을 알아내는 것은 참으로 어려운 수수께끼였다. 신체와 정신, 어느 면에서든 인간은 너무나 오묘하고 복잡하고 신비로운 존재이기에 끊임없는 탐구에도 불구하고 인간은 아직 많은 부분이 의문점으로 남아 있게 된 것이다.

현대에 이르러 과학과 의학의 발달은 최고도에 달하며 인제 내부의 미세한 부분까지 들여다보고 문제점들을 밝혀내고 한다. 그리하여 그 어느때보다 의술이 발달했음에도 불구하고, 인간은 여전히 의문투성이여서 질병문제는 최대의 숙제로 남아져 있다.

과학이나 의술로 감지하고 해결해 나아가는 것은 한계에 부딪힌다. 인간이 지닌 요소 중에 물질로 형성된 것이 아닌 부분에 대해선 아직 속수무책이다. 인간은 상당부분이 형이상학적이며, 형이상학적 현상으로 생동하기 때문이다.

그런데 인간의 풀 수 없는 문제들을 손 안에서 풀고 있으니 경탄하지 않을 수 없는 것이다. '문제가 있는 곳에는 언제나 해답이 있다'는 말이 있는데, 인간이라는 숙제를 풀 열쇠는 다름 아닌 손, 그 자체에 있었던 것이다.

인간이 소우주이듯, 손은 인체의 축소판이다. 손에는 인체의 모든 부위에 해당하는 상응부위(相應部位)가 있다. 신체 어느 부분에서든 고장이 나면 손의 상응부위에서 반응이 나타나며, 따라서 그 부위에서 해결한다. 신체가 하드웨어(Har Ware)라면 손은 뇌와 마찬가지로 소프트웨어(Soft Ware)다.

그리고 손에는 신체기능을 조절할 수 있는 14기맥(氣脈)이 흐르고 있다. 그 기맥을 조절하므로 해서 인체를 조절할 수 잇는 것이다. 조혈조기(調血調氣)가 가능하다는 얘기다.

동양의학은 한 마디로 말하면 조혈조기의 학문이다. 동양의

학의 최고 원전인 《황제내경(黃帝內經)》은 〈영추(靈樞)〉와 〈소문 (素問)〉편으로 나뉘어져 있다. 그중 소문편의 일관된 사상은 전편에 걸쳐 자연과 사람과의 조화론이다. 이는 병인, 병리론 인데 비하여, 영추편은 진단, 치료, 침구법 등 임상의학을 논 한 것이다. 즉 조혈조기의 방법론이다. 질병치료라는 것은 조 혈조기를 통하여 가능한 것이다.

손에 14기맥의 요혈들을 자극하여 조혈조기를 할 수 있고 따 라서 질병을 예방 및 치료를 할 수 있게 되었으니 인체의 신비, 그 오묘한 이치에 경탄하지 않을 수 없다.

요즘 신설동에 있는 고려수지요법 본학회에서 강의를 맡고 있는데, 하루에 오전, 오후, 야간반으로 나뉘어 수백 명씩 강 의를 듣는다. 내가 그분들께 말씀드리는 내용은 바로 손의 신 비, 그것이다.

강당이 넘치도록 많은 분들이 찾아와 고려수지요법을 배우고 계시지만, 나의 바람은 세계 인류 모두가 손의 신비를 알고 그 이치를 터득하여 건강홀로서기를 하게 되는 것이며 나아가서 질병 없는 세상이 되었으면 하는 것이다.

손에서 인체 상응부위, 그리고 장부와 관련된 14기맥을 찾아 낸 것은 질병과의 투쟁에서 빛나는 업적이 아닐 수 없다.

손에다가 당신의 신비를 감추신 신은 정말 수수께끼의 명수 라 생각된다.

(1993. 8.)

4010

불꽃

생명은 불꽃에서 태어난다.
그리고 인생은 불꽃 연소이다.
생명이 있는 순간까지 열정을 다해 생의 꽃을
피워야 하는 것이 생명을 부여받은 자의
소임일 것이다.

'조용히 문 뒤에서 불꽃은 기다리고…….' 신문에서 본 영화 광고의 한 구절이다. 밖은 지금 더위가 한창인데, 불꽃 구경을 하려고 극장을 찾아갔다. 훨훨 타오르는 불꽃을 보고 싶어서.

영화의 원제는 〈백 드레프트(Back Draft)〉이고, 우리말 제목은 〈분노의 역류〉이다. 그 의미가 선뜻 가슴에 와 닿지는 않지만, 어찌 되었든 나는 불을 보기로 하였다.

백 드레프트라는 말은 불의 역류 현상을 일컫는 것이다. 화재시에 방안의 불이 산소를 다 먹어 버렸을 때, 불이 일시적으로 꺼졌다가, 문이 열려 갑자기 산소가 공급되면, 불이 크게 폭파하며 터지는 현상이다.

원작자는 소방관 출신인 그레그 위든이다. 그는 소방관의 책임과 감동적인 희생에 대해 쓰고 싶었다고 한다. 론 하워드 감독은 생명을 걸고 불과 싸우는 소방수들의 삶을 아주 감동적으로 연출해 냈다.

화재 현장에서 어린 생명을 구하고, 불길 속에 숨진 아버지의 뒤를 이어 소방관이 된 두 형제의 이야기가 이 영화의 줄거리다. 아버지에 대한 절대적 존경과 사랑, 그리고 형제간의 깊은 사랑이 불꽃이 되어 핵을 이루고 있었다.

마음 깊이 동생을 아끼고 사랑하면서 겉으로는 무관심한 듯, 그리고 조금은 미워하는 듯 보이는 형, 커트 럿셀의 연기가 일품이었다. 사나이의 매력은 어쩌면 그런 데에 있는지도 모른다. 겉은 찬 듯하나 속은 뜨겁고, 또 겉은 거친 듯하나 속은 부드러운 것.

이제부터는 불 이야기를 해야겠다. 그 영화가 성공한 것은 불을 생명체로 연출한 때문이 아닌가 생각한다. 영화 속의 불길은 영락없는 생명체였다. 그것도 아주 예민한, 감성을 지닌 요염하고 화려하기 그지없는 생명체.

춤추듯 타오르면서 원하는 방향으로 움직일 때 보면 그것은 혼의 모습이다. 화마(火魔)라는 말을 생각나게 하였다. 모든 것을 다 삼킨 후에야 잠잠해지는 욕망덩어리. 가장 연하고 가벼운 것으로부터 시작하여 단단하고 무거운 것으로 공략해 들어가는 정복자, 화마.

그가 남기고 간 자국은 처참하다. 이지러지고 뒤틀려 있어서 본래의 형체로 돌아갈 수가 없다. 치유될 수 없는 상처를 남기는 화마다.

소방관들은 그 화마와 맞서 싸우면서 불의 생리에 익숙하게 된다. 그리고 화마를 무조건 미워하고 증오하는 것이 아니고, 어느 정도 사랑하면서 다스려야 한다는 것을 배우게 된다. 사실, 무엇이든지 태워서 빛이 되고자 하는 화마의 욕망은 순수한 것인지도 모른다. 그 빛은 이내 무로 돌아가지 않던가. 불꽃의 도발적 향연은 황홀함마저 지니고 있었다.

화마에게 두려움을 내보이면 그 기세를 제압할 수가 없다. 잠시도 방심할 수 없는 불의 속성이다. 죽은 듯 숨죽이고 있다가도 어느 순간에 힘을 얻어 달려드는 불길. 수시로 모습을 바꾸면서 변화무쌍하게 옮겨 다니는 화마와의 싸움에서 인간은 승자일 수가 없다. 왜냐하면 불은 절대로 손해 본 것이 없기 때문이다.

불꽃은 태울 것을 다 태운 후에는 어차피 소멸되기 마련이고, 그 생명은 영원할 수가 없다. 이 세상에 태울 것이 남아 있는 한, 불씨는 항상 존재할 것이고, 화마의 욕망은 지금 이 순간에도 어디선가 숨쉬고 있음이 틀림없다.

영화를 보고 나니 가슴이 시원했다. 화면 가득 넘실거리던 불길이 내 속으로 들어와 뭔가를 태우고 간 모양이다.

나는 불이 필요한 사람이다. 몇 년 전, 한의원에서 진맥을 하였더니 심허(心虛)라고 하였다. 심장기능이 허약하다는 뜻이다. 선천적으로는 심장이 튼튼하게 태어났는데, 후천적으로 약해진 상태라고 하였다. 그래서 나는 심장기능을 보완하는 약을 먹은 적이 있었다.

인간의 장기를 음양 오행으로 풀면 심장은 불, 곧 '火'에 속한다. 심허라는 말이 맞다고 생각하였다. 내 심장의 불꽃은 호롱불처럼 가물거리는 것은 아닐까. 체온 유지도 잘 안 되어 일년 내내 추위가 떠나지 않았으니 말이다.

이렇게 된 것은 내 탓인지도 모른다. 가슴속 불길이 타오르면, 화상을 입게 될 거라는 생각을 늘 하였었다. 그 강박관념이 나를 눌러 왔다. 어떤 불씨든지 보이기 무섭게 꺼버리려고만 하였으니까. 너무나 소극적인 생을 살아온 셈이다. 기초 열량

만으로 삶을 지탱해 왔다는 생각을 떨칠 수가 없다.

생명은 불꽃에서 태어난다. 그리고 인생은 불꽃 연소이다. 생명이 있는 순간까지 열정을 다해 생의 꽃을 피워야 하는 것이 생명을 부여받은 자의 소임일 것이다. 문득 하늘을 바라볼 때가 있다. 상처받는 일이 두려워 소극적인 삶을 산 죄, 그것도 어쩌면 죄인지 모른다는 생각이 들 때가 있다. 생을 회피하는 자세로 일관하는 것 같은―. 그런 생각에 종종 부끄럽고 아프지만, 삶의 자세를 쉽게 바꾸지는 못한다.

셰익스피어는 닫혀져 있는 불이 가장 강하게 탄다고 하였다. 내 심장의 불씨는 닫힌 상태에서 내부 연소만 해온 셈이다. 어느 날 만약, 그 닫힌 빗장을 열게 되면, 영화에서처럼 백 드레프트 현상이 일어날 것이다. 맹렬한 불길, 상상만 하여도 마음이 시원해진다.

아무도 불꽃을 지상에 잡아매 둘 수 없다. 울 안에 가두어 둘 수도 없다. 그리고 누구도 불꽃을 영원히 소유할 수는 없다. 불꽃은 한 곳에 머물지 않고 끊임없이 연소할 대상을 찾아 떠다니는 방랑자이기 때문에.

불을 사랑하면서도 두려워하는 우리들. 이것은 숙명이다.

(1991. 8.)

⁴⁰¹¹

지 젤

육신의 틀을 벗고
영혼이 자유로워지면 사랑도
이기적 욕구에서 벗어나 무한히 넓고 깊게
포용할 수 있을는지도 모른다.

　나는 고전 발레의 많은 작품 가운데 특히 지젤(Giselle)을 좋
아한다. 라인 강변에 살고 있는 아름다운 시골 처녀 지젤의 슬
프고 지극한 사랑을 테마로 엮은 이 작품은 고전 발레가 갖추
어야 할 요소들을 두루 갖춘 로맨틱 발레의 진수로서 1841년 파
리 오페라좌에서 카를로타 그리지에 의해 추어진 이래 146년이
지난 지금까지 전세계의 발레 애호가들에게 끊임없는 사랑을
받아온 작품이기도 하다.
　내가 지젤을 처음 본 것은 1985년 3월 유니버설 발레단의 정
기 공연 때였다. 캐나다 국립발레단의 수석 무용수인 그레고리
오스본이 초청되어 지젤의 상대역인 알브레히트 공작을 맡음으
로써 관중을 열광케 하였던 기억이 난다.
　그가 로댕의 조각 같은 몸매로 무대 위에 나타났을 때, 우아

하면서도 박력있는 동작 하나하나에 관중은 압도당하였고, 나는 그의 힘찬 율동을 지켜보면서 천지 창조물 가운데 가장 아름다운 피조물은 연약하고 부드러운 여성이기보다는 약동하는 힘의 생명체인 남성이라는 생각에 잠겨 있었다.

발레는 누구나 알고 있다시피 발끝으로 추는 춤이다. 땅이 현실의 상징이요, 하늘이 이상의 상징이라면, 발끝으로 춤을 추는 발레는 현실 세계를 축으로 하여 돌고 있지만, 이상 세계로 발돋움하려는 인간의 본성을 춤 그 자체의 기본 동작만으로도 여실히 표현해 주는 예술이라고 생각한다.

여기에 감미로운 음악이 있고, 환상적인 무대 배경이 시처럼 흐르며, 애수와 비련의 이야기가 펼쳐지며, 그것을 극복하는 운명의 전환이 시도될 때, 관중은 카타르시스의 환희를 맛보게 된다.

복잡한 문화의 변천 속에서도 고전 발레가 지니는 정통성은 그 때묻지 않은 낭만주의의 순수와 서정으로 하여금 우리의 마음을 샘물처럼 맑게 해주는 힘을 지녔다.

얼마 전, 나는 유니버설 발레단의 정기 공연으로 또다시 지젤을 보게 되었는데, 처음 보는 작품이 아님에도 불구하고 새로운 감동 속에 눈물을 흘렸다.

아름다운 라인 강변 어느 산촌에서 들꽃처럼 곱고 싱그럽게 사는 지젤. 그녀 앞에 나타난 알브레히트 공작. 귀족의 신분임을 감춘 채 알브레히트는 지젤과 뜨거운 사랑에 빠져든다.

한 쌍의 꽃과 나비처럼 감미로운 선율에 맞추어 꿈꾸듯 춤추는 지젤과 알브레히트. 준수한 청년과 아리따운 아가씨의 술래잡기 같은 사랑이 아돌프 아당의 사랑의 주제 음악과 함께 펼쳐지므로써 관중을 매료시킨다.

사랑하는 남녀는 아름답다. 특히 처음으로 사랑을 느끼는,

그리하여 신비로운 그 마력 앞에서 어찌할 바를 모르는 여인은 더 아름답다. 눈이 부셔서 연인의 얼굴 한번 바로 보지 못하는 여인, 연인의 시선이 닿을 때마다 얼굴을 붉히며 고개를 돌리는 여인, 연인에게 손목을 잡히우고 비 맞은 새처럼 가늘게 떨고 있는 여인……

지젤역을 맡으면 춤의 다양한 테크닉과 함께 풍부한 연기력도 충분히 소화시켜 보여줘야만 한다. 그러기에 모든 무용수들에게 있어서 지젤의 주역을 소화해 내는 일은 가장 어려운 도전이며, 그래서 또한 최대의 목표가 되는지도 모를 일이다.

유니버설 발레단의 수석 무용수인 줄리아 문은 지난 공연에서도 좋은 연기를 보여줬지만, 2년이 지난 지금은 훨씬 더 원숙한 경지에서 지젤의 사랑을 표현해 주었다. 내면으로부터 솟아오르는 감성을 우아한 몸짓으로 섬세하고 자연스럽게 표출해 내는 그녀에게서 지젤의 영혼을 느낄 수 있었으니……

초목에 반짝이는 햇살 같은 사랑, 이슬처럼 맑고 깨끗한 지젤의 사랑은 그러나 알브레히트의 신분이 드러나면서 깨어지고 만다. 그는 이미 왕녀인 바칠드와 약혼한 사이였기 때문이다.

지젤의 충격, 그 슬픔. 온몸의 기운이 땅 밑으로 꺼져 내려간 듯한 그녀. 가냘픈 몸매를 지탱할 만한 아무런 힘조차 갖지 못하여 휘청거리는 그녀.

사랑을 잃은 그녀는 살아 있으나 이미 생명력을 잃은 것이라 하겠다. 사랑의 순간이 너무나 소중하고 진실했기 때문에 사랑을 잃은 그녀의 절망은 그만큼 처절하다, 행복했던 순간을 떠올리며 괴로워하던 지젤은 마침내 알브레히트의 칼로 자신의 가슴을 찌르고 숨진다. 1막은 지젤의 죽음으로 끝이 난다.

나는 지젤의 비탄 속에 함몰되어 1막이 닫히고 관람석에 불이 켜진 다음까지도 그 처연함에서 깨어나지 못한다.

사랑은 사랑 그 자체로서 순수하고 아름다운 것이라고 하자. 그대는 왜 그런 사랑으로 그대 자신과 그대의 사랑을 쓰러지게 하는가.

나는 지젤이 되어 알브레히트에게 반문한다. 사랑하는 여인에게 고통을 주는 현세의 뭇 알브레히트여! 여인에게 있어서 사랑은 생명 그 자체임을 모르시는가. 바람이 꽃잎을 흔들고 지나듯 그렇게 스쳐가는 사랑에조차 목숨을 맡기는 것이 여인임을 그대는 아시는가.

탕자인 아들을 품어 안듯이 사랑의 모든 것을 품어 안는 여인들. 여인은 그녀가 지닌 사랑의 향기로써 스스로 꽃 피워내는 고귀한 생명임을, 알브레히트여! 그대는 아시는가.

여인이여! 누구와 어떻게, 어떤 사랑을 나누었나를 생각지 말지어다. 오로지 내가 지닌 사랑의 샘물로써 사랑의 갈증을 채워야 하며, 사랑의 고귀함이나 그 빛남도 나의 고통을 제물로 하여 얻어지는 것임을 생각하자.

사랑으로 슬퍼하는 여인이여, 고통받는 여인이여, 거듭 말하거니와 사랑은, 어떠한 사랑이든 사랑 그 자체로서 순수하고 고귀한 것임을 생각하자. 오로지 그것만을 생각하자.

나의 슬픔은 2막을 알리는 종소리에 잦아들고, 나는 다시 두근거리는 가슴으로 막이 열리기를 기대한다.

2막.

알레그로 모데라토로 막이 오르면 숨막힐 듯 환상적인 숲 속 풍경이 나타난다. 도깨비불이 번쩍거리는 음산한 밤, 숲 속에는 짙은 안개가 깔려 있다. 삼나무 아래 지젤의 무덤 위에 달빛이 푸르게 비친다.

여기에 윌리의 여왕인 말타가 나타나 숲 속의 모든 윌리들을 불러모은다.

윌리는 결혼을 앞두고 죽은, 무용을 좋아했던 아가씨들의 정령으로서 밤이면 숲에서 군무를 추면서 지나는 젊은이를 붙들어 지쳐서 죽을 때까지 춤추게 한다. 춤에 대한 정열과 이루지 못한 사랑의 한으로 해서 윌리들은 밤새 숲에서 춤을 춘다고 했다.

2막에서 보여주는 윌리들의 군무는 지젤의 1,2막 중에서 단연 압권이라 할 만큼 환상적이고 인상적이다. 하이네의 시정이 담긴 전원풍경 속에서 잠자리 날개처럼 가벼운 하얀 드레스 차림의 윌리들이 머리에 화환을 꽂고 숲 속을 날아다니듯 추는 춤, 발레 브랑(흰 발레복을 입고 추는 몽환적인 춤)을 보며 나는 생각했다.

저 윌리들의 모습이 어쩌면 육신을 벗고 환생하는 우리 영혼의 참모습일지도 모른다는 생각을. 나비가 번데기의 허물을 벗고 나비로 태어나듯 우리의 영혼 역시 이 육신을 벗으면 저 윌리들처럼 날아다니는 요정이 될 것이라고.

그렇게 생각하면 마음이 참으로 아늑해진다. 죽어서 습기차고 음산한 땅속에 홀로 누워 있을 생각을 하면 자꾸 오한이 나곤 했었는데.

윌리는 시인 하이네가 쓴 독일 고담(De I'Allemague)에서 비롯한 이야기다.

지젤의 작가 데오피유 고티에가 친구인 하이네의 글에서 윌리에 대한 내용을 읽고 구상한 작품이 바로 지젤이 된 것이다. 당시 고티에는 그가 연모하는 발레리나 카를로타 그리지를 위해 특별히 이 작품을 썼으니 결국 지젤은 사랑으로 태동된 작품이기 때문에 더욱 감명을 주는 것인지도 모른다.

동서고금을 막론하고 인간이 추구하는 마음 세계는 비슷한 빛깔을 나타내고 있음을 나는 종종 느낀다. 윌리에 대한 몽상 역시 사후 세계에 대한 우리의 기대와 상상에 너무나 들어맞는 내용이다.

2막은 알브레히트가 비통에 젖어 지젤의 무덤을 찾아왔다가 윌리들에게 붙잡혀서 죽음에 이르게 되지만, 지젤의 보호로 무사히 생명을 건지게 된다는 내용으로 끝나게 된다.

1막이 끝났을 때 그토록 알브레히트를 향해 힐문하던 내 마음은 어느새 그가 지젤의 무덤에 바치는 한 다발의 백합꽃송이로 허물어져 버렸다. 꽃 한 송이에 이미 용서라는 말조차 잊은 마음이 되어, 비통에 젖은 그의 어깨를 부추겨주고 싶고, 그의 얼굴에 다시 밝은 미소가 감돌 수 있도록 해주고 싶으니 이것이 현실을 초월한 사랑의 마음일까.

지젤의 영혼은 현실 차원을 넘어선 숭고한 사랑의 힘으로 알브레히트를 위로하고 끝내는 죽음으로부터도 그를 구해내고 만다. 그것은 바로 사랑의 승리다.

2막에서 윌리의 여왕 말타의 노여움을 사서 지젤과 알브레히트는 새벽이 될 때까지 계속해서 춤을 추게 되는데, 이 두 사람이 추는 그랑 파드듀(주연 남녀 무용수의 2인무)는 발레리나가 지닌 기량을 다 발휘하여 보여주는 춤의 향연이다.

이번 공연에는 현존하는 최고의 발레리나인 바리시니코프나 누례예프와 비교되는 미국 정상의 무용수 페르난도 부호네가 초청되어 알브레히트역으로 출연함으로써 더욱 화려한 무대가 되었다.

때로는 제비처럼, 또는 한 마리 돌고래처럼 매끄럽고 날쌔게 무대 위를 날며 미끄럼치며 돌아가는 부호네의 동작 하나하나는 거의 완벽에 가까운 아름다움이었다.

격정과 애상이, 우아함과 박력이 어우러진 황홀한 춤의 경연에서 나는 하나님께서 빚으신 예술품으로서의 인간을 느꼈다.

지젤은 1막에선 현세의 이기적 사랑을, 2막에서는 내세의 이타적 사랑을 보여준다. 우리의 영혼이 육신이라는 틀에 얽매여 있는 현세에서는 인간이 아무리 몸부림치며 노력해도 이기적인 사랑에서 벗어나지 못하는 것이 사실인지도 모른다. 그러나 지젤의 2막에서 보여준 대로 육신의 틀을 벗고 영혼이 자유로워지면 사랑도 이기적 욕구에서 벗어나 무한히 넓고 깊게 포용할 수 있을는지도 모른다.

지젤의 사랑이 비련으로써 그냥 끝맺음되었다면 그것은 센티멘털리즘밖에는 아무것도 아니다. 그러나 현세와 내세를 대비하여 무한히 베푸는 영혼의 사랑으로 끌어올렸기 때문에 이 작품은 생명이 있는 것이리라.

사랑의 본질이 무엇인지 혼돈된 세태 속에서 쾌락주의가 만연되어 가는 현실을 바라보며 늘 가슴앓이를 하던 나는 사랑을 지상의 가치로 끌어올린 지젤의 숭고한 영혼에 큰 위로를 받는다.

예술은 하늘에서 내리는 단비처럼 우리의 목마름을 축여주고, 우리의 상처를 어루만져 준다. 상처투성이인 우리들에게 잃어가는 것을 일깨워주고, 절망 속에서도 한 줄기의 빛을 볼 수 있게 하기 때문에 예술은 정녕 위대하다.

우리는 이 세상에서 질식하지 않고 살아가기 위해서라도 부단히 예술이라는 향유로 우리의 메마른 삶을 닦아야 하리라.

(1987. 1.)

4012

투란도트

수수께끼란 동서고금을 막론하고
흥미로운 것이 아닐 수 없다.
인생 자체가 수수께끼이기 때문일까.
태어나면서부터 살아가는 일
그리고 죽음까지도 우리에겐 모두
수수께끼와 같다.

올여름은 유난히 답답했다. 어느 해보다도 뜨겁게 내리쬐는 태양볕에 내 심신이 녹아버리기라도 했는지 한없이 무기력해져서, 매사가 그저 시큰둥 하기만 했다.

사람들과 어울리는 일들도 내키지 않고, 여행을 해보아도 가슴이 시원해지지 않았다. 마음속엔 낡은 먼지들만이 두텁게 쌓이는 느낌이었다. 때때로 나는 그런 답답함에 가위눌리는 듯하여 소리라도 지르고 싶었으나 그러지도 못하고 한숨만 몰아 쉬곤 하였다.

이대로 있다가는 여름이 다 가기 전에 질식해 버릴지도 모른다고 생각하고 있었는데, 스칼라 오페라단의 투란도트를 보고 난 뒤, 마음을 답답하게 하던 앙금들이 말끔히 가셔진 듯 생기가 돋아나니 신기한 일이었다.

언젠가는 밀라노의 라 스칼라 극장을 찾아가 그 유명한 베르디의 오페라 〈아이다〉, 〈나부코〉, 〈라 트라비아타〉, 〈일 트로바토레〉, 〈리골레또〉, 그리고 푸치니의 오페라 중 어느 한 편만이라도 감상하고 싶었는데, 이곳 서울에서 푸치니의 투란도트를 본 고장에서의 공연 그대로 진수를 맛보게 되니, 황홀한 꿈을 꾸고 있는 기분이었다.

투란도트는 우리에겐 잘 알려진 〈라보엠〉, 〈토스카〉, 〈나비부인〉과 함께 푸치니의 대표작으로 꼽히는 작품이다. 푸치니의 마지막 작품이기도 하고 또 그가 어느 작품들 보다도 심혈을 기울인 대작이기 때문에, 투란도트 한 편에 푸치니의 모든 것이 담겨져 있다고 해도 과언이 아닐 것이다.

투란도트는 베니스의 극작가 카를로 고찌의 5막짜리 우화극 〈투란도트〉를 오페라화한 것인데, 푸치니는 대본작가인 쥬세페 아다미와 레나토시모니와 함께 원작을 대폭 수정하면서, 그의 취향대로 한 편의 걸작을 만들어 놓은 것이다.

그러나 실은 총 3막 5장으로 구성된 이 작품 중 3막에서의 공주와 왕자의 아리아를 거의 완성시켜 나가다가 암으로 푸치니가 세상을 떠나게 되니, 그 마지막 미완성 부분은 토스카니니의 제안에 의해 푸치니의 영향을 많이 받은 프랑코 알바노가 완성했다.

투란도트의 무대는 고대 중국의 북경 궁중이다. 투란도트라는 아름다운 공주가 있는데, 그녀는 자신의 선조인 로랑 공주가 전쟁에 패하고 이방인에게 능욕당한 것을 복수하기 위해, 아무와도 결혼하려 들지 않는다. 그리하여 그에게 청혼해 오는 남자에게 세 가지 수수께끼를 내어서 그것을 맞추면 청혼을 받아들이지만, 못 맞출 경우엔 처형한다는 조건을 내세웠다. 그리하여 지금까지 공주의 아름다움에 끌린 수많은 이방국의 왕자들이 청혼했다가 수수께끼를 맞추지 못하고 처형당했다.

그런데 패망한 나라 타타르의 왕자가 아무도 못 맞췄던 그 수수께끼를 맞추고, 마침내 공주의 사랑을 얻는다는 것이 그 줄거리이다.

이번 공연을 위해 세계적 지휘자, 로린 마젤이 내한하여 스칼라 오케스트라를 지휘하고 있었다. 그의 등장과 함께 장중한 서곡이 연주되면서 1막이 열리었는데, 무대의 웅장함에 감탄을 금치 못했다. 라 스칼라 극장의 무대 장치를 그대로 옮겨 놓기 위해 엄청난 장비와 인원이 이태리로부터 실려왔다더니 그 큰 세종문화회관 무대는 완전히 북경의 궁궐로 탈바꿈해 있었다.

황금색으로 빛나는 궁궐, 그리고 그 앞에서 웅성거리는 수백(?)의 군중들―. 페르시아 왕자가 처형당한다는 소문으로 술렁거리는 사람들 틈에 여자 노예 류와 티므르가 나타난다. 티므르는 패망한 나라 타타르의 왕이다. 나라가 망해 신분을 감춘 채, 류의 보살핌을 받으며 떠돌아다니는 신세다. 그 자리에 티므르의 아들 칼라프가 나타나, 부자간의 극적인 상봉이 이루어진다.

칼라프는 자신의 아버지를 보살피는 류에게 어찌하여 그런 고달픔을 자청했느냐고 묻는다. 류는 칼라프에게 어느 날 궁중에서 당신이 내게 보여준 미소 때문이라고 대답한다. 미소 때문에……. 사랑이란 정말로 그렇게 시작되기도 한다.

1막에서, 투란도트 공주를 한 번 본 후, 그녀의 미모에 반하여 청혼을 하려는 칼라프를 간곡하게 말리는 류의 아리아는 전막 중 가장 서정적인 아름다움에 차 있는 듯 느껴졌다. 류 역을 맡은 루치아 맛차리아는 이탈리아 태생이면서도 동양여인과 같은 체구에 부드럽고 서정적인 음색으로 너무나 애절하게 흐느끼는 듯 노래하여 관중의 마음을 사로잡았다.

그러나 무엇보다도 1막부터 관중을 완전히 압도하는 것은 군중의 합창이었다. 음침하리만큼 어두운 무대 하단에서 극을 떠받들다시피 이끌어가는 합창소리는 땅 밑에서 속삭이는 듯 아득히 들려오다가, 어느 순간엔 천둥 번개처럼 빛을 발하며 무대를 들끓게 만든다. 궁중을 상징하는 부와 권력과 위엄 앞에 다소곳하다가도 거기에 대응하듯 외치고 분노하고 흥분하는 군중의 소리.

언제부턴가 나는 한 사람이 내는 절묘한 소리에서보다 여러 사람이 어울려 내는 조화로운 소리에서 한층 더 아름다움을 느끼게 되었다. 그것은 음악에서 뿐만 아니라, 우리가 살아가는 세상 모든 분야에서도 마찬가지로 느껴졌다.

투란도트에서의 합창은 인간의 소리가 아니라 땅의 소리이며, 하늘의 소리라 여겨졌다. 지휘자 로린 마젤은 두 손 끝으로 땅 밑 아득한 곳에서 소리를 불러오고, 또 그 소리들로 천지를 진동시키니 내 영혼마저 전율케 하는 것 같았다.

사실 합창과 주인공들의 아리아를 그토록 매혹적으로 만드는 힘은 투란도트의 그 빼어나도록 섬세하게 편곡된 악보에 그 바탕을 둔다 하겠다. 이태리풍 음악에 중국적인 음색이나 가락을 미묘하게 절충시켜, 실로폰이나 철금, 벨, 첼레스타, 징 등으로 이색적인 효과를 내고 있으며 주인공들의 분위기나 성격에 어울리는 악기를 배치하여, 한껏 개성을 살리고 있기 때문이다.

1막은 칼라프 왕자가 류의 만류를 뿌리치고 청혼을 알리는 북을 치는 것으로 막을 내린다.

2막은 공주에게 청혼을 한 칼라프 왕자가 공주가 낸 세 가지 수수께끼를 하나하나 맞추어 가는 내용으로 구성되어 있다.

스핑크스처럼 위풍당당한 공주, 그리고 한 가지라도 맞추지 못하면 생명을 잃게 될 칼라프 왕자, 수수께끼를 매체로 두 사람의 대립은 긴장과 고조로 극에 달하고 관중은 숨죽이며 그 분위기에 함께 몰입한다.

수수께끼란 동서고금을 막론하고 흥미로운 것이 아닐 수 없다. 인생 자체가 수수께끼이기 때문일까. 태어나면서부터 살아가는 일, 그리고 죽음까지도 우리에겐 모두 수수께끼와 같다.

칼라프 왕자의 생명이 걸린 수수께끼의 내용을 보면, 그 언어가 지극히 상징성이 높고 시적인 아름다움이 돋보여 본문 그대로 옮겨 놓고 싶지만, 지면 관계로 한 마디로 요약함이 아쉽다.

그 첫번째 수수께끼―.

"어둠 속에서 오색 찬란한 유령 하나가 날아다닌다. 즉 어둠을 비추는 것은?"

"그것은 희망이오."

칼라프가 정답을 맞출 때마다, 현자 세 사람이 정답이 적힌 두루마리를 펴 들고, 경쾌한 화음으로 칼라프의 말을 반복함으로써 그것이 정답임을 밝힌다.

두번째 수수께끼―.

"이것은 불꽃처럼 타오르나 불꽃은 아니라오. 때때로, 이것은 열광, 열기, 열정이며 무기력이 이것을 시들게 한다."

"알았소, 공주! 그대가 나를 바라볼 때 이것은 나의 혈관 속에서 타오르고 빛나오. 이것은 피."

세번째 수수께끼―.

"그대에게 불을 주며, 그대의 불을 얼게 하는 얼음, 불에서 태어난 것, 이방인이여, 이것은 무엇인가?"

"나의 승리오, 그대는 나의 아내요. 나의 불타는 가슴은 그대를 녹일 것이오. 그것은 투란도트!"

마침내 칼라프는 지혜의 겨룸에서 공주를 이기고, 그녀가 낸 수수께끼를 모두 맞춘다. 이에 황제를 비롯해 신하들, 군중들이 환호하나 공주는 황제에게 자기를 저 이방인에게 내주지 말라고 간청하면서 맹세를 지키지 않겠다고 고집한다. 그러자 군중은 맹세는 신성한 것이라고 외치며 약속을 지키라고 한다. 그러자 공주는 칼라프에게 나를 강제로라도 갖기를 원하느냐고 묻는다. 칼라프는 공주에게 "나는 단지 그대가 나를 사랑하기를 바랄 뿐이오. 이제는 내가 그대에게 수수께끼를 하나 내리다. 그대는 아직 내가 누구인지를 모르니 만약 그대가 내일 새벽까지 내 이름을 알아낸다면, 약속을 지키지 않아도 되며 기꺼이 죽으리라."라고 말한다.

그리하여 3막에서는, 공주가 칼라프의 이름을 알아내기까지는 아무도 잠을 자서는 안 된다고 엄명을 내려, 북경의 모든 사람이 밤을 밝힌다. 칼라프의 이름을 알아내기 위해 관리들이 온갖 회유의 수단을 쓰지만 칼라프는 끄떡도 안 한다. 그래서 마침내 류와 티므르가 잡혀오게 되고, 류는 티므르를 보호하기 위해 자기만이 그의 이름을 알고 있다고 하여, 공주 앞에서 고문을 당하게 된다.

류는 모진 고문을 당하다가 칼라프의 이름을 밝힐지도 모른다는 마음에, 공주에게 그를 사랑하게 될 거라고 유언을 한 뒤 자결해 버린다. 류는 온화하고 연약하지만, 사랑을 위해서는 목숨도 버리는 푸치니의 전형적인 여주인공이라 하겠다.

류의 죽음은 모든 이에게 충격을 안겨 주지만, 그 누구보다도 공주의 충격이 가장 크다. 사랑하는 사람을 위해 기꺼이 자기의 생명마저 버릴 수 있는 저 여인, 저 하찮아 보이는 여인에게서 솟아나는 저 당당함과 용감함은 무엇인가. 공주는 혼란에 빠진다.

비통에 잠긴 티므르와 군중들이 류의 시신을 신성히 떠받들고 나간 뒤, 무대 위에는 공주와 칼라프만 남는다.

칼라프를 처음 본 순간부터 그에게 이끌리는 마음 때문에 갈등을 느끼고 있다는 공주. 칼라프는 공주에게 뜨거운 키스를 함으로써 공주의 마지막 자존심을 무너뜨리며, 사랑이 무엇인가를 노래한다. 그리고 자신의 이름을 밝힌 뒤 떠난다.

3막 1장에서 이 두 사람이 부르는 아리아는 푸치니가 가장 신경 쓴 부분이며, 이 오페라의 진미를 느끼게 하는 절정이라 할 수 있다.

얼음처럼 차고 자존심 강한 공주가 내면에서 불처럼 이는 사랑에의 희구에 조금씩 허물어지며 노래하고, 칼라프는 류의 죽음에 처연함을 느끼면서도, 공주에 대한 사랑의 집념으로 격정을 노래한다.

공주역을 맡은 게나 디미트로바의 풍부한 성량과 강렬한 음색은 투란도트라고 하는 우상적인 존재를 더욱 강하게 돋보이게 하면서, 그 풍채와 함께 무대를 완전히 그녀의 것으로 만들어 버렸다. 세계적인 프리마돈나로서의 면목을 여실히 보여주고 있었다.

그런데 나는 칼라프 역을 맡은 테너 쥬셉페 쟈코미니의 미성에 마음이 더 끌렸다. 이태리 벨칸토 화성으로 다듬어진 그의 음성을 달리 표현하라면 무엇으로 비유할는지ㅡ. 만약 소리에도 겹겹이 쌓인 껍질 같은 것이 있다면, 그의 소리는 마치 껍질을 모두 벗겨낸 맨 속살의 소리로 느껴지는 것이었다.

드디어 3막 2장, 날이 밝고 궁중에는 많은 사람들이 모여 있다. 공주는 황제에게 아뢴다. 마침내 그의 이름을 알아냈노라고, 그의 이름은 바로 '사랑'이라고. 이어서 두 사람의 포옹,

그들을 찬양하는 합창과 함께 막은 내려진다. 관중들은 커튼
콜을 두 번 세 번 거듭하고 게나 디미트로바는 들고 있던 꽃다
발을 관중석에 던져 답례하기도 했다.

돌아오는 차 안에서도 내 귀엔 환청처럼 영혼의 울림과도 같
은 군중의 합창이 계속 들렸으며, 핑, 퐁, 팡이라는 관리 세 사
람이 부르던 희극적이면서도 아름다운 화음이 들려왔다.

그리고 황금빛으로 빛나는 고대 북경의 왕실에서 벌어졌던
투란도트 공주와 칼라프 왕자의 드라마틱한 사랑의 아리아가
떠나지를 않았다. 그리고 또 생명을 던져서까지 사랑을 승화시
킨 류의 애절하고 순결한 영혼이 내 마음속에서 바이올린의 현
으로 떨고 있었다.

그런 속에서 나는 문득, 어떤 수수께끼의 답 하나를 생각하
고 있었다.

"왜 사는가?"

끊임없이 마음속에서 의문을 제기하던 이 수수께끼에 나는
"이런 순간을 위하여—."

하고 명쾌하게 답하고 싶었다. 아아, 생의 기쁨을 나누어 주
고, 생을 가치있게 만들어 주는 위대한 힘, 예술이여!

(1988. 10.)

⁴⁰¹³

루레이 동굴

사랑이라는 안개막을 통하면,
모든 대상이 실체보다 훨씬 아름답게 투영되지 않던가.
그러니까 사랑을 느끼는 가슴속엔 이런 환상의
호수들이 있는 것이다.

　지난 5월, 미국을 여행하는 중에 루레이(Luray) 동굴을 보고
왔다. 미국 동부에서 가장 길고 큰 석회암 동굴로 그 근처에 그
런 동굴이 무려 20여 개나 있다고 했다.

　워싱턴에서 66번 도로를 타고 서남쪽으로 2시간쯤 달렸더니
루레이에 이르렀다. 8자형으로 형성된 길이 2km의 동굴 속으로
빨려들 듯 들어갔다. 동굴이란 참 묘해서 그 입구에 들어서기
만 하여도 벌써 기분이 달라지는 걸 느낀다. 두렵고, 아늑하
고, 신비롭고……. 그리고 놀랄 만한 무엇이 기다리고 있을 것
같은 설레임으로 한걸음씩 전진을 하게 된다.

　인류 최초의 서식처가 동굴이어서 그런지, 문명에 길들어져
있는 우리의 핏줄 어딘가에 원시적 본성이 숨을 쉬고 있어, 회
귀 본능을 자극시키는가 보았다. 아니, 원시까지 더듬어 갈 필

요도 없다. 생명 그 자체가 모태 속 동굴에서 비롯되었으니 본능의 더듬이로 그곳의 안온함을 감지하는 모양이다. 그래서 나는 말을 잃었다. 그냥 묵묵히 동굴의 어둠이라든가 눅눅함.들을 느끼고 받아들였다.

루레이는 살아 있는 동굴이다. 여기저기에서 종유석과 석순이 자라고 있다. 종유석이 자라고 있는 곳은 물기가 번지르르하다. 그 물이 떨어져 고여서 군데군데 자그마한 호수를 이루고 있었는데, '환상의 호수'라고 팻말이 붙은 지점에서 나는 그만 넋을 잃고 말았다.

천장에 매달린 종유석 형상들이 수면에 투영되어 있었는데 정말 이름 그대로 환상적이었다. 마치 요정의 수정궁이 물 속에 잠겨 있는 것 같았다.

너무나 신비롭고 아름다워서 물 속의 비경과 천장의 실체를 몇 번이나 번갈아 보았는지 모른다. 그런데 그것이 참 묘했다. 실체보다 수면에 투영된 그림자가 훨씬 아름답고 신비로웠던 것이다. 이것이 무슨 조화일까. 물이라고 하는 것, 그것이 이렇게 마력을 부린단 말인가. 마치 사랑처럼ㅡ. 사랑이라는 것도 그랬다. 사랑이라는 안개막을 통하면, 모든 대상이 실체보다 훨씬 아름답게 투영되지 않던가. 그러니까 사랑을 느끼는 가슴속엔 이런 환상의 호수들이 있는 것이다.

가끔, 동굴 속을 탐사하듯 어떤 마음속을 탐사하고 싶다는 충동을 느낀 적이 있다. 그러나 이내 부질없다는 생각을 했다. 인간의 마음속은 동굴보다 더 어둡고 깊은 미로일 뿐만 아니라 수시로 변형하는 살아 있는 동굴이기 때문이다.

신전의 기둥처럼 우뚝우뚝 버티고 있는 석주들 사이를 홀린 듯 지나쳐서, 아름다운 음향이 그윽히 울려 퍼지는 곳에 이르렀다. 종유석의 굵기와 길이를 달리하여 만든 인공의 파이프

오르간에서 울려 나오는 소리였다. 그 음향이 지금도 환청으로 들려온다.

마지막으로 나는 '소망의 샘'이라는 팻말이 붙어 있는 곳에서 잠시 멈추어 섰다. 무슨 기원들을 하고 갔는지, 물 속엔 무수히 많은 동전들이 빠져 있었다.

나도 동전 네 잎을 물 속에 던졌다. 이상스럽게 아무런 기원의 말이 떠오르지 않았다. 그저 집에 두고 온 아이들 얼굴만이 눈앞에 어른거릴 뿐이었다. 그래서 서둘러 동굴 밖으로 나왔는데, 그때 아이들을 위해 뭔가 구체적인 소망 하나씩을 그 소망의 샘 앞에서 말할 걸 그랬다는 아쉬움이 남아 있다.

아직도 지구 어딘가에, 자연의 자궁이라 할 아늑하고 신비한 동굴들이 남아 있다 생각하면 기분이 좋아진다.

(1990. 9.)

제5장

눈빛만으로도 마음이 통하는
사람들과의 이야기

⁵⁰⁰¹
꿈에서 꿈으로

모든 사람의 마음과 마음이
그냥 꿈에서 꿈으로 통했으면 좋겠다.
그런 세상이 된다면 서로의 마음을 오해하는 일일랑은
없어질 것이다. 애써 해명하지 않아도
진심이 통하는 세상, 살아가면서 가슴 막히는 일이
있을 때마다 간절히 그런 세상을 꿈꾼다.

내 잠 속에는 언제나 꿈이 많다. 그 많은 꿈속의 일들이 나를
고단하게 만드는지 잠들 때보다 일어날 때 더 노곤함을 느
낀다.

밤늦게 잠들고 새벽녘에 달게 자는 아내와 일찍 잠들고 일찍
일어나는 남편. 멀리 출장중일 때라도 모닝 콜을 해줄 정도로
그는 아내의 잠을 깨우는 일에 특권의식을 갖는다.

나를 깨우는 그의 목소리를 꿈속에서 들을 때가 많다. 꿈 밖
에서 부르는 목소리가 어떤 문으로 해서 꿈속으로 들어오는지
나는 그것이 늘 궁금하다.

꿈에서의 나는 시공을 넘나들며 현실 세계보다 훨씬 더 분주
하다. 옛날 공룡시대에 가 있기도 하고, 먼 훗날의 어느 낯선
시대에 가 있기도 한다. 우리 집 울타리 안에 있기도 하고, 지

구 끝 어디쯤에 가 있기도 한다. 어느 시대, 어느 공간에 있든 그의 목소리는 어김없이 나를 찾아온다.

그가 단지 목소리 하나만으로 꿈속으로 찾아와 "여보!" 하고 부르면, 나는 나지막이 들려오는 그 한 마디에 꿈속 모든 걸 다 팽개쳐버리고 한순간에 그의 곁으로 돌아온다.

때때로 그는 시간을 잘못 맞추어서 내 꿈속으로 찾아오곤 한다. 이제 막 좋은 일이 벌어지려고 하는 차에 그의 목소리가 나를 깨우는 때이다. 물질에 대한 욕구충족이 안 된 탓인지 땅바닥에 동전이 은하수처럼 깔려 있는 꿈을 자주 꾼다. 그 빛나는 동전들을 하나 둘 주워담으려고 하는 찰나에 그의 목소리를 들은 적이 있었다. 여행을 떠나려고 짐을 챙기는 꿈은 내가 제일 많이 꾸는 것인데, 비행기에는 오르지도 못한 채 깨어나기 일쑤였다. 새처럼 훌훌 날아다니고 싶은데, 꿈속에서조차 그 일은 여의치가 않았다.

나는 꿈을 놓쳐버린 것이 너무 아쉽고 허망해서 그의 곁으로 돌아오는 도중에 방향을 돌려 다시 꿈속으로 갈 때도 있다. 꿈을 완성시키려고 가는 줄도 모르고, 그가 계속해서 나를 쫓아오면 너무 속상해서 그의 목소리가 들리지 않는 깊숙한 곳으로 숨으려 했지만 그것은 번번이 실패였다.

"꿈도 예술인데, 아이, 속상해." 하고 내가 투정하면,

"아― 그럼 진작 얘기하지. 이제라도 더 자." 하면서 그는 선심쓰듯 이불을 덮어준다.

그렇지만 가끔 그는 아주 적절한 시기에 꿈속으로 찾아온다. 내가 무엇인가를 이제 막 먹으려고 할 때, 그가 깨우면 너무 반갑다. 꿈속에서 음식을 맛있게 먹고 나면 이상스럽게도 꼭 감기가 걸렸기 때문이다. 꿈속에서 먹은 음식의 양과 감기 걸리는 정도는 늘 비례하였다. 푸짐하게 뭔가를 많이 먹을수록 감

기도 심했다. 먹은 양이 적으면 코가 맹맹한 정도로만 감기 기운이 들었다. 음식과 감기가 무슨 상관관계가 있는지 꿈이란 참 알다가도 모를 일인 것 같다.

나는 무서운 꿈을 자주 꾸는 편이다. TV 주말극장에서 전쟁 영화를 본 날 밤이면 가슴졸이며 피난다니는 꿈을 꾼다. 장군이 되어서 작전지휘를 하고, 적진을 향해서 힘차게 돌진하는 꿈을 꾸어야 신날 텐데 항상 피난 군중의 한 사람으로 생사의 기로를 헤맨다. 6·25전란중에 실종되신 아버지가 의식 깊은 곳에서 떠나지 않고 있는 때문인지 전쟁 꿈에서는 가족들과 헤어지지 않으려고 애태우는 일이 주요 테마다.

언젠가 빠삐용을 본 날 밤에는 밤새도록 탈출하고 잡히고 고문당하느라고 만신창이가 되어 시달렸다. 현실이라고 하는 숨막히는 감옥에서 끊임없이 탈출하고 싶어하는 우리 모두는 빠삐용이 아니던가. 꿈속에서의 느낌이란 실제의 느낌 이상으로 생생할 때가 많다. 특히 두려움이나 공포심은 숨막히도록 극심하게 나타난다.

무서우면서도 희극적인 꿈을 꾼 일이 있다. 드라큐라 영화를 보고 잔 밤이었다. 인간의 마음속에 숨어 있을지도 모르는 가학성과 피학성의 본성을 생각하면서 잠이든 탓인지 주변 사람들이 드라큐라가 되어 달려들었다. 다음날에도 나는 꿈에서 덜 깨어난 듯 사람들의 입을 바라보면서 본성의 두 얼굴을 생각했던 적이 있었다.

인간이 만들어내는 픽션의 내용들은 무의식 세계에서 뽑아올린 것이 많다, 프로이드의 학설에 의하면, 꿈이란 무의식의 욕구 충족의 한 가지 형태가 된다. 허무맹랑한 영화와 허무맹랑한 꿈은 그 뿌리에서 일맥상통하는 것이 된다.

아주 드물긴 하지만, 가위눌리는 꿈을 꾼다. 집안에 괴한이 침입하여 어둠 속에서 점점 가까이 다가와 위협하는 장면에, 나는 자율신경이 모두 마비된 채 가위눌림을 당한다.

곁에 누군가 있다는 것은 참 괜찮은 일인 듯싶다. 가위눌림에서 살아났을 때는 그가 내 꿈의 파수꾼이란 생각이 들곤 했다. 무서운 꿈을 자주 꾸는 사람이라면 꿈속까지 찾아올 목소리 하나는 꼭 만들어둘 필요가 있다고 생각한다.

내가 제일 싫어하고 꺼리는 꿈은 누군가가 죽는 꿈이다. 죽는 당사자가 바로 나 자신일 때도 있지만, 대개는 사랑하는 가족이나 친지일 경우가 많아 눈이 붓도록 운다. 자면서 몹시 흐느끼는 바람에 곁이 있던 그를 놀라게 한 적이 여러 번 있었다. 사랑하는 사람을 잃게 되는 것이 이 세상에서 가장 두렵고 무서운 일임을 꿈으로 새삼 확인하게 된다.

아주 가까운 사람에게 무슨 좋지 못한 일이 있으면 그것이 꿈으로 나타나는 수가 있다. 친정어머님은 끙끙 앓고 있을 때,

"아무 일 없니? 꿈에 보이던데…….."

그런 전화를 잘 거셨다. 깨어 있을 때는 그러지 못하면서 꿈길로 달려가서는 마음껏 어리광도 부리고 그러는 모양이다.

사람과 사람 사이에 꿈길이 있어서 얼마나 좋은지 모른다. 이 세상 어느 길보다 나는 그 길에 매력을 느낀다. 멀리 떨어져 있으면서 두 사람이 같은 시간에 똑같은 꿈을 꿀 수도 있다. 아무런 약속없이 꿈으로 만날 수 있는 사이라면 더 이상 무슨 말이 필요할까.

사람 사이에 주고받는 말들이 제대로 통하지도 못하면서 번거롭기만 해서 말이라는 그 자체가 귀찮아지기 시작했다. 모든 사람의 마음과 마음이 그냥 꿈에서 꿈으로 통했으면 좋겠다. 그런 세상이 된다면 서로의 마음을 오해하는 일일랑은 없어질 것이다. 애써 해명하지 않아도 진심이 통하는 세상, 살아가면

서 가슴 막히는 일이 있을 때마다 간절히 그런 세상을 꿈꾼다.

  지금은 밤 3시, 모두들 꿈꿀 시간이다. 이렇게 늦도록 앉아 있으니까, 늘 꿈길이 어긋났던 것은 아닌지―.

(1993. 1.)

산비둘기처럼

설령 그가
시간적, 공간적으로 떨어져 있을 때라도
그가 펼쳐 놓은 보이지 않는 마음의 자락이
마술 담요처럼 내게로 날아와 나를
감싸주고 있는 것 같다.

설악산에 다녀오려고 집을 나섰다. 며칠 동안의 짧은 여정인데도 챙겨야 할 짐이 왜 그리 많은지 지난 밤 나는 몇 차례나 짐을 풀었다가 쌌다.

떠난다는 설레임에 아침도 드는 둥 마는 둥 하고 차에 오르니 서울을 미처 벗어나기도 전에 피로가 느껴지며 차멀미가 난다.

차창에 기대어 창 밖을 보다가 머리가 어지러워 눈을 감는다. 눈을 감고 있지만, 나는 그의 시선이 염려하는 마음을 담고 내게 와 머무는 것을 느낀다. 부부란 무엇일까. 이처럼 눈을 감아도 상대방의 시선이나 동작을 환히 느낄 수 있는 것, 이것이 부부인가.

아침이면 나보다 먼저 깨어나는 이 사람…… 혼곤히 잠든 아내의 얼굴을 잠시 바라보다가 그는 지난 밤 늦도록 방랑의 날개를 달고 사유의 숲을 헤매이다 온 아내의 달디단 잠을 깨우지 않으려고 살며시 일어나 나간다.

아내의 방. 그 책상 위에 어지러이 널려 있는 원고지, 펜, 책들……. 끄적이다 놓은 원고지의 분량을 헤아려 보고, 그는 아내의 잠이 얼마나 혼곤하며 또한 달콤한가를 어림하는 것이다.

아무리 깊은 잠에 빠져 있어도 화장실 물 흐르는 소리라든지, 신문을 들여놓기 위해 현관문을 여닫는 소리에 깨어나는 잠귀 밝은 아내를 위해 그의 발걸음이 얼마나 조심스럽게 놓여지는가를 나는 안다.

말보다 행동이 앞서는, 그리고 행동 이전에 마음이 앞지르는 사람이기에 나는 그의 움직임 하나하나에 깃든 그의 마음을 피부로 느낀다. 미간의 찡그림이나 시선의 방향, 소소한 얼굴 표정만으로도 그의 기분을 감지하게 된다. 그러나 그는 나보다도 더 빠른 그 무엇으로 내 마음을 감지하고 느끼는 힘을 지녔다.

그는 아무런 표현도 하기 이전에 내 마음의 상태를 알아내곤 한다. 그 앞에서 나는 애써 내 고달픔이나 아픔들을 내보이지 않아도 된다. 내가 굳이 표현하지 않아도 그는 묵묵히 내 고달픔이나 외로움, 아픔들을 가려내고 자신의 마음을 다해 그것들을 어루만져 주려 하기 때문이다.

그러므로 그와 함께 있을 때, 나는 가장 편안함을 느끼고 안식을 얻는다. 그것은 마치 포대기에 싸여 있는 아기의 편안함 같은 것일는지도 모른다.

설령 그가 시간적, 공간적으로 떨어져 있을 때라도 그가 펼쳐 놓은 보이지 않는 마음의 자락이 마술 담요처럼 내게로 날아와 나를 감싸주고 있는 것 같다.

그는 내가 지고 있는 어떠한 고뇌의 짐조차 나와 함께 나누어 가지려 한다. 아니, 나누기보다는 차라리 그가 모두 맡아 짊어지고 가려 한다. 처음부터 그는 그렇게 내 곁에 있었다.

차가 홍천을 지나 두촌면에 이르렀을 때 그는 창 밖을 가리켰다. 고등학교 1학년 때였던가. 그와 함께 농촌 계몽을 나갔던 마을들이 눈앞에 스쳐간다. 20일 간의 농촌 계몽을 끝내고 돌아오던 그 해 겨울, 우리의 계몽팀은 도보로 산을 하나 넘기로 했었다. 청소년들의 무전 여행이 붐을 이루던 시기였으므로, 우리는 젊은 객기에 무거운 짐보따리를 짊어진 채 산을 넘고 있었다.

그때 나의 짐보따리를 나 대신 짊어지고 간 남학생이 바로 그였다. 같은 교회에서 수시로 부딪치는 여러 남학생들 중에 유난히 말수가 적고 수줍음이 많았던 그에게 짐을 송두리째 떠맡기고, 나는 다른 활달한 남학생들과 주거니 받거니, 까르르 웃으면서 힘겨운 산길을 넘었던 것이다.

내가 다른 남학생이 내미는 지팡이 한쪽을 잡고 따라가면서 가파른 산정을 오를 때에 그가 두 몫의 짐보따리를 짊어진 채 묵묵히 내 뒤를 따라 걷고 있었음을 나는 모르고 있었다.

또한 계몽이 끝나던 마지막 송별 파티에서 내가 부른 '외나무다리'가 그가 즐겨 부르게 된 유일한 가요가 된 줄도 모르고 있었다.

그 후, 수년이 흐른 뒤, 나는 대학을 졸업하고 직장생활을 하고 있었다. 대학원에 다니던 그가 마지막 학기말 시험을 치르고, 친구 두 명과 함께 커피를 사 달라며 불쑥 찾아왔을 때만 해도, 나는 그를 옛친구 이상으로는 기억하고 있지 않았다.

그런데 그는 나에 대한 많은 기억들을 간직하고 있어서 나를 놀라게 했다. 내 생일을 비롯해 내가 그에게 던진 간단한 말 한마디 등등 사소하고 평범한 일들을 그는 아주 소중한 것인 양

조심스레 들추어 내곤 했다. 그가 오랫동안 마음에 지니고 있던 기억의 편린들을 내 앞에 조각조각 내보인 후, 나는 그 조각들을 하나로 연결해 봄으로써 비로소 그의 진심을 깨닫게 된 것이다.

그때까지 나는 자신의 마음을 너무나 쉽게 내보이는 사람들만을 보아왔던 때문인지, 자신의 진심을 상대방에게 전달하는 데 그토록 오랜 뜸을 들여온 그가 너무 서툰 남자로 생각되어 혼자 웃었다. 그런데 그 서투름이 못남으로 느껴지지 않고 오히려 귀하고 소중하게 느껴지니 야단이었다.

명동의 조그만 카페에서 칵테일 한 잔을 앞에 놓고 그는 여전히 서툰 표현으로 구혼을 했고, 나는 웃음으로 그것을 받아들였다.

이제 세월이 흘러 그 서툰 남자는 자나 깨나 내 곁에 가장 가깝게 머무는 사람이 되어 있다. 나 한 사람 외에 우리의 분신인 두 아이를 합한 세 사람 몫의 짐을 그는 도맡아 짊어지고 가려한다. 그리하여 늘 고달플 수밖에 없는 행장이건만, 그는 그것을 고달픔으로 생각하지 않는 듯했다.

나는 그를 산처럼 느낀다. 그리고 나를 그의 산자락에서 노니는 산비둘기로 생각한다. 나는 그가 지닌 마음의 높이 만큼 날고 싶고, 그의 산자락을 벗어나는 일을 두려워한다. 나는 단지 그의 품이 저 설악산만큼이나 푸르고 넉넉하여 그 안에서 평화롭게 날기를 원한다.

때때로 밤늦게까지 원고지를 끄적이다가 혹은 나의 부푼 상념이 그의 키를 지나 창공을 날아다닌다 해도, 또한 그의 산자락을 벗어나 어느 방랑의 벼상을 시도했을지라도 나는 어쩔 수 없이 그의 산자락에 깃을 털고, 안주하고 싶어하는 한 마리의 산비둘기임을 어찌하랴.

차는 어느새 한계령을 넘어서고 있었다. 우리는 점점 설악의
심장으로 심장으로, 넋을 잃듯 빠져 들어가고 있었다.

(1986. 8.)

고독한 여로

아무도 대신 아파주지 못한다.
투병생활이란 고독한 여로이다.
생노병사 중 어느 것도 나 대신 누군가가 해줄 수 없는 것.
그래서 인간은 고독할 수밖에 없는 것인가.
시작부터 마지막까지 홀로일 수밖에 없는
인간의 여정을 생각하면, 마음이 한없이 우울해진다.

어린 시절 축구공에 맞아 골수염을 앓았다는 그의 다리가
또다시 말썽을 일으켜 남편은 지금 병상에 누워 있다. 그는 평
소에 병원가기를 꺼려하는 사람이어서 웬만큼 아픈 것은 몸으
로 그냥 때우려하고, 못견딜 지경으로 아플 때에나 약국에서
약을 사 먹는 편이다.

이번에도 그는 그렇게 지나려했다. 이틀을 계속 조퇴하여 일
찍 돌아오면서도 다른 때처럼 잠시 쉬면 통증도 물러가려니 생
각한 모양이었다. 그러나 이번은 심상치 않다는 느낌이 들어
그를 떠밀다시피하여 병원 진찰을 받게 했다. 아니나다를까.
만성골수염이라 했다. 아팠던 그 왼쪽다리가 몇 년 전부터 일
년에 서너 차례씩 저리고 쑤신다고 하더니 뼛 속에 염증을 키
워온 셈이 되었다.

그의 진료를 맡은 K 박사는 무척 신중한 분으로 느껴졌다. 수술을 한다고 해도 재발의 가능성이 남아지게 마련인 병의 성격을 설명하면서 선뜻 수술 여부를 결정하지 않았다. 그렇다고 다른 치료 방법이 있는 것도 아니었다. 통증이 느껴질 때마다 소염진통제나 마이신 등으로 통증을 가라앉히는 것이 고작이니 그렇게 되면 평생 병을 안고 사는 것이 된다.

검사를 거듭하고 케이스 컨퍼런스(Case Conference)를 통해 논의한 끝에 K 박사는 마침내 수술을 권유하기에 이르렀다. 애초에 병원문을 두드릴 때는 의사에게 모든 것을 맡기고 따르겠다고 했지만 막상 수술 이야기가 나오니까 그는 온갖 핑계를 둘러대며 수술을 피하려했다. 그러한 그의 마음을 물론 모를 리 없다. 그 다리 때문에 한창 뛰놀아야 할 어린 나이에 2, 3년 간을 업혀 다니면서 병원 출입을 했던 그로서는 병원이니 수술이니 하는 것들로부터 멀리 도망치고 싶은 마음일 것이다.

게다가 직장걱정, 돈걱정, 그리고 또 자기가 입원해 있을 동안에 불편을 겪을 집안 식구들의 어려움까지 걱정하면서 한사코 수술을 회피하려는 그를 설득하는 데 나는 한 달을 소모했다.

주변에서 모두들 한 살이라도 젊었을 때 수술해야 한다고 염려를 해주니 나로서는 수술을 받도록 해야겠다는 의지가 굳어졌다. 뿐만 아니라 한밤중에 옆자리가 허전하여 깨어났을 때, 다리의 통증으로 잠을 이루지 못하고 어둠 속에 우두커니 앉아 있던 그의 모습이 뇌리에서 지워지지가 않으니 어떻게 하든지 그의 병을 고쳐 주고 싶었다.

"최선을 다해 봅시다. 수술 후 언제 또 재발할지 모른다 하지만 그런 불운은 하나님께 맡기고 우선은 최선을 다해 봅시다."

이런 말들이 그의 마음을 움직이게 했을까. 아니면 그 역시 그 길밖에 없음을 알고 있기 때문이었을까. 그는 순한 양처럼 입원을 했다. 수술 전 날 그를 입원시키고 환자복으로 갈아입은 그를 병실에 남겨둔 채 아이들 때문에 집으로 돌아오려니 외딴 무인고도에 그만 홀로 두고 오는 듯 발걸음이 잘 떨어지지 않았다.

아무도 대신 아파주지 못한다. 투병생활이란 고독한 여로이다. 생노병사 중 어느 것도 나 대신 누군가가 해줄 수 없는 것. 그래서 인간은 고독할 수밖에 없는 것인가. 시작부터 마지막까지 홀로일 수밖에 없는 인간의 여정을 생각하면, 마음이 한없이 우울해진다.

수술은 성공적이라 했다. 염증 부위의 고름을 빼내고, 부식된 부분을 긁어내고 많이 비어진 부분은 허리뼈를 약간 잘라내어 이식 수술을 했노라고 했다. 그런데 참으로 이상스러운 것은 그가 통증을 전혀 느끼지 않는다는 점이다. 그 정도의 대수술을 하고 병상에 누워 있으면 환자의 얼굴에 아픔의 빛이 보이기 마련일 텐데, 그의 얼굴빛은 언제나 편안하고 환하다. 집도를 도왔던 의사가 고개를 갸우뚱하면서 "정말, 그렇게 하나도 안 아프십니까? 너무 많이 참으시는 것 아닙니까?" 하고 물어볼 정도로 그는 항상 밝은 빛이다.

나 역시 그것이 신기하여 링겔 주사기를 꽂고 있는 그의 팔뚝을 가만히 어루만지면서 그에게 물어보았다.

"당신 혹시 전자인간 아니세요?"

어처구니없는 내 말에 그는 쿡쿡 웃었다. 그는 병원에 입원하면서부터 그의 마음자리를 모두 비우고 오로지 감사의 마음으로 채운 것 같다. 그러기에 저토록 평화롭고 여유가 있는 것이리라.

수술실에서 척추마취를 시켜 놓고 수술을 대기하고 있으려니까 혼미한 중에 노래를 홍얼거리더라던 이 사람. 수술을 끝내고 그를 병실로 옮겨 오면서 의사가 그 얘기를 했을 때, 나는 남편의 음치 노래실력이 생각나 조금 부끄러운 마음이 들기도 했었다.

　이제 내일 모레면 수술한 지 3주가 된다. 그리고 그는 퇴원을 한다. 얼마 동안은 기브스를 한 다리가 부자유스럽겠지만 목발을 짚고라도 거동이 가능하게 되니 무인도에서 떠나온 것 같으리라. 그는 또다시 많은 사랑의 빚을 졌다. 그를 아끼고 사랑하는 분들께. 그 빚을 어찌 감당하려는지 난감한 마음이지만, 우선 나는 그에게 한아름의 장미를 안겨주려 한다.

(1987. 11.)

5004

날개를 달고

시시각각으로 거대한 시간의 수레바퀴에
가위눌림당하는 우리의 아이들, 선택의 여지없이
짜여진 학과 공부에 끊임없이 시달리며 황폐해져 가는 정서.
조금 적게 배우고, 덜 똑똑하더라도
마음은 풀밭 위에 뛰노는 양떼처럼 순하고
여유롭던 우리의 어린 시절이 훨씬 더
인간답다는 생각이 들었다.

어제는 빗방울이 날려 걱정을 했는데, 아침에 일어나 보니 햇살이 눈부셨다. 아이가 패러그라이딩 훈련을 하기로 한 날이다. 비에 씻겨 싱그러워진 잎새 사이로 바람마저 선들선들 불고 있으니, 하늘을 날기엔 아주 쾌적한 날인 것 같았다.

올해 중학생이 된 아이가 해양소년단원인데 일요일인 오늘은 패러그라이딩 훈련을 한다고 했다. 입학초에 특별활동 부서를 선택할 때, 아이는 해양이라는 말에 매료되었던지 특별히 그 서클에 관심을 나타냈었다.

더 넓은 세계를 향해 강으로, 바다로 나가거라. 출렁이는 물에 뛰어들면서 물의 사유를 배우거라. 나도 아이의 선택을 적극적으로 찬성했다.

나는 사내아이를 담대하게 키우고 싶었다. 그런데 어떤 학부형에겐 그런 활동들이 시간 낭비로만 여겨지는 모양이었다. 학과 공부만으로도 시간이 모자랄 판인데, 그렇게 쓸데없는(?) 일에 매달릴 시간이 어디 있느냐는 것이다.

　그 이야기를 듣는 순간, 마음이 답답해옴을 느꼈었다.

　시시각각으로 거대한 시간의 수레바퀴에 가위눌림당하는 우리의 아이들, 선택의 여지없이 짜여진 학과 공부에 끊임없이 시달리며 황폐해져 가는 정서. 조금 적게 배우고, 덜 똑똑하더라도 마음은 풀밭 위에 뛰노는 양떼처럼 순하고 여유롭던 우리의 어린 시절이 훨씬 더 인간답다는 생각이 들었다.

　나는 아이에게 굿나잇 키스를 해줄 때마다 그 눈빛을 읽는다. 불안, 초조, 근심, 걱정 등 그런 것들을 의식의 바구니에 껴안은 채 잠들게 하고 싶지 않아 아이를 다독이며 오로지 편안한 마음으로 꿈나라 여행을 떠나라고 이르지만, 그래도 걱정이 되어 한밤중에 아이의 방에 들어가, 그 숨결이 고르고 편안한지 살펴보는 때가 많다.

　꿈속에서조차 쫓기며 가위눌림당할 것 같은 가여운 이 아이들에게 우리가 더욱 더 가중된 압력을 가하는 때가 없었던가. 숨가쁨과 혼란스러움 속에서, 우리는 각자 단절된 언어를 지니고 바벨탑을 쌓아 올리듯 괴멸의 탑을 높이높이 쌓아가는 것은 아닌지 스스로 반문해 보곤 했다.

　아이들의 연습장소가 행주대교 못 미처 커다란 모래산이라고 했다. 숫자에 어두워 한 달 먹고 난 우유값도 계산기를 두드려야 하는 나에게 해양단 선생님은 억지로 총무직을 맡겼다. 말하자면 일 년 동안의 해양소년단 살림을 맡긴 셈이다.

　아침 일찍 주문해 놓은 도시락과 음료수, 간식을 찾아 버스에 실어 주고 배웅을 하는데, 담당선생이 연습장소를 일러준다. 특별히 바쁜 일도 없고, 아이들의 훈련 모습도 보고 싶어 얼마 후 나는 아이스 박스에 얼음 과자와 음료수 등을 가득 채우고 모래산을 찾아 떠났다.

강 하류에서 채취한 모래를 오랫동안 쌓아 놓아 단단한 둔덕을 이룬 등성이가 올림픽대로가 끝나는 지점쯤에서 눈에 들어왔다. 높은 둔덕 위에서 오락가락하는 아이들이며, 바람에 부풀어 펄럭이는 파라슈트들이 그림 속 풍경처럼 재미있고 정다웠다.

제대로 훈련을 하자면 산 위에서 뛰어내려야 하지만 위험부담이 따르기 때문에 이 모래 등성이를 택했다고 했다. 아파트 5층 정도의 높이에다가 경사가 70도 이상 되는 둔덕에서 기구에 매달려 뛰어내리는 연습을 아이들은 차례로 해내고 있었다.

전문가의 지도를 받으면서 시도를 했지만 처음 얼마 동안은 날지 못하고 굴러 떨어지는 아이가 대부분이었다. 몸무게가 가벼운 아이들은 아예 시도도 하기 전에 바람의 힘에 밀려 기구를 매단 채로 뒷걸음질 치기도 하였다.

등성이 위에서 기구를 몸에 걸치고 벨트를 조이고 뛰어내릴 준비를 하는 절차도 그리 간단하고 쉬운 일이 아니었다. 기구의 줄이 꼬이거나 엉크러지지 않도록 바로잡아 주어야 하고, 또 바람을 잘 받을 수 있도록 기구의 위치를 알맞게 잡아 주어야 한다.

태양이 뜨겁게 내려 쪼이는 가운데 아이들은 땀을 흘리며 몇 번씩 모래더미에서 굴러 떨어지며 나는 법을 익히고 있었다. 결코 가볍지 않은 날개를 달고―. 한번 아래 공터로 떨어져 내리면 기구를 거두워 다시 모래 등성이 위로 기어오르는 일이 쉽지가 않았다. 기구가 무거워 혼자 들기가 벅차 다른 아이들의 도움을 받아야 했고, 가파른 모래 둔덕을 두세 명씩 기어오르자면 발이 푹푹 빠지면서 미끄러지기 일쑤였다.

그 장소에는 우리 아이들 말고 다른 두 팀이 와서 연습을 하고 있었다. 한 팀은 우리 아이들처럼 패러그라이딩 훈련을 하였는데, 또 한 팀은 대학생으로 보이는 청년들로서 행글라이딩 훈련을 하고 있었다. 행글라이더가 박쥐 날개라면 패러그라이더는 잠자리 날개 같았다. 행글라이더는 빠른 기세로 힘차게 날아 내리는 대신 패러그라이더는 사뿐이 떠서 가볍게 날아 내린다.

난 둔덕 아래쪽에서 아이들이 날아 내리는 모습을 지켜보느라고 고개를 계속 쳐들고 있었더니 고개가 아플 지경이었다. 훈련이 거의 끝나갈 무렵 담당 선생님이 권유하여 한번 타보기로 마음먹고 모래 둔덕을 오르는 데 현기증이 일었다. 아이들이 땡볕 속에서 몇 차례씩 오르던 그 둔덕이 밑에서 올려다보는 것보다 훨씬 더 가파름을 그때서야 알게 되었다.

도로 내려가고 싶은 것을 참고 등성이에 올라 아래를 내려다보니 또다시 아찔하였다. 겁이 나서 타는 것을 포기하고 싶었지만 그러면 아이 앞에서 체면이 서지 않을 것 같았다. 아니, 더 솔직이 말하자면, 내 마음속에서 솟구치는 날고 싶다는 외침이 나를 벼랑 위에 세워놓은 것이리라.

그렇게 하여 나는 공중을 날아보았던 것이다. 공중 위에 붕 떠있던 그 짧은 순간, 어떤 기분이었던가. '나는구나' 하고 의식한 순간, 부풀린 풍선보다 가벼운 상태로 무아지경을 느꼈던 것 같다.

브레이크 조정이 서툴러 착지 지점을 빗나가 옆의 파밭으로 떨어진 것 외에는 그런대로 성공한 셈이었다.

비행기를 타고 공중에 떠 있던 것과는 아주 달랐다. 거추장스럽고 불편스럽기 그지없는 기구지만, 이 원초적인 훈련은 몸속의 공기가 새롭게 바뀐 것 같은 기쁨을 안겨 주었다.

오늘 훈련으로 아이는 까맣게 그을렸다. 샤워를 하고 잠자리에 든 아이가 뒤척이는 것을 보았다. 꿈속에서 아마 새가 되어 날고 있는 모양이다.

(1989. 6.)

5005
정
情

정이란 무엇일까.
생명이 없는 인형에게서조차 느끼게 되는 정.
우리가 때때로 이상스럽게 아파지기도 하고,
또 이상스럽게 행복해지기도 하는 건
바로 이 정 때문일까.

머리를 빗었으면 반드시 흩어진 머리카락을 줍는 법이라고 잔소리처럼 이르건만 수진이의 무신경은 쉽게 고쳐지질 않았다.

어제도 오늘도 안방 화장대 앞엔 수진이의 긴 머리카락이 몇 올씩 흩어져 있다. 아무래도 제 아빠를 닮은 모양이다. 신문을 보고 난 뒤 반듯하게 접어 놓는 걸 모르는 남편의 무신경을 떠올리면서, 난 수진이에게 여자다움을 가르칠 방도를 궁리했다.

한 가지 방편으로 수진이 방에 화장대를 두어야겠다는 생각이 들었다. 이제 고등학생도 되었으니, 커다란 거울이 있으면 숙녀다움을 서서히 익혀갈 것 같았기 때문이다.

수진이는 제 방에 화장대가 놓이니 무척 좋은 모양이었다. 입 크게 벌리고서 아무렇게나 소리내어 웃던 수진이가, 거울

앞에서 이리저리 제 모습을 비추며 빙긋빙긋 소리없이 웃음을 웃는다. 이제 머지않아 저 아이는 흩어진 제 머리카락을 스스로 주울 것이란 확신이 들었다. 어쩌면 당장부터 그럴는지도 모른다.

나는 아이의 방을 함께 정리해 주다가 장농 위에 있던 인형들을 보았다. 5개의 동물인형과 3개의 아기인형이었다. 잠잘 때마다 침대 속에 나란히 눕혀 재우던 것들이었는데, 언제부턴가 저 위에 방치되어 있었다. 이젠 가지고 놀지도 않아서, 미운 오리새끼모양 고운 때로 더럽혀져 있었다.

난 그것들을 깨끗이 빨아서 어린 사촌들에게 나누어 주자고 수진이에게 말하고는, 그들을 모두 다용도실로 옮겨왔다. 먼저 동물인형부터 세탁기 속에 집어 넣었다. 아무 생각없이 작동 보턴을 눌렀는데, 막상 빠른 회전 속에서 어지럽게 돌아가는 동물인형들을 보고 있으려니 공연히 가슴이 뛰었다. 동물인형들에게 미안한 마음이 들었다. "깨끗하게 해줄려고 해." 난 혼자 중얼거렸다.

이번엔 아기 인형들 차례였다. 은진이, 유진이, 미진이, 그 인형들 이름이다. 그들의 옷을 벗기고 하나씩 세탁조 안에 넣었다. 세탁조가 꽉 찼다. 미진이가 너무 큰 탓이다. 작동 보턴을 눌렀다. 회전이 시작되었다. 세탁조에 처박혀 어지럽게 돌아가는 아기인형들―. 무심하게 다용도실을 들여다보던 수진이가 "엄마! 난, 못 봐." 신음처럼 소리치고는 제 방으로 뛰어들어갔다.

죄의식이 내 가슴을 쿵쾅쿵쾅 쳤다. 동물인형들 세탁 때와는 또 다른 진한 울렁거림이었다. 인형일 뿐이야. 깨끗하게 해줄려고 하는 건데 뭐―. 안절부절 못하며 세탁이 끝나기를 기다렸다.

이윽고 부저음이 들렸다. 멈춰진 세탁조 안에는 깨끗해진 인형들이 들어 있었다. 은진이, 유진이, 미진이, 하나씩 꺼내면서 머리결을 쓰다듬어 주고, 입을 맞춰 주었다. 그 애들에게 너무 미안했던 것이다.

인형들을 모두 거실 쇼파 위에 앉혀 놓았다. '편안히 쉬어라, 아기들아!' 동그랗게 입을 벌리고 있는 미진이가 '아휴, 혼났네.'라고 하는 것만 같았다.

정이란 무엇일까. 생명이 없는 인형에게서조차 느끼게 되는 정. 우리가 때때로 이상스럽게 아파지기도 하고, 또 이상스럽게 행복해지기도 하는 건 바로 이 정 때문일까.

세탁조 속의 어지러운 회전만큼이나 어지럽게 돌아가는 이 세상. 우리를 내려다보시는 분이 계시다면, 무척이나 가슴 아프시겠다고 생각되는 하루였다.

(1990. 12.)

어린이 공화국

5006

물러설 줄도 알고,
또 물러선 다음에는 대의를 위해
자기 자신을 다스릴 줄도 아는 저 아이……
누가 그런 것을 저 아이에게 가르쳐 주었단 말인가.
이 어지러운 세상에.

나에겐 국민학교 5학년인 아들아이가 있다. 나는 이 아이를
통해 어린이 나라의 순수를 배우게 되고, 그래서 세상이 그리
어둡지 않다는 것을 느끼게 된다.

5학년 초였던 지난봄 어느 날, 캄캄해진 다음에 학교에서 돌
아온 아이의 손에는 완성되지 않은 포스터 2장이 들려 있었다.
그 다음날이 전교 임원 선거날인데, 5학년에서는 부회장을 뽑
게 되었으므로 각 반에서 1명의 후보가 선출되어 경선을 벌이
게 되어 있었다.

그날 아이는 자기 반에서 압도적인 지지를 받고 반의 후보로
뽑혔다. 학교에서는 치맛바람을 막는다는 의도로 후보 선정 하
루 뒤로 선거일정을 잡은 모양이었다.

유권자는 4, 5, 6학년. 그날 밤 아이는 너무나 할 일이 많았다.

유권자들 앞에 나갈 연설문 작성도 해야 했고, 포스터도 완성해야 했고, 피켓도 만들어야 했다. 그리고 선거참모들과 각 반을 돌며 선거유세할 내용도 짜야 했다.

연설에 나갈 원고를 쓰다 말고 전화통에 매달려 참모들과 작전을 의논하는 등 정신없이 바쁜 아이의 두 볼은 사과빛으로 물들어 있었다. 순간, 아이가 측은하다는 생각이 들었다.

국민학교 1,2학년 때부터 장차 전교 회장감이라는 말을 들은 적이 있었으니, 이런 날을 대비하여 마음 준비라도 시켜 놓았다면 좋았으련만, 엄마라는 사람이 불민한 탓에 아이의 고생이 이만저만이 아닌 것이다.

선거날, 아이는 풀죽은 모습으로 돌아왔다. 6학년에서는 가장 많은 표를 얻었으나 4학년의 표가 다른 아이에게 쏠리는 바람에 차점자가 되었다. 당선된 아이는 1년 전부터 득표작전을 세우고 4학년 동생들을 다독거려 왔다고 했다. 게다가 코미디 프로에서 요즈음 한창 인기 끄는 어느 코미디언의 말, "여러분, 어때요?"를 기막히게 흉내내는 참모를 거느리고 있어 4학년에서 인기를 모았다고 했다.

아이의 담임은 "6학년들이 사람 볼 줄을 안다. 6학년에서 많은 표를 받은 사람이 진짜 인물이다." 하시며 아이의 체면을 세워주셨는데도 아이는 의기소침하여 학급 회장 선거에 출마하지 않았다. 그러자 선생님은 아이에게 '고문'이라고 하는 명예직을 주셨다.

1학기 동안 아이는 '고문' 역할을 걸맞게 수행하는 것 같았다. 회장직을 맡은 아이에게서 하루도 거르지 않고 전화가 걸려 왔고, 시시콜콜 회장의 애로사항에 상담역이 되어 주고 있었다.

2학기가 되었다. 담임은 아이에게 다시 한 번 전교 부회장 선

거에 도전해 보라고 권유하셨다. 며칠 동안 아이는 출마할 것
인가, 말 것인가를 놓고 고민하는 것 같았다. 또다시 떨어진다
면 선생님과 아이들 볼 면목이 없다면서 사양하기로 결심이 선
모양이었다.

그러고는 1학기에 회장직을 맡았던 아이를 미는 것이었다.
입후보해 보겠다는 다른 아이들을 겨우 설득시켜 마음을 모아
놓았더니, 이번엔 후보로 나갈 당사자가 자꾸만 자신없다고 주
저앉는 모양이었다.

나는 책을 읽다 말고 옆에서 그 아이와 통화하는 아들의 모
습을 한참이나 지켜보았다. 저쪽에선 계속 못 하겠다고만 하는
지,

"아니, 넌 잘해, 응, 넌 잘할거야."

"나만 믿어, 글쎄, 나만 믿어."

위의 두 말을 거듭 강조하면서 상대방으로 하여금 신념을 갖
게 만드는 아들의 모습이 이상스럽게도 나를 감동시키고 있
었다.

자기가 못 해낸 일을 친구가 해낸다면 솔직히 말해서 자존심
이 상할 거라던 아이. 갈등이 없을 수는 없겠지. 그래서 며칠
전, "어머니! 적당히 해줄까요, 아니면 정말로 밀어 줄까요."
하고 물어 오던 아이. "네 마음 내키는 대로 하렴." 했더니 "우
리 선생님 체면을 생각해서라도 적극적으로 밀어줘야지." 하고
는 의연해지던 아이.

물러설 줄도 알고, 또 물러선 다음에는 대의를 위해 자기 자
신을 다스릴 줄도 아는 저 아이……. 누가 그런 것을 저 아이에
게 가르쳐 주었단 말인가. 이 어지러운 세상에. 나는 도무지 신
비스럽기만 했다.

(1987. 9.)

5007

아이하고 나하고

아들을 강하고 담대하게 키우리라
마음먹고 있지만 엄마를 끔찍이 좋아하는 아이의 마음이
꿀처럼 달고 맛이 있어서 사실 나는 아이 앞에서
단단히 무장하지 않고는
매서운 표정을 짓지 못한다.

밤마다 아이들을 재우는 일이 나에게는 큰 숙제다. 나를 닮
아 밤잠이 없는 두 아이를 적당한 시간에 잠자리로 보내는 일
도 힘들거니와 걸핏하면 베개를 들고 엄마에게로 달려오는 아
들아이를 제 방으로 보내는 일이 쉽지가 않았다.

잠자리 때문에 이 아이와 나는 끊임없이 밀물과 썰물이
된다.

안으면 안을수록 보드랍고 향기로운 녀석을 썰물로 밀어내면
서, 바다 같은 이 세상, 헤쳐나갈 강인함을 지니라고 기원하는
엄마 마음도 모르고, 아이는 더 보드랍고 향기로운 바람이 되
어 나의 품안으로 밀물로 달려든다.

잠드는 시간에 엄마의 체온을 그리워하는 것은 아무래도 누
나보다는 동생이 더 절실하여, 아들아이는 잠시라도 엄마가 제

곁에 누워 있어 주기를 원한다.

때때로 분주한 일들로 아이의 잠자리에 마음쓰지 못하는 날이면 이 아이는 슬며시 엄마의 잠옷이나 베개를 제 침대로 가져가 잠들곤 했다. 그것도 새로 빨아놓은 것에는 엄마 냄새가 배어 있지 않다면서 입던 것을 가져갔다.

나는 그런 아이를 나무랄 수가 없다. 가끔 사내아이가 너무 정에 치우치는 것이 아닌가 생각될 때도 있지만, 저러는 것도 한때라는 생각이 들어 염려하지 않는다.

또한 사랑을 많이 받아본 사람이 대체로 남을 사랑할 줄 안다고 느꼈기에 아무런 문제로 여겨지지 않았다.

아들을 강하고 담대하게 키우리라 마음먹고 있지만 엄마를 끔찍이 좋아하는 아이의 마음이 꿀처럼 달고 맛이 있어서 사실 나는 아이 앞에서 단단히 무장하지 않고는 매서운 표정을 짓지 못한다.

엄마의 품을 아직도 제 전용으로 생각하는 아들아이를 재우고 나면 다음은 딸아이를 재워야 할 차례다. 지난해 중학생이 되어서 숙제가 많아지니 자정을 넘기기가 예사다. 늦게까지 책상머리에 앉아 있는 딸아이의 모습이 안쓰러워 아무리 피곤해도 난 먼저 눕지를 못한다.

세수하고, 잠옷으로 갈아입고, 침대에 누워 엄마의 밤인사를 기다리는 딸아이. 가슴은 예쁘게 부풀고 키는 훌쩍 자라 엄마보다 커진 아가씨가 되었음에도 불구하고 밤인사를 기다리는 딸애의 얼굴에는 아직 애기티가 가시지 않고 있다.

나는 딸아이의 침대를 볼 때마다 미소를 짓게 된다. 그곳에는 몇 년 동안 줄곧 딸아이와 함께 잠들고 깨어나고 하는 다섯 개의 인형이 있기 때문이다.

그 인형들이 있어서 아이의 잠자리가 아무래도 불편할 것 같

아 나는 몇 번이나 그들을 다른 데로 옮겨놓으려 했지만 아이
가 펄쩍 뛰는 바람에 그대로 보고 있기로 했다.

그 인형들에게 있어서 수진이는 엄마이며, 언니이며, 절대적
인 보호자인 셈이다. 오래전 할아버지가 생일선물로 사주신 은
진이, 내가 일본에서 사다 준 유진이, 그리고 피아노 선생님이
크리스마스 선물로 사주신 미진이, 거기에다가 곰인형 쥬리와
강아지인형 푸들.

내가 일본 교토의 백화점에서 딸애를 닮은 인형, 유진이를
보았을 때, 나는 딸 생각이 나서 얼른 사들고 와서는 호텔 방에
서 틈틈이 꺼내 보곤 했었다. 그때까지 은진이 하나만 갖고 있
던 딸아이는 내가 사온 유진이를 받아들고 무척 기뻐했다. 그
러더니 어느 날은 나에게 인형이 둘이 되니까 고민이 된다면서
자신의 마음을 털어놓았다.

사랑을 쏟아야 하는 대상이 둘이기 때문에 갈등이 온다는 것
이었다. 어느 하나를 조금 더 예뻐하면 다른 하나가 슬퍼하는
것 같다고 했다. 나는 은진이와 유진이 중에 어느 쪽이 슬퍼하
는지 궁금했다. 그러나 수진이는 그것을 끝내 말하지 않았다.
아니 그런 말을 꺼내는 것조차도 죄스러워하는 얼굴이었다.

그런 일이 있고 나서 얼마 후에 또 미진이와 쥬리와 푸들이
생겼다. 인형이 하나씩 늘 때마다 나는 수진이의 마음을 헤아
리게 되고 공연히 마음이 무거워졌다. 그런데 언제부터인지 수
진이는 자기 가까이에 놓을 인형의 순서를 정해놓고, 매일 밤
인형의 위치를 바꾸어가면서 그들을 데리고 자는 것이 아닌가.

나는 매일 밤 수진이에게 밤인사를 해주면서 그 차례를 눈여
겨 보게 되고, 아이의 마음씀이 사랑스러워 인형들에게도 밤인
사를 해주곤 한다. 수진이를 중심으로 돌고 있는 5개의 위성(衛
星) 같았다.

오늘 밤도 나는 두 아이를 다 재우고 홀로 불을 밝히고 앉았다. 모성이라고 하는 정(情)을 중심으로 맴도는 나의 아이들
―. 더할 수 없이 소중하고 사랑스런 나의 위성이다. 언젠가는 그 궤도를 벗어나 더 크고 넓은 우주로 나아가게 되겠지만, 오늘 밤, 나는 이대로 너무나 행복하다.

(1988. 2.)

266

5008
살아 있는 탈

탈은 너와 나의 얼굴이다.
우리들 속에 투영된 또 하나의 우리들 얼굴이다.
그 또 하나의 우리들 얼굴이 숨통을 열고
덩더쿵 춤사위를 날릴 때에
이 시대의 묵은 체증도 날아가라고,
탈은 살아서 펄펄 움직인다.

국민학교에 다니는 아들아이가 교내 만들기 대회에 출품할 작품이라면서 종이찰흙으로 가면을 빚고 있었다. 어떤 모형이 있는 것이 아니고, 제 마음 내키는 대로 주물럭거리며 며칠 동안 찰흙 빚는 일에 골몰하더니 마침내 일곱 개의 얼굴을 만들어 놓았다.

아직 채 굳어지지 않아서 칠도 하지 않은 진흙덩어리의 얼굴들이지만, 제각기 개성이 뚜렷해 보였다.

울고 있는 것, 화가 난 것, 찡그린 것, 환하게 웃는 것, 또한 살짝 미소 짓는 것, 그리고 심술이 난 것과 순하디순해 보이는 것들이었다.

그 표정들이 재미있어, 작은 주먹 크기의 이 가면들을 가만히 들여다보고 있노라니 왠지 낯선 느낌이 들지 않고 어디선가 많이 본 듯 느껴지기도 했다.

아이는 이 가면들의 눈꼬리를 위로 혹은 아래로 떠 있게 했고, 어떤 것은 귀를 큼직하게 달아 놓기도 했다. 그리고 코와 콧구멍의 윤곽을 뚜렷하게 해놓았는데, 그래서인지 이들을 보고 있노라면 모두 코를 벌름거리며 숨을 쉬고 있는 듯 느껴졌다.

아이는 이 가면들의 제목을 〈살아 있는 탈〉이라고 붙일 것이라 한다. 살아 있게 하려고 눈을 뜨게 해놓고, 귀를 열어 놓고, 콧구멍까지 열어 놓아 숨쉬게 한 모양이다.

서툰 솜씨로 거칠게 빚어진 조그만 찰흙덩어리에서 살아 숨쉬는 듯한 기분을 느낄 수 있으니, 참 재미있다는 생각이 들었다. 하나님은 태초에 진흙으로 아담을 빚은 후, 생기를 불어넣어 인간을 만드셨다고 했는데, 우리에겐 그분으로부터 받은 창조적 본성이 이렇게 어린 시절부터 꿈틀거리는 모양이다.

비록 하찮은 솜씨지만, 일곱 개의 가면 속엔 아이의 순수한 열정이 깃들어 있기에 더욱 살아 있는 듯 정감이 가는 것이라 여겨졌다.

이 가면을 만들기 전, 아이는 궁리가 많았다. 국민학교에서의 마지막 만들기 작품이니까 무엇이든 멋진 것을 만들어 보겠다고 했다. AFKN에서 본 미식축구 경기장면이 아주 근사하다면서 그것을 만들 요량인지 어느 일요일엔 온종일 AFKN만 틀어 놓고 찰흙을 주물럭거렸다. 그러나 선수 하나도 변변히 만들기 어려운지 저녁무렵에 보니까 찰흙덩어리를 허물어 놓았다.

그 다음엔 멋진 성을 쌓아보겠다고 했다. 찰흙을 조금씩 떼어서 벽돌을 하나하나 빚더니 어느새 하품을 하며 벽돌을 다시 뭉개는 것이 아닌가. 아무래도 환상 속에서 그려지는 성의 조

감도가 구체적으로 잡히지 않는 모양이었다.

그러더니 다음엔 경주 불국사에 수학여행 갔다가 사온 조각품, 석굴암의 본존불상을 만지작거리면서 이리저리 살피는 것이었다. 지난봄, 경주로 수학여행 갔을 때 감명받았던 부처님의 얼굴을 그려보고 싶었으리라. 그러나 아무리 조각품을 들여다보아도 부처님의 영상이 마음에 잡혀지지 않는지, 그것은 구상만으로 끝내는 것 같았다.

그리고 아이는 고민에 잠겼다. 무엇을 만들까 궁리하느라고 아이의 시선이 사방을 헤매이다가 구원을 요청하듯 내게로 왔을 때, 나는 단지 네 마음속에 가장 가까이 있는 것을 택하라고만 말해 주었다.

'가장 가까이 있는 것', 그것이 무얼까. 아이는 어려운 문제의 답을 생각할 때처럼 심각한 표정으로 '가장 가까이 있는 것'이란 말을 되뇌이고 또 되뇌이며 서성거렸다.

그렇게 얼마를 서성거렸는지 모르겠는데, 나는 갑자기 아이가 내지르는 환성에 깜짝 놀라 아이를 쳐다보았다.

언젠가 누가 제주도에서 사 왔다면서 주었던 토산품 탈이 아이의 손에서 흔들거리고 있었다.

당장에 아이는 가면을 만들기 시작했다. 가면을 빚는 아이의 몸에서 신바람이 느껴졌다. 무슨 생각에 이끌리고 있는지 아이의 손놀림에 주저함이 없었다. 그렇게 만들어진 일곱 개의 표정들인 것이다.

그 표정이 재미있어 들여다보는 식구들에게 아이는 퀴즈를 냈다. 일곱 개의 가면들이 누구를 닮았는지 맞추어보라고 했다. 아닌게 아니라 누굴 닮은 것 같다고 생각했는데, 누굴 닮았을가, 누구를… 하면서 찬찬히 훑어보니 아차! 이것은 바로 내 자신의 얼굴이 아니던가. 어쩐지 낯이 익은 것 같더니…….

아이는 환하게 웃는 탈 하나를 가리키며 엄마 얼굴이라고 했고, 순하디순한 탈을 가리키며 아빠 얼굴이라고 했다. 찡그린 것은 짜증낼 때의 아빠 얼굴이고, 화난 것은 자기와 싸울 때의 누나 얼굴이라고 했다.

처음부터 이렇게 식구들 얼굴을 생각하며 만든 것이 아닌데, 웃는 표정을 빚어 놓고 보니 아무래도 엄마 얼굴 같더라고 했다. 다른 것들도 마찬가지여서 익살스럽게 표현된 탈의 표정 틀에서 어딘지 모르게 식구들의 얼굴이 연상되어 혼자 만들며 웃었다고도 했다.

아이는 탈을 빚으며 자기도 모르게 가장 많이 보고 느껴온 식구들의 얼굴 표정을 만들어내고 있었던 것이다.

가족은 아이의 마음속에 투영된 살아 있는 희노애락의 탈이기 때문이다.

요즈음 대학가에서, 그리고 젊은이들 층에서 탈춤이 사랑받고 있음을 본다. 오랜 옛날부터 서민의 애환을 해학과 풍자로써 대변하던 탈춤이 근세의 물결을 타고 잠잠하더니, 이제 다시 긴 잠을 깨고 살아 펄럭이기 시작한다. 잠들어 있는 탈이 아니고, 살아 있는 탈이기를 바라는 마음이 모이고 모여 탈춤을 춘다.

탈은 너와 나의 얼굴이다. 우리들 속에 투영된 또 하나의 우리들 얼굴이다. 그 또 하나의 우리들 얼굴이 숨통을 열고 덩더쿵 춤사위를 날릴 때에 이 시대의 묵은 체증도 날아가라고, 탈은 살아서 펄펄 움직인다.

나는 또다시 아이가 만든 일곱 개의 탈을 들여다본다. 진흙 덩어리로 누워 있는 또 하나의 내가 무엇이라 말을 하고 있다.

(1988. 11.)

내 사랑, 수진이

> 빈 손으로 왔다가 빈 손으로 가는 나그네의 삶에서
> 자녀를 키우는 것만큼 값진 보람은 없으리라 생각한다.
> 그러기에 가장 평범하게 살아가는 우리의 삶이
> 사실 가장 소중하고 아름다운 삶이라는 생각이 든다.

　어제는 수진이의 국민학교 졸업날이었다. 선생님이 호명을 할 때마다 한 사람씩 교장선생님 앞으로 나아가 졸업증서를 받고 단 아래로 내려오는 아이들 속에 수진이의 환한 얼굴도 있었다.

　멀리서 보아도 한눈에 들어오는 딸아이. 머리에 꽂은 리본이 귀여워 보였다. 다른 아이들은 졸업식에 입을 새옷을 사 놓았노라고 자랑을 하였다지만 수진이는 자기 같은 미인은 입던 옷을 깨끗이 빨아 입어도 예쁠 것이라면서 밝게 웃었다.

　한창 예쁜 것을 좋아할 나이에 친구들처럼 새옷에 대한 갈망이 왜 없으랴만 엄마의 주머니 사정을 어림하여, 예쁜 리본 하나만 사주시면 된다고 스스로 절제하던 딸아이의 마음이 대견하고 사랑스럽게 느껴졌었다.

졸업식에서 울지 않을 거라고 장담하더니 답사와 교가 제창 순서에서 수진이는 드디어 울기 시작하였다. 식이 다 끝난 다음에도 수진이의 울음은 한참 계속되었다. 우는 아이를 바라보는 순간, 나는 우는 딸아이가 이 때만큼 예쁘게 보인 때가 언제였나 생각했었다.

그것은 아마도 저 아이의 첫 울음소리를 들었던 때가 아니었을는지……. 섬광 같은 빛줄기가 되어 내 가슴을 한없이 뛰게 하던 그 울음소리…….

수진이가 태어났던 그 뜨거운 여름날. 밤새 진통하는 내 옆에서 밤을 지새운 남편은 산실에서 들려오는 아가의 울음소리를 듣자마자 집으로 달려가 옷을 갈아입고 왔다.

난산으로 출혈이 심하고 기진했던 나는 아기의 울음소리를 듣자마자 선생님께 쉬고 싶다는 말을 했으며, 내가 가까스로 눈을 떴을 때, 남편은 삼복 더위인데 어느 겨를에 넥타이까지 맨 정장차림을 하고 나를 내려다보고 있었다.

"당신, 정말 수고했어!"

나는 내 곁에 작은 아기침대 속에서 숨쉬는 뜨거운 생명을 느꼈다. 눈부시도록 빛나는 생명. 그 눈부심에 나는 눈물을 흘렸다.

"첫딸과 첫 상면인데 어떻게 구겨진 차림으로 만날 수 있어야지."

삼복 더위에 정장으로 갈아입고 나타난 그의 태도가 너무 진지해서 웃어버릴 수도 없었다.

병실 창가에는 장미와 백합이 어우러진 꽃병이 놓여 있었다. 그에게서 처음으로 받은 꽃다발이었다.

첫아기를 임신했을 때, 나는 잠이 오지 않는 밤이면 아기 이름을 지어보곤 했다. 그런데 이상스럽게도 남자 아이 이름은 떠오르지 않고 줄곧 여자 아이 이름만 떠오르는 것이었다. 수진이, 빼어날 수(秀), 보배 진(珍)으로 이름을 지어 놓았는데, 난산으로 힘겹게 얻은 아이라고 그는 목숨 수(壽)로 바꾸었다.

목숨 같은 보물로 수진이는 우리에게 온 것이다. 아이를 안고 있으면, 나는 생명의 근원이 어디에 있는 것인가, 종종 그런 것을 생각하곤 했다. 사랑이라는 신비로운 과정을 통해 태아가 형성되는 것이라고 알고는 있었지만, 생명은 그 이전부터 우주 가운데 존재하고 있었으리라 생각했다.

아기를 통해 이 세상에 헌신한 아름다운 생명, 그 신비로움에 때때로 두려움마저 느끼면서 그 생명을 곱게 길러내는 것이 나의 임무라는 생각에 가슴 떨리는 숙연함 같은 것도 느끼곤 했다.

세상에는 보물이라 이름 지어진 것이 참으로 많다. 여성들이 좋아하는 각종의 보석류를 비롯하여 유형, 무형의 보물들이 존재하고 있다.

나는 이 세상에서 가장 고귀한 보물은 생명이라고 생각한다. 그 생명이 어떠한 형태로 존재하든간에 생명을 지닌 모든 것은 아름답고 소중한 것이다. 하물며 인간의 생명은 모든 생명 가운데에서도 가장 빛나는 진수이며, 아이가 태어나므로 해서 부모는 가장 진귀한 보물을 받게 되는 것이라고 생각했다.

모든 부모가 느끼고 체험하는 일이지만, 실로 아가의 눈동자만큼 맑고 깨끗한 아름다움이 어디에 있으며, 그 웃음만큼 사랑스러운 것이 또 어디에 있을까. 잠든 아가의 숨결만큼 부드럽고 편안함을 주는 것이 무엇이며, 아가의 살결의 촉감, 그 앙증맞은 손짓 발짓, 무위로운 아가의 모든 움직임이 얼마나 신비롭고 사랑스럽게 느껴지던지…….

조개 속에서 진주가 자라듯이, 수진이는 나의 품에서 고운 빛으로 자랐다. 2년 터울로 동생이 태어났을 때 수진이는 물기 어린 눈망울로 온종일 엄마의 주위를 맴돌았다. 엄마의 품에서 밀려난 듯한 허전함을 가누지 못해 엄마의 체온이 닿는 거리에서 맴돌던 수진이. 동생이 태어나므로 해서 엄마의 사랑이 멀어지는 것이 아니라는 것을 수진이에게 말해 주고 싶어서 그 검은 눈망울을 더 많이 들여다보며, 나는 성장의 아픔 같은 것을 뼈저리게 느끼곤 했다. 성장은 눈물로 혼자 서는 일이 아닌가.

아이의 눈을 통해서 새롭게 세상을 보게 되고, 아이의 마음으로 세상을 느끼면서 나 역시 아이와 함께 조금씩 자라는 것 같았다. 유치원에 처음 들어갔을 때, 아이는 새로운 환경에 적응해야만 했고, 친구와 선생님 등 새로운 관계 형성에 부딪쳐야 했다. 새롭게 주어진 자신의 역할 앞에서 겁먹은 눈빛으로 자기 앞에 놓여진 세상을 바라보던 아이. 1년을 유치원에서 보냈으면서도 국민학교에 입학한 수진이의 그 큰 눈망울은 여전히 겁먹은 듯한 것이었다.

새로운 환경에 쉽게 적응하지 못하고, 사람들과의 사귐에 있어서 수줍음이 많은 점 등 수진이는 나를 많이 닮았다. 사람들은 수진이가 엄마를 쏙 빼닮았다고 한다. 엄마를 누구보다도 좋아하는 아이는 그런 말을 들으면 기분 좋아한다.

국민학교 1학년 운동회 날, 아빠와 함께 손을 잡고 포크댄스를 추던 수진이의 상기된 표정은 잊을 수가 없다. 서툰 아빠의 춤동작에 자기가 더 부끄러움을 타면서 그래도 아빠와 함께 추는 춤이 싫지가 않은 모양인지 애써 웃음을 감추던 아이.

그러던 수진이가 이제는 엄마만큼 커져 가슴은 수밀도처럼 곱게 익어가고 있다. 어느 날은 아이의 봉긋한 가슴을 바라보다가 아빠가 오히려 얼굴을 붉히며 어쩔 줄을 몰라 했다. 딸

아이가 성숙해 가는 모습이 아빠의 눈에는 어떻게 비쳐질 것인 가.

아기를 바라볼 때와는 또 다른 눈부심 때문에 시선을 돌리던 아빠! 싱그럽게 자라는 아이들은 떠오르는 아침 해처럼 하루 하루를 빛으로 이어주는 것이리라.

아이의 몸과 마음이 커감에 따라 아이를 대함에 있어서 자꾸 만 조심스럽게 느껴진다. 어쩌다 품에 안으면 한아름 풋풋이 안기는 아이지만, 성숙을 향해 싱그럽게 피어나는 그 모습은 안개꽃처럼 화사한 향기로 내 가슴에 와 닿는다. 만지면 닳아 없어질 것 같고, 꼭 쥐면 으스러질 것만 같은 아이.

나의 아이들은 학교에서 돌아오면 한 시간 이상 엄마를 따 라다니며 학교에서 지낸 얘기를 쏟아 놓는다. 엄마에게 하고 싶은 얘기를 다 털어놓은 후에야 제각기 자기 방으로 간다.

수진이가 남자 아이들 얘기를 하기 시작한 것은 6학년이 되 면서였다. 5학년까지만 해도 여자친구들 얘기가 주를 이루더니 6학년에 올라와서는 같은 반 남자 아이들 이름을 들먹이곤 했다.

나는 아이의 그런 얘기들을 재미있게 들어주곤 했는데, 어느 날 수진이는 울면서 학교생활이 싫다고 했다. 괜찮은 남자 아 이가 관심을 보이는 여자애에겐 한꺼번에 시샘의 눈총이 쏟아 진다는 것이다. 우리들 때와는 달리, 요즈음 아이들에겐 사춘 기가 빨리 오는 것 같다고 생각했었다.

수진이가 관심을 가지는 남자친구는 수시로 그 대상이 바뀌 었다. 오로지 좋아한다는 표현으로 모든 긍정적인 감정을 대변 하는 아이들의 말을 들으며 나는 많이 웃는다.

수진이가 괜찮게 생각하는 남자 아이의 이름이 바뀌어질 때 마다 곁에서 얘기를 듣던 동생은 펄쩍 뛰면서,

"누나! 그렇게 바람 피우면 어떻게 해."

하고 걱정스럽다는 듯이 끼어들곤 했다. 동생의 말이 너무 우스워 까르륵 웃는 수진이의 웃음소리. 그 티없이 맑고 밝은 웃음소리가 없는 우리 집을 나는 상상할 수가 없다.

아이들의 웃음소리만큼 찬란한 것이 또 무엇이랴. 어떤 보석으로 장식을 한들 아이들의 웃음소리만큼 집안을 환하게 만드는 것은 없으리라.

엄마 아빠의 결혼기념일에는 엄마 아빠에게 오붓한 시간을 마련해 주려고 수진이는 한 달 전부터 신경을 썼다. 따라나서려는 동생을 설득시키며, 자기가 짜놓은 스케줄에 엄마 아빠가 따라주기를 바라던 수진이. 어느새 이만큼 의젓해지고 대견스러워졌다.

인간은 빈 손으로 왔다가 다시 빈 손으로 간다. 우리가 받은 생명은 이 세상을 떠날 때 허울을 벗고 다시 그의 근원으로 돌아간다. 아이들이 내게로 왔다고 해서 나의 소유는 아니다. 잠시 내 품에 맡겨진 우주의 값진 보물인 것이다. 내 손에 맡겨져 있는 동안에 사랑과 정성으로 그 생명을 빛나게 해야 한다.

빈 손으로 왔다가 빈 손으로 가는 나그네의 삶에서 자녀를 키우는 것만큼 값진 보람은 없으리라 생각한다. 그러기에 가장 평범하게 살아가는 우리의 삶이 사실 가장 소중하고 아름다운 삶이라는 생각이 든다.

(1987. 2.)

인스턴트 시대의 가훈

> 가훈을 새삼스럽게 정해야 한다면
> 그것은 우리들 생활 속에서 찾아내야 할 일이었다.
> 값진 알라딘의 램프인 줄도 모르고
> 우리 가슴 한구석에 먼지낀 채 버려두었던 삶의 보물을
> 찾아내어 윤이 나도록 닦을 일이었다.

　첫 아이가 국민학교에 들어가고 난 뒤 어느 해, 학교에서 가훈을 적어 오라는 숙제를 내준 적이 있었다. 우리 집 가훈이 무엇이냐고 물어보는 아이 앞에서 우리 부부는 당혹감을 느꼈다.

　결혼생활 십 년이 다 되도록 가훈 같은 것에 대해서 한 번도 이야기 나눈 적이 없기 때문이었다. 부모님들로부터 가훈에 대해서 전해 듣지 못한 탓도 있지만 우리들 자신도 그 필요성을 절실히 느껴본 적이 없었던 것이다.

　학교의 교훈처럼 각 가정에도 내걸만한 말 한 마디쯤 꼭 있어야 한다고 생각했었더라면 진작 그런 걸 마련해 두었을 것이다. 인간이 갖추어야 할 덕목 전부가 다 가훈이며, 교훈인 마당에 그중 무엇 하나만을 더 선호하여 치중하는 것이 오히려 마땅치 않았던 것이다.

그런데 아이의 질문을 받고 다시 한 번 생각해 보니 가훈이 있는 편이 낫다는 생각이 들었다. 왜냐하면 인간은 지극히 연약하고 불완전한 존재여서 인간다움의 모든 덕목을 다 갖추기가 너무 어렵기 때문이다. 모자란 거기에서 또 무너지고 흔들리고 빗나가는 우리의 삶.

어떤 경우에 처해질지라도 인간다움을 송두리째 잃지 않으려면 자기 삶의 뿌리가 될 만한 덕목 하나만이라도 갖추어야 할 것 같았다. 마음속에 덕목 하나만이라도 열심히 새기며 살아가노라면 중심잡기가 그래도 좀 수월해지지 않을까.

사실 가훈이 전혀 없었던 것이 아니었다. 햇빛처럼, 공기처럼, 물처럼, 생활 속에 너무나 자연스럽게 스며 있어서 우리 스스로가 그 실체에 대해서 의식하지 못하고 있었을 따름이다. 평소에 부모님으로부터 느끼는 사랑, 말씀 한 마디 한 마디가 모두 가훈인 것이다.

가훈을 새삼스럽게 정해야 한다면 그것은 우리들 생활 속에서 찾아내야 할 일이었다. 값진 알라딘의 램프인 줄도 모르고 우리 가슴 한구석에 먼지낀 채 버려두었던 삶의 보물을 찾아내어 윤이 나도록 닦을 일이었다. 그것이 가훈만들기 운동의 참뜻이라는 생각이 들었다.

어찌 되었든 가훈 숙제 때문에 집집마다 가훈이 만들어지고 있는데 가훈도 제각기이지만 그에 따른 얘기들도 천태만상 웃음을 자아내게 한다.

어떤 집은 첫 아이 때 가훈과 둘째 아이 때 가훈이 다르다고 했다. 아이가 숙제를 해가야 한다고 성화를 부릴 때 뭔가 멋진 말이 떠올라 말해 주었는데 둘째 아이 때는 아무리 생각해도 그것이 기억나지 않아서 다시 정해 주었다고 했다.

또 어떤 집은 부부가 각기 다른 가훈을 지어 놓고 양보를 안

278

하는 바람에 어울리지 않는 두 개를 나란히 가훈으로 채택했다
는 것이다.

인스턴트 시대에 걸맞는 가훈 만들기였다. 그렇게 즉석에서
직조해 내는 가훈이지만 그럴 듯하게 볼품은 있어야겠기에 고
심했노라는 얘기도 들었다. 그런 이야기를 들을 때 나는 웃
었다.

이것이 이 시대 우리들의 자화상이라는 생각에 가슴을 찔리
우면서.

볼품없기로 치면 우리 집 가훈을 빼놓을 수 없다. 남편이 참
으로 그다운 발상으로 지어낸 가훈이다. '위하여 살자.' 명색
이 그래도 글을 쓰는 사람이 있는 집에서 '위하여 살자.'라니
……. 너무 재미없고 맛이 없다고 내가 말했지만 그는 그 이상
좋은 말이 없다는 듯 흡족해 했다.

내가 머리를 짜내면 문학적인 냄새가 풍기는 멋진 가훈을 몇
개라도 만들 수 있다. 그러나 '위하여 살자.'만큼 살맛날 것 같
지가 않아서 그만두었다.

날이 갈수록 삭막해지고 험해지는 이 세상. 가족을 위하여
이웃을 위하여 항상 나 자신보다 남을 위하여 살려고 애쓰는
그의 마음이 바로 내 삶의 등불임을 새록새록 느끼게 된다.

(1991. 4.)

5011

야누스의 두 얼굴

인간은 태어나면서부터
두 얼굴을 지녔는지도 모른다. 살아가면서
어느 쪽의 얼굴을 자신의 것으로 삼느냐 하는 것은
운명이 아니고 오직 자신의 선택에
좌우된다고 생각한다.

　서울 올림픽이 우리 나라가 이뤄낸 기적이라면, 지금 열리고 있는 장애자 올림픽은 하늘이 우리 나라를 사랑하기에 내리신 축복이라는 생각이 든다.

　온갖 부패와 비리가 만연돼 있는 이 사회, 몸부림치면서 벗어나려고 해도 어쩔 수 없이 자신도 모르게 병들어 가는 마음과 마음들, 그 시들어 가는 마음의 병을 고쳐주기 위해, 세계에서 4천여 명의 신체장애자들이 불편한 몸을 이끌고 우리 나라를 찾아왔을 거라는 생각이 들었다.

　육신은 멀쩡하지만 마음의 병을 앓고 있는 사람들, 그리고 절망과 고통 속에서 신음하는 모든 장애자들에게 그들은 삶의 화신으로 찾아왔으리라.

　우리는 낙엽이 지는 것을 보고 인생을 회의하기도 하고, 또 상대적 빈곤을 느껴 불행한 기분에 빠져들기도 한다.

그리고 때로는, 인생은 과연 살 가치가 있는 것인가, 생명에 대한 경이로움을 잊고 염세적인 우울에 젖기도 한다.

그 어느 해처럼 나는 한없이 무기력해진 채 이 가을을 앓고 있었다. 그러다가 우리 나라를 찾아온 그들을 본 뒤, 문득 앓고 있는 나 자신을 부끄럽게 느꼈다.

우리는 이번 기회에 온갖 형태의 장애자들을 보게 되었다. 시력을 잃은 사람, 청각을 잃은 사람, 팔 다리가 없는 사람, 척추신경의 마비로 하반신을 쓰지 못해 휠체어에 의존한 사람, 뇌성마비, 그리고 정신박약……. 각양각색의 그들 모습에서 우리는 온전한 육신을 지니지 않더라도 마음먹기에 따라 이 세상을 밝고 건강하게 살아갈 수 있음을 깨닫게 되었다.

손가락을 조금만 베어도 붕대로 감싸고 금방 불편을 느끼곤 했는데, 그들 중엔 선천적 기형으로 하체가 모두 없어 얼굴과 상체만을 지닌 사람도 있었다. 그 상체만을 스케이트보드에 의지하고 성화를 봉송하던 소년 케니는 천진한 웃음을 띠며, 신체의 어느 부분이 없다는 것은 불행한 일이 아니고 단지 불편할 뿐이라고 말했다.

그런 선수가 또 한 사람 보였다. 케니처럼 오로지 상체만 지닌 영국 사람으로 그는 수영대회에 출전하여 접영을 하였다. 다른 선수들보다 훨씬 늦게 도착하여 꼴찌를 했지만, 환히 웃으면서 자기기록을 10초나 앞당겨 기쁘다고 말하였다. 그의 미소는 금메달보다도 값지게 느껴졌다.

어떤 경기, 어떤 순간에도 진솔한 모습으로 최선을 다하는 그들이 마치 성자처럼 위대해 보였다. 그들에게선 육신이 성한 사람들이 지닌 추악한 욕심을 읽을 수 없으니, 신체의 어느 부분을 잃고 인간으로서 그만한 경지에 도달할 수 있다는 것은,

잃은 것 이상 얻은 것이 많음을 뜻하리라.

그들의 환한 웃음은 결코 쉽게 얻어진 것은 아닐 것이다. 얼마나 오랜 시간 절망하고 또 고통스러워 했을까. 신체의 한 부분을 잃었을 때, 모든 것을 다 잃었다고 생각하고, 인생이 전부 끝난 것으로 느꼈을 텐데, 그 절망을 딛고 새로이 태어나기까지 얼마나 견디기 힘든 고통 속을 헤쳐왔을지는 감히 헤아리기도 어렵다. 선수 한 사람, 한 사람의 이야기는 모두 소중한 인간 승리의 표본일 것이다.

장애자 올림픽이 열리고 있는 동안, TV에서는 올림픽 특집으로 장애자를 주인공으로 한 영화들을 보여주었다. 나는 심야에 방영되는 그 영화들을 한 편도 놓치지 않고 감상하였다. 대개가 실화에 바탕을 두고 있어서 더욱 더 감동을 느끼게 했던 것 같다.

장애를 극복하고 마침내 인간 승리를 이룩하는 그들의 이야기는, 매일 부대끼고 시달려 웬만한 일에는 감동조차 할 줄 모르는 우리들 가슴에서 신선한 눈물을 자아내게 했다.

고통받는 인간이 아름답게 보이거나 위대해 보이는 것은 아니다. 아름답고 위대한 것은 그 고통을 딛고 일어서려는 인간의 의지와 노력하는 모습이다. 설사 의지대로 다 이루어내지 못한다 할지라도 삶을 향해 꿋꿋이 일어서려는 용기와 해낼 수 있다는 신념이 인간을 숭고하게 만들어 놓는다.

장애자 올림픽 개막식 때, 관중석에 앉아 눈물을 닦던 한 중년의 백인 남자 모습이 잊혀지지 않는다. 하긴 개회식을 지켜보고 있던 많은 사람들이 눈시울을 적시며 그들에게 열렬히 박수를 보냈었다.

그런데 그 남자의 눈물을 보는 순간, 그의 자식이 이번 대회에 참석했으리라는 생각이 들었다. 오늘이 있기까지 참아온 눈물이 그 한순간 흘러내리는 것이라 느껴졌다. 그 값진 눈물을 TV 카메라가 포착한 것 같았다.

올림픽의 정신은 이기는 것이 목적이 아니고, 참석하는 데 그 의의를 둔다고 했는데, 장애자 올림픽이야말로 이미 각 선수들마다 자기와의 싸움에서 이긴 사람들이기 때문에 그런지 메달에 상관없이 서로가 격려하고 우정을 나누는 모습이 그토록 자연스러울 수가 없었다.

장애자 올림픽이 열리는 기간 내내 공교롭게도 한편에선 국정 감사가 계속되고 있었다. 16년 만에 부활된 국정감사였다. 썩어 흐르는 역사의 대동맥을 수술해 보겠다는 의지로 시작된 국정감사였으니 온 국민의 관심이 대단할 수밖에 없었다.

매일 보도되는 뉴스에 신경을 쓰다보니 자꾸만 머리가 아파지고 가슴이 뒤틀리는 듯 편치 않았다. 아무려면 인간인데―. 인간의 기본양식마저 기대할 수 없는 비리가 속속 드러나면서, 분노와 실망이 우리를 벼랑 끝으로 수없이 끌고 갔다.

지난 세월은 마치 권력을 지닌 자, 재물을 지닌 자의 욕심의 한계가 어디까지인가를 보여주는 무대 같다는 생각을 했다. 한마당의 굿거리 장단이 아니고서야 어찌 인생을 그렇게 살았을까 싶었다.

우리가 어렸을 때, 부모님들은 밥알 한 톨도 버리면 큰일 나는 것으로 자식들을 가르쳤었다. 한 톨의 쌀 뿐만 아니라 모든 식량은 신성한 것이어서, 그것을 함부로 버리는 일은 죄악이라고 믿고 있었다.

그런데 땅을 파보니 버려졌던 쇠고기 덩어리가 썩지도 않은 채 시뻘겋게 드러나니, 그 죄를 누가 어떻게 속죄할까 걱정되어 가슴이 떨려왔다. 몇 년 전, 축산업을 하다가 수입쇠고기로 인한 소값 파동으로 빚더미에 앉게 된 친척 얼굴이 떠오르기도 했다. 천인공노란 말은 이럴 때 써야 할 것 같았다.

인간이라면 완전할 수가 없어서 잘못도 저지르게 마련이다. 아무리 좋은 일을 많이 한다 해도 자기도 모르는 가운데 죄를 지을 수도 있는 것이 인간이다. 그러기 때문에 항상 자기 성찰이 필요하며, 혹시라도 잘못이 발견될 시엔 그것을 시인하고 용서를 비는 것이 인간다운 모습이라 생각한다.

그런데 누구하나 잘못을 시인하는 사람 없고, 책임지겠다는 사람 없으니, 그런 자세가 더 큰 죄악처럼 느껴지기도 했다. 정말 아무것도 잘못한 일이 없다는 표정의 얼굴들을 보면서, 나는 무지와 교활 중에 어느 편이 더 무거운 죄명일까 생각해 보기도 했다.

요즈음, 우리의 가을 하늘엔 인간의 두 얼굴이 에드벌룬으로 떠 있는 느낌이었다. 가장 아름답고 위대한 얼굴과 가장 추하고 보잘것없는 인간의 얼굴이다. 전자는 절망과 역경을 이겨 낸 장애자들의 장한 얼굴이고, 후자는 무엇이 잘못된 것인지도 모르는 파렴치한 사람들의 얼굴이다.

로마의 신화에 나오는 야누스의 얼굴처럼, 인간은 태어나면서부터 두 얼굴을 지녔는지도 모른다. 살아가면서 어느 쪽의 얼굴을 자신의 것으로 삼느냐 하는 것은 운명이 아니고 오직 자신의 선택에 좌우된다고 생각한다. 그 선택은 참으로 쉬운 것 같으면서도 쉽지 않다는 것을 뼈저리게 느끼게 하는 계절이었다.

가을이 지나기 전에 우리 한 번쯤, 저 맑고 푸른 하늘을 두려운 마음으로 바라볼 마음의 여유를 가져보면 어떨까.

(1988. 10.)

5012

넉넉한 마음

아무리 많이 가졌어도
채우지 못한 한 부분에 궁핍을 느껴
고민하는 사람이 있는가 하면, 하늘보다
장대한 마음 하나로 세상을 다 가진 양
즐겁게 사는 사람도 있다.

매사에 셈이 빠른 사람을 보면 어쩐지 경계해야 할 것 같은
느낌이 든다. 그런 사람은 절대로 손해 볼 일은 안할 것 같기에
마음이 푸근해지지 않는다. 더러는 손해 보기도 하고, 알면서
속아 넘어가기도 하고 그래야지 사람이 넉넉해 보이는 법이다.
한평생 함께 살아갈 동반자를 선택함에 있어서 '넉넉한 마
음'을 최우선으로 생각했었다. 그 넉넉함이란 물론 순수와 성
실이 바탕으로 깔려 있을 때 가치가 있는 것이다.
70년대 초반, 혼기를 앞둔 내 앞에 박봉의 공무원인 처녀 한
사람이 나타났었다. 나는 그 무렵 상당히 보수가 괜찮은 한미
합자회사에서 근무하고 있었다. 한결같이 세련되고, 셈이 빨라
보이는 엘리트 사원들만 대하다가 그를 보니 너무나 대조적이
었다. 산양(山羊) 한 마리가 도시 한복판에 나타난 듯, 그의 모

든 면이 도시라는 분위기에 맞지 않았다.

토요일 오후, 그와 첫 데이트를 가졌을 때 일이다. 명동에서 점심을 함께 먹고, 단성사에서 영화 한 편을 보았다. 저녁을 먹기엔 아직 이른 시간이기에 다방에 들어가 앉았다. 날씨가 너무 후텁지근하여 나는 시원한 칼피스(calpis) 한 잔을 시켰는데, 그는 아무것도 마시지 않겠다고 하였다. 내가 칼피스를 맛있게 들고 있는 사이, 그는 이마와 콧잔등에 송글송글 맺히는 땀방울을 손수건으로 열심히 닦아내고 있었다.

그가 계산대에서 커피값의 두 배인 칼피스값을 치루고 나올 때, 나는 그가 왜 아무것도 주문하지 않았는지 눈치채게 되었다. 그의 주머니에 지폐가 더 이상 남아 있는 것 같지 않았기 때문이다.

저녁은 내가 샀다. 중국집에서 짜장면을 먹으면서 그의 얼굴을 바라보았다.

좋아하는 여자와 첫 데이트인데, 토요일 오후도 메꿀 능력이 안 되는 남자―. 그럼에도 불구하고 그가 밉지 않았다. 송글송글 맺히는 땀방울을 말없이 닦아내던 그의 모습이 떠올라 난 자꾸 웃음이 나왔다.

세상살이에서 늘 손해 볼 것 같은 사람으로 생각되었다. 셈같은 것은 따질 줄도 모르는 사람 같았다. 그런 점이 마음을 푸근하게 해주었다. 빈틈없이 완벽하게 사는 사람들에 비해, 훨씬 넉넉한 마음자리를 가졌다고 느꼈다. 그래서 그의 청혼을 받아들였다.

그와 20년을 살아오고 있다. 내 예상대로 그는 항상 손해 보는 편에 있다. 밖에서는 어떤지 모르겠지만 집안에서 그는 언제나 양보하며 산다. 나와 아이들에게 유리한 고지를 내주고, 스스로 불리한 입장에 즐겨 서 있는다.

셈 같은 것은 따지지도 않는다. 다 내주어야 편안해지는 사람이니까, 그에게 셈을 따지라고 하면 무리한 요구가 된다. 가진 것 없으면서도 언제나 부자처럼 베풀고 싶어하는 사람, 아니 없다는 생각조차 안하는 사람이다.

그가 다른 사람에게 정을 나누어 주고 싶어할 때, 나는 빈 손을 내밀며 무엇으로 어떻게 할 것인가 하고 묻는다. 그러면 그는 마음이 중요한 것이지, 당신은 무엇을 걱정하느냐고 하면서, 늘 같은 대답을 한다. 마음이란 것만으로 통하는 세상이 아님을 그는 아직도 잘 모르는 것 같다. 옛날, 20년 전에는 마음 하나로 아내될 여자를 낚았지만, 그런 재미가 일생에 두 번 세 번 올 리 없음을 그는 모른다.

술이 반쯤만 들어 있는 술병을 탁자 위에 올려 놓았을 때, 염세주의자는 아, 이젠 반밖에 안 남았구나, 하고 탄식하는데 반해, 낙천주의자는 됐어! 아직도 반이나 남았어, 하고 즐거워한다고 했다. 인생을 긍정적으로 보고 수용해 나가는 자세는 행복한 삶에의 필수요건이다.

아무리 많이 가졌어도 채우지 못한 한 부분에 궁핍을 느껴 고민하는 사람이 있는가 하면, 하늘보다 장대한 마음 하나로 세상을 다 가진 양 즐겁게 사는 사람도 있다.

행복한 낙천주의자! 그에게선 아직도 도시의 냄새보다는 들 내음, 산 내음이 난다.

(1993. 3.)

그리움을 아는 자만이 고통을 알리

2022년 4월 20일 인쇄
2022년 4월 25일 발행

지은이 | 문 혜 영
펴낸이 | 김 용 성
펴낸곳 | 지성문화사
등 록 | 제5-14호 (1976. 10. 21.)
주 소 | 서울시 동대문구 신설동 117-8 예일빌딩
전 화 | (02) 2236-0654
팩 스 | (02) 2236-0655